It's

such

a

big

world

世界这么大

李小甘 著

生活·讀書·新知 三联书店

图书在版编目（CIP）数据

世界这么大／李小甘著．—北京：生活·读书·新知三联书店，2022.11
ISBN 978 - 7 - 108 - 07490 - 4

Ⅰ．①世⋯　Ⅱ．①李⋯　Ⅲ．①游记 – 作品集 – 中国 – 当代
Ⅳ．① I267.4

中国版本图书馆 CIP 数据核字（2022）第 167955 号

责任编辑　邵慧敏
装帧设计　康　健　练世鹏
责任校对　曹秋月
责任印制　卢　岳
出版发行　生活·讀書·新知 三联书店
　　　　　（北京市东城区美术馆东街 22 号　100010）
网　　址　www.sdxjpc.com
经　　销　新华书店
制　　作　北京金舵手世纪图文设计有限公司
印　　刷　天津图文方嘉印刷有限公司
版　　次　2022 年 11 月北京第 1 版
　　　　　2022 年 11 月北京第 1 次印刷
开　　本　720 毫米 × 965 毫米　1/16　印张 18.5
字　　数　200 千字　图 176 幅
印　　数　0,001 – 5,000 册
定　　价　148.00 元
（印装查询：01064002715；邮购查询：01084010542）

你，不要挤：
世界这么大，
它容得了我，也容得了你。

所有的大门都敞开着，
思想的王国是自由的天地。
你可以尽情地追求，
追求那世间最好的一切。

——狄更斯《你，不要挤》

目　录

自　序……………………………………………………………………… 1

国内篇

那里有个地方叫李庄………………………………………………… 3

临川有梦……………………………………………………………… 13

天涯何处是闽南…………………………………………………… 21

阆苑仙境的人间烟火……………………………………………… 31

龙虎山问道………………………………………………………… 46

酒乡行……………………………………………………………… 55

版纳寻茶…………………………………………………………… 66

莫忘漠河…………………………………………………………… 74

江南何处不风流…………………………………………………… 83

世界屋脊上的那一抹翠绿………………………………………… 96

梦里几回到太行…………………………………………………… 105

到巴马当寿星……………………………………………………… 117

富春山居有人家···121

沧海一声笑···133

诗与远方···143

大学的魂魄···161

舌尖上的潮汕···168

在台湾看招牌···177

国外篇

恒河之殇···185

布拉格之恋···194

梦断"梦工场"···204

在冰上起舞的国家···211

与美国一号公路的零距离接触·······································219

以色列探秘···230

欧罗巴的小镇故事···241

西班牙南行记···253

与波罗的海三国的美丽邂逅···264

到"上帝的后花园"逛逛··275

后　记···286

自　序

世界这么大，我要去看看。

世界有多大呢？地球总面积约为 5.1 亿平方公里，其中约 29.2% 是陆地，70.8% 是海洋。全世界分为七大洲、四大洋，共有 233 个国家和地区，其中国家 197 个，地区 36 个；有民族 1800 多个，人口 76 亿多。

"仰观宇宙之大，俯察品类之盛。"一个人要把世界走遍，那可能是一种梦想；茫茫人海中，彼此能相遇，也真的是一种缘分。

然而，心有多远，路就有多远。让理想引领，从今天启程，每一次再出发都会有新发现，每一个新旅程都会有新惊喜。或许，某年某月的某一天，你蓦然回首，会惊叹："世界是这么大，世界又是那么小！"

有人曾感叹："文人的魔力，竟能把偌大世界的生僻角落，变成人人心中的故乡。"笔者并没有这个奢望，只是试图从人文与旅游的角度看世界，邀你做一个有趣的旅伴，换下西装、脱掉皮鞋、挎上背囊、带上好心情，来一次说走就走的远行。兴之所至，流连一城一地，留恋一山一水，留意一人一物，留心一食一味。如果有一次不期而遇，有一次酩酊大醉，有一番幡然醒悟，那就更妙了。到了你很老很老、走不动的时候，你明白了：旅行的意义，不在于到达目的地，而在于体验沿途的风景；人生的意义不在于它的长度，而在于它的深度。

写这本书的过程中，我时常在想：在这个"知识爆炸"的网络时代，一本书如何到达读者手上，又如何与他们结下缘分？我想，一是要有真挚的感情，二是要有新颖的视角，三是要有独立的思考，四是要有有趣的话题，五是要有丰富的信息，六是要有使人舒服的文字。写作对每一个作者来说，都是一项艰巨的系统工程。我功力不逮，这本书显然没有达到这样的境界，但这是一个理想，我愿为此而不断努力。

鉴于旅游已经成为人们的一种生活方式，一线城市和名山大川，大家大多都去过了，而且很熟悉，我尝试拓宽旅域，多选取一些小地方、新视角，多引入一些文化冥想与历史探究，多做一些细节呈现和情感沟通，多放入一些市井风情和人间烟火，希望能离生活的本质更近一些、离人的心灵深处更近一点。同时，考虑到现在是"读图时代"，我尽量多选用一些照片，让阅读的体验鲜活起来。专业相机太重，不符合我轻装上路的要求，尤其是各种长镜头不好带，所以几乎所有的图片都是我自己用手机拍摄的，但这应该不会太多地影响我们的参与感和画面感。

写到这里，我突然想起了明代地理学家、旅行家徐霞客。他志在四方，云游天下，从 22 岁开始，几乎是用自己的双脚，跋山涉水，排危脱险，走遍了全国21 个省、自治区、直辖市，"达人之所未达，探人之所未探"，历时 30 多年，写下了 60 万字的《徐霞客游记》，最后在 55 岁时，"两足俱废、心力交瘁"，病逝于家中。那是一种苦行僧式的探索，是一种灵与肉厮磨的奉献，也是对"行千里路，读万卷书"的最好诠释。

时隔 300 多年，今天的我们是幸运的。得益于现代交通工具的发达，世界对我们变得如此亲近。旅游的境界也在不断升华，或寄情山水，或体验人文，或品尝美食，或流连都市，唯一不变的，是人们对知识的渴望和对美的追寻。

是为序。

李小甘

2021 年 10 月于深圳甘草斋

【国内篇】

那里有个地方叫李庄

旅途中，你有时候不刻意，不跟风，不奢望，说走就走，漫不经心，信马由缰，说不定会有意想不到的发现。就像位于蜀南长江边的小镇李庄，我不经意走进去，竟慢慢地爱上了她。

赵、钱、孙、李，在中国都是姓氏大户，叫李庄的多不胜数。我说的这个李庄位于四川省宜宾市翠屏区，相传最早是在长江中打鱼的李姓兄弟聚居而成的一个小渔村。难得的是，她离宜宾市区不到20公里，就在城市边缘，却还保留着那么几分清寂、几分质朴、几分优雅、几分从容、几分矜持、几分忧郁。

一

寻访古镇，时常是一种时空的穿越、情感的恍惚、理智的踟蹰、诗意的寻根，需要"留一半清醒留一半醉"。

李庄的情调，在于她虽然在旅游大潮裹挟下也多少有点商业化的东西，但依然保留着古朴的底色，显得落落大方。千百年了，村庄虽经风吹雨打，饱经沧桑，但整体上至今仍然不变形，不走样，不褪色，肌肤上早磨出岁月的老茧来。

沿着用青石板铺砌的村道走进去，左边是江面开阔、江水浩荡的长江，使小镇有了一种通达与活力；中间有广场，上面有桅帆的雕塑和学校的校舍，琅琅书声传递着一点现代感；右边则是保存完好的古村落，村里有错落有致的木阁楼、颇具韵味的狭窄小巷、造型精美的古宅古庙、高大的木门槛和沉重的木门。

李庄的老宅子，大多都是四合院式，院内有前厅、天井、堂屋、厢房、戏台、碉楼，主体用悬山穿斗式木质结构，青瓦褐木，布局严谨，主次分明，开合有序，室内的窗、桌、椅、床、柜用料讲究，做工精细，令人想起小镇附近的全国重点保护文物——"夕佳山古民居"。它们都是蜀南民居的代表，是"中国民间古建筑的活化石"。

古镇里有一条"里巷"，青砖黛瓦木墙，由于房屋的翘檐遮掩，仅露出长长的一线天，墙上有爬藤，地上有青苔，路旁有正择着青菜的悠闲大娘，让时光仿佛倒流了一个多世纪。街边有古老而简陋的酿酒工坊，水汽蒸腾中，师傅们光着膀子，挥着铁锹，正忙着干活，他们酿出来的酒虽然没有城里的泸州老窖醇厚，却有一股浓烈的乡村气韵。村口有两三家小饭馆，卖着当地的招牌菜"李庄刀口蒜泥白肉"，那白肉皮薄肉嫩、肥瘦搭配，蘸着辣油酱料吃，先麻了舌根，又香了口腔。李庄有"一花、二黄、三白"，"一花"是花生，"二黄"是黄粑、黄辣丁，"三白"是白肉、白酒、白糕，吃起来应该都是几十年前的味道。

酒酣耳热之际，蓦然听旁人说出"东有周庄，西有李庄"，心里微微一颤，神思也变得集中起来。

还真不要小觑李庄，镇内曾有"九宫十八庙"的古建筑群，仍保存比较完整的有明代的东岳庙，清代的禹王宫、文昌宫、南华宫、天上宫、张家祠等。这里还有李庄"四绝"：旋螺殿、奎星阁、九龙石碑、百鹤窗。旋螺殿之绝，在于整个建筑是全木榫卯结构，没有一颗钉子。奎星阁之美，在于矗立长江之边，风景绝佳。九龙石碑之巧，在于首龙口中还含有可以转动的宝珠，灵动飘逸。百鹤窗之精，在于五十扇窗都用上等楠木精雕一对仙鹤，栩栩如生。

我们还去看了慧光寺，它原名禹王宫，建于清道光十一年（1831年），由一主一次两个四合院构成，主院有山门、戏楼、正殿、后殿、魁星阁及厢房等建筑，其山门、戏楼均为重檐歇山式顶，檐下饰如意斗拱，整个建筑很有气势。寺内有一个古戏台，是四川保存最完整的古戏台之一，戏台台基上有单勾栏古代戏剧人物浮雕。

1942年5月，国立同济大学35周年校庆在李庄举行，同济大学和江安国立

集店中的"里巷"

李庄的村民

剧专在这里联合上演了曹禺的《雷雨》和《日出》。时间已经过去近80年，你仰起脸来，闭上眼睛，仿佛能听到舞台上传来的弦乐、演员们铿锵的对白、学生激昂的呐喊……那位扮演周朴园的英俊小伙子，他父亲可是正浴血前线的川军将领？那位扮演四凤的娇俏女生，她爸爸可是上海纺织公司的老板？而那些身穿校服、席地而坐的年轻人，满脸写着纯真、专注、热情、信仰，他们是一个时代的精英，是一个民族的希望。

二

建镇已1470年的李庄，在中国众多古镇里也数不上根基深厚、历史悠久，与江南那些充满诗情画意的园林庭院相比，也算不上文雅高贵，但历史给了她机遇，使她在中国近代文化发展史上扮演了一个了不起的角色，可谓石破天

国立同济大学医学院旧址

惊，令人倾慕。

　　1940年秋天，南侵日军突进长沙，并从宜昌和长沙威逼陪都重庆，大后方岌岌可危。10月，日机疯狂轰炸昆明西南联大，造成人员和财产重大损失，在昆明的中央研究院历史语言研究所、社会科学研究所、体质人类学研究所，以及中央博物院、中国营造学社、北京大学文科研究所、金陵大学文科所、同济大学等10余所教育科研单位只能转移，迁往四川腹地，进入李庄。一时间李庄成了人文荟萃的"中国科研大学城"。

中央研究院是当时全国最高的学术研究机构，与国民政府的立法、司法、行政、监察、考试五大院并列，当时有 13 个研究所，涉及人文社会科学的三个所全搬到了李庄。其中，史研所是中央研究院规模最大、人数最多的一个研究所，迁入李庄的有傅斯年、董作宾、吴金鼎、陶孟和等 50 多名国内外知名的专家学者，他们租用李庄板栗坳张家 6 处大院作为办公用房，继续做学问，笑称："从容安居，不废研求。"

同济大学西迁过程中，经吴淞到上海市区、浙江金华、江西赣州、广西八步、云南昆明，最后来到李庄。同济大学校本部设在慧光寺，工学院设在东岳庙，理学院设在南华宫，医学院设在祖师殿，师生们住宿则租用大户人家的私宅民院。在外漂泊三年之久的同济大学，在偌大的国土上终于找到了一个可以安放书桌，潜心教学和研究的地方，在这里得以生息发展，甚至新增了法学院和造船系，创造了一段不平凡的历史。同济大学为此在李庄竖立了纪念碑，碑铭上写道：

> 民国未筹，同济先创。悬壶于黄浦，泛舟在海上。壶中民生久，舟边社稷长。八一三，炮声响，倭寇暴戾，儒祖惊殇。江尾狼烟虎火，学馆断瓦残墙。别吴淞，越浙赣，渡桂滇，归李庄。豪情飞四野，战歌动五乡……金沙金，黄浦黄，奔流不息长江长。百年同济邀四海，新侨一新学界，古镇万古流芳！

中央博物院也搬到了李庄，牵头负责的是担任过国民政府教育部部长、外交部部长的王世杰。此行他们带来了 3000 箱国宝文物，住进了张家祠，由于文物珍贵，门口要由军队站岗把守。我想，这批文物中会不会有慈禧太后钟爱的"翠玉白菜"，会不会有黄公望的《富春山居图》，会不会有颜真卿的《祭侄文稿》？它们避免了战火的摧毁和敌寇的掠夺，为中华民族留下了巨大的财富，在烽火连天的岁月里使中华文化的血脉薪火相传。

这是多么了不起的一件事情啊！2.5 平方公里的弹丸之地（3600 多名本地居民），一下子却涌进了 12000 多名文化人，悄然间汇聚了神州的文化宝藏。那些

国立中央博物院李
庄旧址

庙宇祠堂、深宅大院、民居农舍，分布着各类机构与国之精英，李庄成为继重庆、成都、昆明之后，中国抗战时期大后方的四大文化中心之一，成为抗战中最具国际影响的社科人文中心。那时，寄自海外的邮件和电报，只要写上"中国李庄"就能准确送达，而世界上的一些科研机构也会经常收到来自"中国李庄"的学术刊物。

由于他们的到来，蜀南的这片天空也变得生动起来，风变得多情，水变得有韵，老房子有了生气，旧祠堂有了书声，村道上有了辩论，酒馆里有了诗词，操场上有了喧闹，江边上有了情话，油灯下也有了思家的低泣……

三

1940 年初冬，寒风凛冽中，李庄迎来了一对风尘仆仆的夫妇，他们面容憔悴，却又气质超群，男的叫梁思成，女的叫林徽因，一个是栋梁材，一位是奇女子。

梁思成是中国近代维新派代表人物梁启超的公子，毕生致力于中国古代建筑的研究与保护，后来参与了人民英雄纪念碑、中华人民共和国国徽的设计，被誉为"中国近代建筑之父"。林徽因则是段祺瑞内阁司法总长林长民的千金，清华大学教授、建筑学家。她与梁思成携手同行，尤其是在1930年到1945年的十几年里，夫妻俩走遍了全国十几个省市、近200个县，对2700多处古建筑进行了测绘和考察，保护了大批国宝级的古建筑。

他们是随中国营造学社从昆明迁来的，被安排到李庄上坝村一个叫月亮田的地方，名字充满诗意，生活却十分严酷。夫妻俩住的是竹林深处矮矮的农舍，墙壁用竹子做成，外涂一层薄薄的泥巴，夜光透过墙缝可以照进来。由于地处僻野，老鼠、蛇、蟑螂也是这里活跃的主人。就在这么一个地方，梁思成、林徽因一住就是六年。当时，他俩的身体状况都不太好，梁思成因车祸脊椎受损，林徽因则已经染上了肺结核。这里的条件非常艰苦，他们常以藤藤菜和稀饭充饥，变卖过派克金笔和手表换取食物。但就在这里，他们却完成了中国建筑学上的巨制《中国建筑史》。或许，简朴的生存方式反而会提高人们精神生活的质量，静虚之

中国营造学社李庄旧址

梁思成、林徽因塑像

处反而能使人做出真正的学问。

1942 年底，李庄迎来了一位高鼻梁、大个子的美国人，他的英文名叫 John King Fairbank，中文名叫费正清，是著名历史学家、哈佛大学教授，也是当时美国头号的"中国通"。费正清当时在美国驻重庆办事处工作，这次专程带着太太到李庄，是为了看望他们的好友梁思成夫妇的。老朋友相见，异常高兴，费正清既为他们那种高昂的激情感动，也为他们的生活条件和身体状况担忧，回去以后多次写信劝他们去美国看病和工作。梁思成、林徽因感谢费正清的关心，但执意留下来为祖国效劳。梁思成在给费正清的复信中写道："祖国正在灾难中，我们不能离开她，假如我们必须死在刺刀或炸弹下，我们也要死在祖国的土地上。"

这是一种什么样的情怀啊！这对羸弱书生，却有着铮铮铁骨，那是用信念、理想、素质、情感牢牢支撑着的。这令人想起十几年后，他们为保护北京古城而表现出来的执着与勇敢。新中国成立初期，北京市开始对古建筑进行大规模拆除，梁思成因提倡以传统形式保护北京古城而多次遭到批评。为了挽救四朝古都仅存的完整牌楼街，梁思成、林徽因先后拍案而起，与时任北京市副市长吴晗发生激烈争辩，后来被当作"复古"典型批判而被抄家。不知道是当年在李庄的艰苦岁月中长江水给他们血脉里注入了不羁的勇气，还是川南人的坚韧给了他们方刚的血气？

1955年4月1日凌晨，躺在北京医院病房里的林徽因预料到自己已经快不行了，跟护士说想再见梁思成一面。当时已经是凌晨两三点，梁思成也因积劳成疾住在隔壁的病房里，护士觉得夜太深了，拒绝了她的请求。当天凌晨六点，林徽因走了，没能见到丈夫最后一面……

我想，林徽因弥留之际，如果出现回光返照，在那几个小时之内，她的脑子可能会奇迹般的活跃起来，脑海中会掠过许多的人生场景，很多积淀的情感再次浮起。

她应该会想起和梁思成一起在美国费城宾夕法尼亚大学读书的美好时光，那是人生中最甜蜜的时刻。

她应该会想起自己的儿女，那是她心里面最温柔的部分。她把自己的诗集《你是那人间四月天》送给了儿子，结果自己在暮春四月的第一天走了。

她应该会想起徐志摩、金岳霖，他们曾有过交集和伴随，岁月流逝，记忆依然那么清晰。

她应该会想起南方那个遥远的地方，在那里她和梁思成相濡以沫地度过了人生中最艰苦的日子，她会记住那个地方的名字：李庄。

临川有梦

一

从江西南昌往东南方向走约 100 公里，有一个叫抚州的地方。在这默默无闻的寂寥之处，你却可以听到如雷贯耳的名字，邂逅令人景仰的先贤。

他们是汤显祖、王安石。这两个名字，足以让人眼睛一亮，心头一热，神思一倾。前者是中国明代的戏曲泰斗、"东方的莎士比亚"，一部《牡丹亭》几乎是千古绝唱；后者是北宋革新变法的一代名相、誉满天下的文学家，一句"春风又绿江南岸"流传千古。这两个人都称得上是各自领域的标杆、各自时代的翘楚。尤其是汤显祖，素来是笔者的偶像，一说起他，就像拜会心仪已久的老师，遇见久别重逢的故交。

英雄不问出处，英雄总有出处。抚州古称临川，是"襟领江湖，控带闽粤"的江右古郡。汤显祖就出生在临川的文昌里，你一定没有见过他少年时在锦绣谷纵情放歌英俊的模样，也从未见过他鬓发染霜后在抚河边低吟浅唱的神态，但可以想象这么一位入戏太深的长者在茂林修竹的小径上走来时的专注神情。他面容清癯、身材修长，身着青衫布履，手拿戏曲唱本，一边念念有词，一边手舞足蹈，沉浸在剧中人物的悲欢离合之中。一会儿是杜丽娘的娇嗔羞涩，一会儿是柳梦梅的深情告白，林中的布谷鸟不时会给他几声婉转的伴音。

在"学而优则仕"的古代中国，文人与当官几乎是密不可分的。而历代的中国文豪，从司马迁、屈原，到李白、苏东坡，大多有同样的人生轨迹：系出名

临川 "名人雕塑园"

临川市中心的文昌里

门，少年早慧，金榜题名，封官晋爵，仕途受挫，隐归故里，浪迹江湖，结缘笔墨。汤显祖的经历大致也是如此。

汤显祖出身书香门第，他祖父是当地颇有名气的文人，擅长诗词。父亲是个学者，也是位教育家，在临川办有"汤氏家塾"。汤显祖5岁读书、12岁能诗、13岁会词、14岁上县学、21岁考了举人、34岁中了进士，不仅古文诗词颇精，而且天文地理、医药卜筮皆通。后在南京先后任太常寺博士、詹事府主簿和礼部祠祭司主事。明万历十九年，汤显祖或许是不甘寂寞，或许是愤世嫉俗，他竟然模仿临川老前辈王安石，呕心沥血写出了《论辅臣科臣疏》上奏明神宗。可惜的是，王安石当年上万言书主张变法，得到了皇上的认可，随即拜相推行新法，而汤显祖上书却触怒了皇帝，被贬为徐闻典史，后调任浙江遂昌任知县。从史料上看，汤显祖为官一任，造福一方，有不错的口碑。他曾提出《四香戒》勉人：

汤显祖雕像

"不乱财，手香；不淫色，体香；不诳讼，口香；不嫉害，心香。"万历二十六年，汤显祖深感"世路之难，吏途殊迫"，愤而弃官归故里，他曾希望有"起报知遇"的东山再起之日，现实却冷酷无情，他逐渐打消仕进之念，在家乡开设了"玉茗堂"，潜心于戏剧及诗词创作，以"每年添一卷诗足矣"自慰。

这倒好，朝上少了一位官吏，文坛却多了一个才华横溢的大师。诚如一位当代学者所说："中国历史，较多关注文化人的官场身份。但奇怪的是，峨冠博带早已零落成泥之后，那一杆竹管毛笔偶尔涂画的诗文，却有可能镌刻河山，雕镂人心。"

二

人间文人千千万，世上作品万万千。但真正的传世之作却凤毛麟角，大部分的作品是速朽的，如昙花一现，它们或趋炎附势，或急功近利，或浮躁华丽。能

《西厢记》剧照

够流传下来的作品，表现正义，追求美善，流露真情，温润人心，涌动着生生不息的力量。

　　汤显祖的作品是值得尊重的，他的戏剧作品《牡丹亭》（又称《还魂记》）、《紫钗记》、《南柯记》和《邯郸记》合称"临川四梦"，其中《牡丹亭》是他的代表作，与《崔莺莺待月西厢记》《长生殿》《桃花扇》合称"中国四大古典戏剧"，世代流传，历演不衰。汤显祖的剧作不但为中国人民所喜爱，而且已传播到英、日、德、俄等很多国家，被视为世界戏剧艺术的珍品。其专著《宜黄县戏神清源师庙记》也是中国戏曲史上论述戏剧表演的一篇重要文献，对导演学起到了拓荒开路的作用。汤显祖还是一位杰出的诗人，从他 12 岁写出第一首诗《乱后》，到他 67 岁逝世前一天吟咏最后一首诗《忽忽吟》，作有诗词 2273 首，汇编为《玉茗堂全集》（四卷）、《红泉逸草》、《问棘邮草》（二卷）等。

《牡丹亭》全剧共 55 出，讲述了一个"人鬼情未了"的故事。故事虽发生在古代，却体现了作者丰富的想象力，具有当代魔幻主义色彩。杜丽娘是南安太守杜宝的女儿，她读《诗经·关雎》后浮想联翩，私出游园，梦中和一书生柳梦梅幽会，从此一病不起，怀春而死。柳梦梅进京赴试，借宿园中，后掘墓开棺，使杜丽娘还魂复生，两人结为夫妇……这本是一个落入俗套的男女青年为爱情至死不渝的故事，却因汤显祖的奇思妙想和生花妙笔而超凡脱俗。后人更是把它升华到挣脱宋明理学枷锁、追求个性解放、向往理想生活的主题境界。

汤显祖"因情成梦，因梦成戏"，有人将他奉为"情圣"。他写《牡丹亭》时，或许是出于多愁善感，或许是因为触景生情。传说中，他当年路过江西南安府（今大余县）的时候，找到了一本古书《夷坚志》。看到其中有一篇故事，是讲某南安官员的千金死后化成鬼魂，与谪官太尉孙子产生爱情的故事，他由此萌生了写作的冲动。后来，他将《夷坚志》中的故事与明人话本小说《杜丽娘慕色还魂》糅合在一起，创作出了一个新的戏剧，名为《牡丹亭》。"问世间情为何物？"汤显祖自己点评《牡丹亭》时曾称："如丽娘者，乃可谓之有情人耳。情不知所起，一往而深。生者可以死，死可以生。生而不可与死，死而不可复生者，皆非情之至也。"

汤显祖写《牡丹亭》时非常投入，据说他时常沉醉于剧中人物而不能自拔。有一次其夫人隐隐约约听到花园里有人哭泣，循声找去，发现汤显祖在树丛中一边念念有词，一边泪落满襟。夫人问他为什么不在书房写作，却跑到这里哀叹掉泪，汤显祖回答说，正为剧中人物感动，悲恸难抑，故到园子里发泄一下情绪。由此我想到了《牡丹亭》之所以脍炙人口，是因为它的一句一词、一腔一调都是从心里流淌出来的。作品要打动别人，首先要打动自己，真情实感永远是作品的生命。

汤显祖逝世后 150 年，江西老表蒋士铨写了一部以他为主角的《临川梦》。

正所谓"你站在桥上看风景，看风景的人在楼上看你"，一代戏曲巨匠竟也成了戏中人。恍惚间，不知人生如戏，还是戏如人生？

<h2 style="text-align:center">三</h2>

400多年，就像风一样呼的就过去了，汤显祖也早已远离人生舞台，汤显祖的故乡又演绎了多少悲欢离合的人间故事。

今日抚州因汤显祖而有了"人才之乡"的底气，家乡人也因有了"中国戏圣"而感到自豪。

现在抚州的大街小巷，几乎到处都有汤显祖的印迹。市中心的文昌里，那是汤显祖的祖居地，有汤氏公祠、汤显祖故居、砚池、东井、汤家墓园，在那青石

临川的中国戏曲博物馆

板路上，不知会不会再走来那位青衫布履的一代宗师。文昌里老街现在已被打造成特色文化街区，那里建起了颇具品位的中国戏曲博物馆，置身其中，你定然可以闻到空中飘逸的淡淡的文化味道；闭目屏息，你仿佛可以听到深宅戏院传来的天籁。

城里赣东大道上，还有汤显祖回忆童年时经常提起的"沙井"。汤显祖晚年辞官回乡，从文昌里迁居沙井巷，开设玉茗堂，这口水井也就成了玉茗堂现在唯一的遗存。

南郊却家山下的汤显祖纪念馆，更是全面了解汤显祖生平和艺术成就的好去处。这个纪念馆于1995年建成并对外开放，全馆占地面积180亩，由四梦村、娱乐村、度假村组成。四梦村内有清远楼、三生桥、四梦广场、瑶台、壁照、半亭、毓霭池、破茧山房、毛泽东手碑、黄粱饭店等20多处景点。主展厅清远楼是一座仿明建筑的两层楼阁：一楼是展厅，通过绘画、照片等形式展示汤显祖的一生及其流传千古的"临川四梦"；二楼则是戏剧舞台——四梦台，经常上演汤显祖的"四梦"折子戏，让人们在悠扬的音乐中领略抚州光辉灿烂的文化艺术，了解汤显祖在世界剧坛和中国文学史上的地位与影响。

此外，抚州还建有以《牡丹亭》为设计主线的国家4A级旅游景区"梦湖梦园"，设有颇具水准的汤显祖大剧院，每年举办汤显祖艺术节和国际戏剧交流月，开办汤显祖学术论坛……前几年，当地更是举办了规模盛大的纪念汤显祖、莎士比亚、塞万提斯逝世400周年系列活动。一个汤显祖，让抚州顾盼生辉、神采飞扬。

五月，正是春末夏初。抚州城里风还不燥热，绿荫下还透着那么一丝清凉；树早已绿透，正是茁壮茂盛的时候；抚河也正是丰水期，一如岁月般义无反顾地向前流淌。蓦然抬头，你可以看到写在广告牌上的城市口号"抚州是有梦有戏的地方"。这令人想起在汤显祖纪念馆时当地官员的介绍，抚州正努力打造成写戏、演戏、唱戏、评戏、看戏的"中国戏都"。

临川有梦，但愿它梦想成真。

天涯何处是闽南

中国幅员辽阔，人文荟萃，可以说是千里不同貌，百里不同天，十里不同俗，邻里不同腔。

在这块神奇的土地上，有一个风情浓郁、民俗独特的地方，它的名字就叫闽南。

人们通常所说的闽南地区，主要包括福建南部的泉州、漳州和厦门，以及龙岩市的漳平市、新罗区，三明市的大田县、尤溪县的部分地区，又称"闽南金三角"，是一个相对独立的文化板块。另一种说法是按语言划分，凡是说闽南话的地区均为闽南，范围涉及广东潮汕、海南岛、台湾等地，是一个泛闽南文化区域。在东南亚的一些城市，当福建的闽南人与广东的广府人发生纠纷时，广东的潮汕人会站到福建的闽南人一边，这种以语言为纽带的认同感难以言喻。

本文所说的是狭义的闽南。

一、海

《山海经》曰："闽在海中。"闽南依山傍海，海岸线漫长而曲折，其文化底色是以海洋为基调的蔚蓝色，闽南的许多文化现象，也都可以从大海里找到答案。

闽南气候温和，人口稠密，但北边山峦起伏，耕地较少，人称"八山一水一分田",除了出海几乎无路可走。清朝时,闽浙总督高其倬曾经向雍正皇帝上奏:"福建沿海,地狭人多,本地所产,不敷食用,惟开洋一途。"所以,历史上闽南人在海上扮演了许多角色,渔夫、商人、移民、水手、海盗、走私者……而最早从海上向这里投来眼光的是阿拉伯商人,他们认为闽南扼守中国和东亚海洋的要道,同时又远离中央政府,容易融入海上自由贸易体系。因此,从唐朝开始,泉州港已是中国四大港口之一,与扬州、广州、交州齐名。到了南宋和元朝,泉州港逐步进入鼎盛时期。数以万计的印度、阿拉伯、波斯商人涌向泉州港沿岸,他们带来了香料、药材和珠宝,带走了丝绸、茶叶和瓷器,泉州成为东方第一大港。1292年,马可·波罗从福州来到泉州,曾描绘过泉州(当时称刺桐城)的盛况:"到第五天晚上,抵达宏伟美丽的刺桐城。它的沿岸有一个港口,以船舶往来如梭而出名……刺桐是世界上最大的港口之一,大批商人云集于此,货物堆积如山,买卖的盛况令人难以想象。"

要了解泉州港,可以去看看位于市中心的泉州海外交通史博物馆。这个有四十多年历史的博物馆,设有"中国舟船陈列馆""阿拉伯-波斯人在泉州陈列馆""泉州湾古船陈列馆"等7个分馆,以中世纪刺桐港的历史为轴心,以丰富的史料与独特的海上交通文物为载体,形象再现中国古代海洋文化,详细介绍泉州作为中国海上丝绸之路起点的辉煌历史。

富有海上冒险精神的闽南人,素有闯荡天下、漂洋过海的传统。史料证明,至少在唐代已经有闽南人移居东南亚,随着宋代泉州对外贸易的繁荣,移民的数量不断增加,明末清初更是出现闽南人移居海外的高潮。中国改革开放以来,走出去的闽南人也为数不少,据称现在海外的闽南人达到了1400万。今天,你若身处东南亚的一些城市,尤其是在泰国曼谷、菲律宾马尼拉、马来西亚槟城、印度尼西亚雅加达、新加坡,走在旧城老街,不时会有熟悉的闽南话从耳边飘过,品尝到味道浓郁的闽南菜,听见悠悠的南音传来,让你直把南洋当闽南。而且,闽南外出闯荡的人,能干出一番大事业,闽南人自嘲:"闽,门内一条虫,门外一条龙。"

与福建隔水相望的台湾岛,其居民的祖先有六成来自闽南,现在台湾人口中讲闽南话的就多达1700万人。闽南人移居台湾开始于元代,但大规模迁移是在

17 世纪中叶，他们随郑成功渡海从荷兰侵略者手里收回台湾。几百年来，闽南人和其他地区东渡的汉族和高山族同胞一起开发台湾岛。闽南与台湾同祖共宗，同根共源，在语言、饮食、建筑、风俗等许多方面都有很高的相似度。大海从来都有包融的胸怀，台湾海峡岂能隔断两地相通的血脉。

最近，我们再访泉州，晚上走在老市区的西街上，两侧是鳞次栉比的店铺食肆，各种商幡号旗、霓虹广告把它们装饰得五彩缤纷；路中间是熙来攘往的游人，川流不息的电单车夹杂其中，平添了几分喧闹；店铺里叫卖的不仅有闽南的姜母鸭、面线糊、四果汤，还有台湾的"大肠包小肠"、蚵仔煎、珍珠奶茶，琳琅满目，香气扑鼻。同行的麦先生去过台湾，他走在街上，不时直呼："这不就是到了高雄夜市吗？"

二、天

苍天在上，博大、深邃、神秘，需仰视才行。它寄托着人们多少信仰与梦想。

在闽南这方天地，宗教文化极具特色。都说闽南人传统，原因之一就是他们的宗教信仰和民间信仰流传甚广，根深蒂固。

闽南宗教文化的特色，就是多元化融合。历史上泉州曾是东方第一大港，海外交通和对外贸易盛极一时。来泉州做生意的，宋元时期有阿拉伯人、波斯人、印度人，明清时期有西班牙人、荷兰人、英国人，当然也少不了东南亚各国的商人，他们有的还在泉州定居下来。据介绍，现在居住在泉州的阿拉伯人和波斯人后裔仍有 3 万人，他们聚居在一定的区域，由此形成了当地独特的宗教文化。

泉州是目前世界上保留各种宗教遗存最多的城市之一。据当地政府主管部门统计，目前泉州经政府登记的宗教团体 40 个、宗教活动场所 898 处，其中佛教 466 处、道教 223 处、伊斯兰教 2 处、天主教 6 处、基督教 201 处。尤为难得的是，在泉州众多的宗教场所中，具有 1000 年以上历史的宗教场所现在仍然保留了 60 多个，故有"地下看西安，地上看泉州"之说，泉州便被誉为

闽南民间的寺庙建筑一角

"世界宗教博物馆"。

南宋时期，著名思想家朱熹游泉州曾感叹"此地古称佛国，满街都是圣人"，描绘了泉州宗教的兴盛景象。今天游泉州，你可以拜谒道教的元妙观、老君岩，可以瞻仰佛教的开元寺、承天寺，可以朝觐伊斯兰教的清净寺、灵山圣墓，可以拜访基督教的泉南堂、花巷堂，还可以参观全国最大的印度教寺庙番佛寺的遗址，以及目前全球仅存的摩尼教遗址草庵。有趣的是，各种宗教流派不仅在泉州和谐相处，而且相互交融。我们参观千年古刹开元寺时发现，这个福建省规模最大的佛教寺院里，竟然立有两根六角形的印度教石柱，柱分成上中下三部分，上面雕刻着印度教的神话故事和图案，而神话故事的内容大都出自公元前 10 世纪的印度著名史诗《摩诃婆罗多》和公元前 5 世纪的印度著名史诗《罗摩衍那》。在大雄宝殿上方，还有栩栩如生的印度飞天女神的雕像。

民间信仰是民众自发地对超自然力的精神体的信奉与尊重。闽南的民间信仰十分风行，种类繁多，体系复杂，举头三尺有神明，各种寺庙和偶像图腾比比皆是，颇具规模的民间信仰活动场所 6962 处，几乎每个村落都有各自的信仰，每个地方都有自己的保护神，当地人信奉土地公、妈祖、保生大帝、广泽尊王、惠泽尊王、文武尊王、清水祖师、九仙祖师、开漳圣王等。闽南人的祭拜活动也特别多，每月农历的初一、十五要拜神，每年的清明、端午、六月半、中元、八月

泉州的泉南基督教堂

半、重阳、冬至、霜降、除夕要祭祀。要是遇到婚丧嫁娶、家中大事，往神灵偶像前一跪，叩头跪拜，那是他们对生活最虔诚的态度。

离泉州不到100公里的莆田湄洲岛，是妈祖林默的诞生地，素有"海上蓬莱"之称，是一处香火鼎盛之地。湄洲岛上的妈祖庙，人称"海上布达拉宫"，始建于宋雍熙四年（987年），于宋天圣年间（1023—1032年）扩建，日臻雄伟。明永乐年间，著名航海家郑和下西洋，回来奏称"神显圣海上"，于第七次下西洋之前奉旨来到湄洲岛主持御祭，扩建庙宇。清康熙统一台湾，将军施琅奏称"海上获神助"，又奉旨大加扩建。迄今，湄洲妈祖庙规模宏大，气势不凡，庙内

泉州开元寺东塔

雕梁画栋、金碧辉煌，是全世界华籍海员顶礼膜拜和海内外同胞神往的圣地。现在，湄洲岛每年接待海内外香客100多万人次，其中台胞近10万人次，是祖国大陆吸引台胞最多的地方。每年农历三月二十三妈祖诞生日和九月九妈祖升天日，湄洲岛朝拜活动盛况空前，它被誉为"东方麦加"。

秋天，我们访问湄洲岛时，虽不是朝拜吉日和节假期，但各式各样的朝圣团熙来攘往，朝圣者身穿黄色锦服，头戴红色帽子，手举印有图腾的旗帜，虔诚地赶赴妈祖庙。海滩上，盛大的出海祭祀典礼正在筹办，歌舞表演加紧排练中，嘹亮的礼乐声使这座神秘的小岛变得充满世俗人情味……

泉州清源山的老君岩

三、地

地是闽南人的根，他们不仅在这里耕作收获，而且在这里安家置业，并按照自己的理想和文化认知建设家园。

闽南建筑具有浓郁的特色，颇能反映当地人的兴趣爱好与传统民俗。当地人把房子叫"厝（cù）"，厝是家的依托，家是厝的灵魂。闽南的"厝"比北方建筑轻盈，比江南建筑绚丽，比岭南建筑俊俏，比客家建筑洋气，有令人怦然心动的原乡情愁。其一，它具有独特性，以最具代表性的红砖大厝为例，虽布局与各地民居一样讲究合院布局，注意中轴对称，但底座采用了花岗岩石，墙体屋顶采用红砖红瓦，屋顶两端采用高高翘起的燕尾脊，人称"红砖白石胭脂瓦，飞檐翘脊皇宫起"。其二，它重视细节装饰，砖雕、木雕、石雕、泥雕、彩绘等民间工艺的作用得以充分发挥，使墙面和屋顶均具有鲜明的装饰美感，形成闽南特有的地域色彩。其三，它具有多样性，面海而生、走南闯北的闽南人，在建筑风格上又吸收了海外尤其是南洋的一些建筑要素，造就了各类中西合璧的"番仔楼"。

晋江的闽南建筑

漳州古城

现在去闽南看传统建筑，可以到泉州南安的官桥镇漳里村，看清代的蔡氏民居古建筑群。它们布局严整，规模宏大，古宅的墙壁、屋顶、地面，上下都透着红色，是闽南典型的红砖大厝，已被国务院列为国家级重点文物保护单位。可以到泉州泉港区后龙镇土坑村看刘氏古民居建筑群。那里是刘氏家族成员在朝廷为官而荣归故里后建造的显赫府第，至今保留了40多座古厝，其中有27座明清时期的大厝，代表了当时地方建筑的最高水平。也可以到厦门海沧区新垵村看古民居。这里面朝大海，古民居大多是历史上出洋创业者的居住地，迄今保留了由30多座合院老厝构成的建筑群，以及十几座宗祠寺庙。

要体验闽南的建筑风格和历史文化，还可以到泉州的中山路、漳州的古城、晋江的五店市历史文化街区和惠安的崇武古城走走。泉州中山路长达2公里，路两边的连排式骑楼建筑，既结合泉州民居的传统特色，又融入南洋文化的建筑精华，是我国目前保存最完整、最长的连排式骑楼建筑商业街，曾获得联合国教科文组织"2001年亚太地区遗产保护优秀奖"。漳州古城旨在体现"老街情、慢生活、闽南味、民国风、台侨缘"，它保留了老漳州九街十三巷的街道格局，也体现了漳州不同年代的建筑风格，人称"唐宋古城、明清街区、民国风貌、闽南韵味、侨台同辉"，是全国第一个国家级闽南文化生态保护实验区。晋江的五店市历史文化街区保护与修复得颇有品位，该街区活化了闽南的红砖大厝、南洋风格的"番仔楼"，以及明清、民国的一些特色建筑，拥有蔡氏宗祠、庄氏家庙、石鼓庙、布政衙、蔡妈贤宅、朝北大厝、庄志旭宅、宛然别墅等一百多处历史风貌建筑，同时保留和传承了高甲戏、木偶戏、南音等晋江传统特色非物质文化遗产，2015年9月被评为国家4A级旅游景区。而崇武古城坐落于惠安县东南海滨，濒临台湾海峡，是明洪武年间为抵御倭寇所建，城内有四个城门，城门上设烽火台，是中国现存最完整的丁字形石砌古城，也是中国海防史上一处比较完整的遗迹，为全国重点文物保护单位。

闽南出好茶，尤以安溪铁观音闻名。"铁观音"的名字传说是乾隆皇帝所赐，它茶条卷曲，肥壮圆结，香高韵长，醇厚甘鲜，是中国乌龙茶中的极品，是中国十大名茶之一，也曾入选世界十大名茶之列。闽南人嗜茶，把茶叶叫"茶米"，茶与粮食一样弥足珍贵，一日三餐，早起晚睡，无茶不欢，诚如王安石所说的

"茶为民用，等于米盐，不可一日以无"。喝茶的时候，大概是他们一天中最惬意的时光，水要用甘泉水，炉要用木炭炉，茶具要用工夫壶杯，茶当然要用安溪铁观音。三五个人围坐在一起，谈天说地，轻啜慢尝，喉咙回甘的时候，微微点头，啧啧称好，那闽南的味道全在其中。

四、人

人是文化的载体，是各种文化形态的创造者和传承者。

提起闽南人，大家都会想到那首脍炙人口的闽南歌《爱拼才会赢》。这首歌创作于 1988 年，由台湾作曲家陈百潭填词及作曲，歌手叶启田原唱，反映的是闽南人不管顺流逆流都矢志奋斗的精神。"三分天注定，七分靠打拼"，是闽南人性格的精神符号。2017 年，漳州姑娘张云卉创作并演唱了另一首歌曲《闽南人》，采用了摇滚和爵士的技法，颇有时代特色，也广为流传。歌中唱道"雄雄的斗志是咱生来的本领""团结的义气是咱内心的本能"，唱出了闽南人的心声，成为闽南人新的励志歌。

闽南人似乎是天生的商人，他们和广东的潮汕人、浙江的温州人都被称作"东方的犹太人"。今天，晋江的鞋子、石狮的牛仔裤、惠安的石雕、德化的陶瓷、莆田的诊所更是家喻户晓。前些年，有一本书叫《闽商的拼劲——闽商征服商业帝国的答案》，全面总结了闽商纵横商海的成功经验，介绍了闽南人"从蛇到龙蜕变"的传奇。

事实上，闽南人聪明的脑袋瓜不仅被用于经商，而且用于修文执政。出生于福建尤溪的朱熹，是宋朝著名的理学家、思想家、教育家、闽学派的代表人物、儒学的集大成者，世人尊称其为"朱子"。出生于福建南安的郑成功，是明末清初的军事家和民族英雄，以收复祖国领土台湾岛而彪炳史册。出生于厦门集美的陈嘉庚，是著名的爱国华侨领袖，他先后捐建了厦门大学、集美中学、集美学村、同民医院等，尤为难得的是在当时的华人企业家中，比他富有的人为数不少，但他能够倾尽所有、慷慨解囊，黄炎培先生曾说："发了财的人，而肯全拿出来的，只有陈先生。"出生于厦门鼓浪屿的林巧稚，是中国妇产科学的主要开拓者，她虽然一生没有结婚，却亲自接生了5万多名婴儿，被尊称为"万婴之母""生命天使"……

在近现代，有两个闽南人的名字让我感到倾慕而又亲切，他们就是人称"弘一法师"的李叔同和学贯中西的林语堂。

李叔同既是中国新文化运动的前驱，又是中国近现代佛教史上一位杰出的高僧，他"二十文章惊海内"，集诗、词、书、画、篆刻、音乐、戏剧、文学才能于一身，在多个领域造诣深厚。他后来剃度为僧，遗世独立，颇具传奇。弘一法师后来在泉州开元寺圆寂，寺内有一块"放心石"，为弘一法师所推崇，"心"字上的一点，不是放在上面，而是放在下面，意喻"提起千般烦，放下万事空"。

林语堂先生的学者风范和幽默文字，则素来让人心仪。前几年，朋友赠我一套《林语堂散文集》，我便爱不释手，他的文章半雅半俗，亦庄亦谐，以一种超脱与悠闲的心境来旁观世情，用平淡的话语去赞美生活。为此，我专门去泉州郊外的珠里村看了林语堂纪念馆，那里有一条"林语堂小道"，路边小牌子上写着林先生的一句话"我的家乡是天底下最美的地方"，浸透着天底下多少人的思乡情愫。

泉州珠里村的林语堂
纪念馆

惠安女

海边的惠安女

海边的惠安女

　　闽南人中，还有一个群落受人瞩目，那就是惠安女。惠安女是指惠安县惠东半岛海边的女人，她们以奇特的服饰、勤劳的精神闻名海内外。惠安女头披鲜艳的小朵花巾，捂住双颊下颌，上身穿斜襟衫，又短又狭，露出肚皮，下穿黑裤，又宽又大。新中国成立后有一首打油诗形象地描画了惠东女服饰的特征："封建头，民主肚，节约衣，浪费裤。"她们的头部被斗笠和头巾包得仅露出一张脸——"封建"；而腹部却暴露无遗——"民主"；大筒裤的裤脚宽达 0.4 米——"浪费"；上衣却短得连肚脐也遮不住——"节约"。现在，已婚的女子已不再露肚脐了，而是系一条银腰带，丈夫家越有钱，银腰带就越宽大，最重的据说可以达到十几斤。惠安女还有一种奇特的婚俗，说起来匪夷所思。我们在从崇武古城去打岞村的路上，看到海边停泊的船只，船上挂着黑色的幡旗，黑色的绸带随风飘起，心生诧异。导游告诉我们，当地女子结婚那天，新娘身着黑衣黑裤（当地人称为黑凤凰衣），打黑伞。这种习俗是从古代传袭下来的，当年海盗猖獗，村民为了防止海盗抢亲，便身穿黑衣，避人耳目，婚礼也在晚上举行。

　　一方水土养一方人。闽南风情，真是倾倒众生。

阆苑仙境的人间烟火

  中国现有保存比较完整的"四大古城"有丽江古城、徽州古城、平遥古城、阆中古城。在这四大古城中，阆中古城的规模格局和文化底蕴毫不逊色，但它的知名度与曝光率却相对较低。

  当地有些人不服气，发表文章，把名气不大的原因归咎于名字没起好，说"阆"（làng）字太拗口，很多人不会读，读不好。实际上，名字只是个符号，一个地方的吸引力大不大，原因是多方面的。有时候"养在深闺人未识"，反而有"犹抱琵琶半遮面"的娇涩。

  阆中离成都并不算太远，约300公里，从成都驱车过去，也就三个半小时。走近古城，先见一座雕梁画栋的高大牌坊，上刻"阆中古城"四个大字。我有点迫不及待，又有点忐忑不安。期待是因为这座古城有许多传说，是久仰的历史文化胜地；不安的是古城恐怕会有太多的现代涂抹，掩盖了它原有的质朴底色。

  果然，与其他几座古城的现状一样，阆中古城也正在被过重的商业气息污染，传说中的阆苑仙境中飘散着世俗气。古城街上，鳞次栉比的店铺，满街飘扬的商幡，熙来攘往的游人，音响喇叭传出的流行歌曲，以及"张飞牛肉"对视觉的刺激和"保宁醋"对嗅觉的挑衅，会使你多少有点失落。

  这几乎是中国所有古城都面临的尴尬情境。清高淡泊，鹤立鸡群，任由屋檐长出历史的青苔，古井盛满岁月的风雨，有智者会流连忘返，发思古之幽情，但大部分的人会拂袖而去；修旧如旧，招徕游人，给小巷铺上雕花的石板，给古树挂上鲜亮的灯笼，又常常会有脂粉气与烟火味。两难之下，我们又该找到怎么一

古城街道

条文物保护与活化的路子呢？

阆中古城已经被批准为国家 5A 级旅游景区，既然是景区，你就不必把它当作尘封的文物，换个心态，调一下视角，轻松地去寻找阆中喧嚣后面的宁静、轻浮中的深邃、矫情外的纯朴。

一

《红楼梦》第五回《枉凝眉》中提道："一个是阆苑仙葩，一个是美玉无瑕。""阆苑仙葩"指的是林黛玉，而"美玉无瑕"指的是贾宝玉。《红楼梦》中的"阆苑"与四川阆中应该没有什么关系，而阆中却一直有着"阆苑仙境"的美称。

这赞誉当然不是浪得虚名，阆中素有"中国第一风水古城"之称，连唐朝诗圣杜甫也曾赞曰："阆中胜事可肠断，阆州城南天下稀。"

杜甫的这一个"稀"，道出了阆中得天独厚、不可多得的地理条件。阆中地处大巴山脉、剑门山脉与嘉陵江水系交汇聚结之地，山水形成了拱护之势，山围四面，水绕三方，山水交融，气度不凡。你可以登临嘉陵江边的鳌山，站在奎星

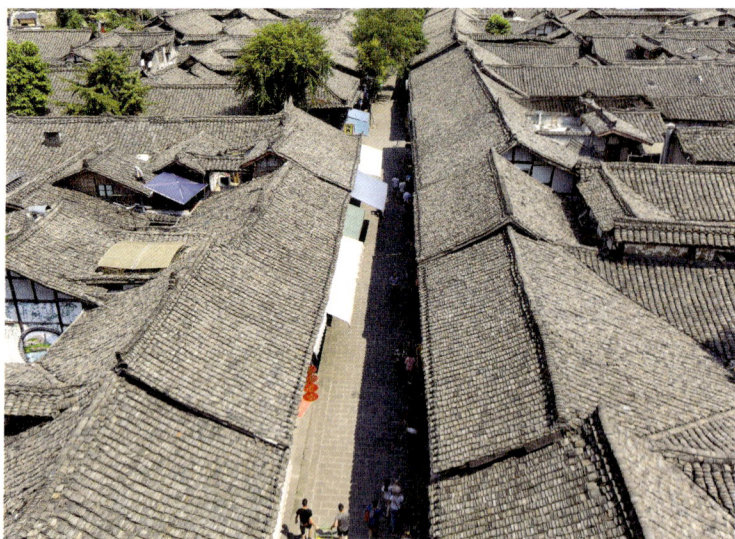
古城一景

楼上俯瞰古城的全貌：阆中古城近被河流环绕，远被群山簇拥，城中绵延成片的古朴民居，灰色的屋顶被雨后白色的雾霭萦绕着，真是"三面江光抱城郭，四围山势锁烟霞"。这是令人怦然心动的一个画面，引来无数文人墨客。唐代画家吴道子画的《三百里嘉陵江旖旎风光图》，就是以阆中锦屏山为轴心展开的。

讲风水学的人称，从空中看下去，阆中的山川形胜非常符合"地理五诀"（龙、砂、穴、水、向）的意象，天然形成了玄武垂头、朱雀翔舞、青龙蜿蜒、白虎驯服的格局。笔者对风水学没有研究，也半信半疑，据说清华大学建筑设计学院设有"地理形势学"课程，专门讲授建筑与环境的协调性。而现实生活中，人们建房都讲究"坐北朝南"，选房都喜欢东南朝向，道理是简单的。我想，对大自然的敬畏，首先是对自然规律的尊重，我们对不了解或不太懂的东西，不要轻易否定，这应该是一种起码的态度。

阆中古城的建筑，人称"唐宋格局，明清风貌"。规划风格则体现了中国古代的居住风水观，棋盘式的格局，融南北风格于一体的建筑群，是体现中国古代建城选址讲究"天人合一"理念的范例。古城以中天楼为核心，以十字大街为主

远眺阆中古城

干，层层展开，步步铺垫，各街巷取向无论东西南北，多与远山朝对。古城中有
上千座民居院落，主要为明清建筑，房屋是单檐式木质穿斗结构，青瓦粉墙，雕
花门窗。院落或坐北朝南，坐东朝西，以纳光避寒；或靠山面水，接水迎山，以
藏风聚气。

阆中古城辉煌的建筑格局是与它的历史地位相一致的。古称"保宁"的阆
中，一直是巴蜀要冲、军事重镇，战国时为巴国国都，清初时为四川省会达20
年之久，历来是川北的经济、政治、文化中心。漫步在古城的石板路上，你看着
那飞檐翘角的中天楼，不难想象当年这里曾有过的繁盛。商铺渲染着缤纷的色
彩，醋坊散发出诱人的味道，客栈里传来高亢的南腔北调，寺庙的香火正旺；街
边摊档上，叫卖的是五香牛肉、川北凉粉和锭子锅盔，你不尝一尝，还真不知阆

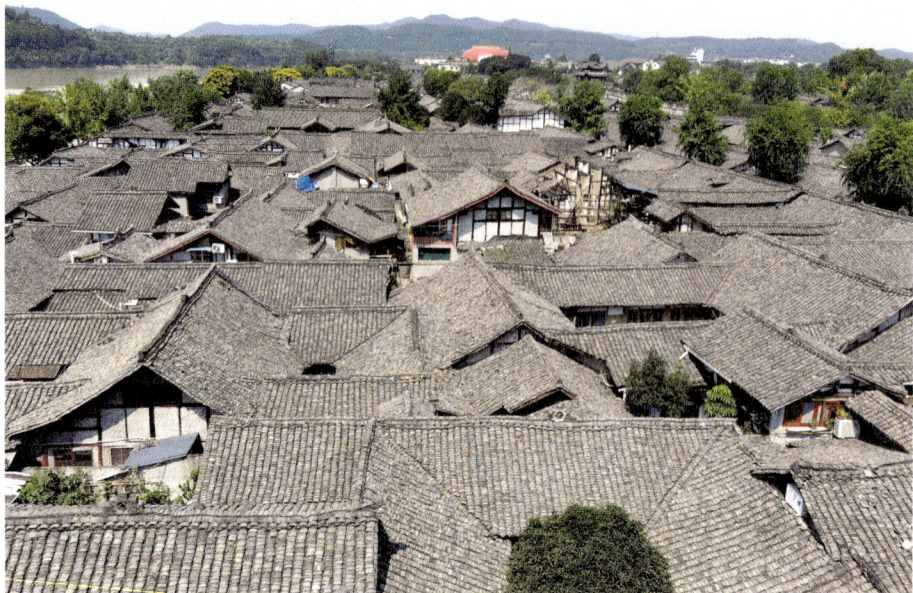

阆中民居

中的味道。坐在轿里的那位俏丽的女子，掀开帘子四处顾盼，她可是府上某位大官人的家眷？而那几位手捧书册、行色匆匆的年轻人，一边走还一边讨论，应该是到城里赶考的书生……

遗憾的是，阆中古城现在的总面积是 4.59 平方公里，但真正保留古城建筑风貌的核心区域只有 2 平方公里，城墙早被拆除，火柴盒式的楼房占据了相当的面积，并对古城形成蚕食之势。

阆中建有世界风水文化博览城，它是国内第一个以建筑风水为主题的博物馆，而且规模还不小，建设投资近亿元，建筑面积约 2.6 万平方米，分为风水广场、风水八卦宫、风水体验区、风水大讲堂、风水好运堂、风水影视厅、风水主题餐厅、风水养生馆八大板块。博物馆尝试用声、光、电等现代的手段来演绎传统文化，用生动的载体讲述玄奥的知识，用时尚的方式展示神秘的内容，倒也是

阆中古建筑

有点创意。我们进去参观，身着黑色道袍的解说员也训练有素、口齿伶俐，他们以易经、卜算为主脉，生动地讲解古城的风水文化。你若有兴趣，听他们娓娓道来，天文地理、风水八卦，古往今来、世俗万象，倒也能长点见识。

二

巴蜀文化是四川盆地的地域文化，是中国文化版图中重要的一个板块。仔细研究，巴文化与蜀文化既有深厚联系，又有差别。在战国以前，巴与蜀是分称的，泾渭分明。尔后，巴文化以四川省东北部地区（巴中、达州、阆中）为中心，蜀文化则以德阳、成都为中心。一般来讲，巴文化源于狩猎文化，而蜀文化则属于农耕文化。巴人出武将，骁勇善战；蜀人出文人，诗书文章。

由此引出了妇孺皆知的三国猛将张飞。阆中"前控六路之师，后据西蜀之粟，左通荆襄，右出秦陇"，自古以来就是兵家必争之地。三国时，刘备派蜀汉大将张飞任巴西太守，驻阆中达7年之久。张飞在这里率精兵万名，打败了曹操的上将张郃带领的三万人大军的进攻，得以保境安民。

张飞在阆中，那是神一样的存在，百姓家中、商场店铺里常贴着他的画像，就如同其他地方供奉着关公塑像一样。每逢节庆，阆中会举办"张飞巡城"的盛大街头表演。许多商品都贴上了张飞的商标，"张飞牛肉""张飞醋""张飞酒""张飞豆干""张飞面人""张飞宾馆"……尤其是"张飞牛肉"，在阆中、川北一带声名鼎盛，家喻户晓。我们从成都驱车到阆中，高速公路上处处可见"张飞牛肉"的大广告。阆中城内，"张飞牛肉"更是满街皆是。张飞为什么和牛肉扯上关系？笔者不知道，也懒得去查，查出来的可能也是牵强附会的传说。但我想，当年在当阳坡上吼退十万曹军、如今还长眠在这里的张翼德，晓得自己成了网红商标，不知会不会环睁豹眼拍案而起呢？

阆中城乡至今保留着20余处张飞祠庙遗迹，值得一看的是汉桓侯祠（俗称张飞庙），那可是国家级的文物保护单位。张飞征伐吴国前夕，被部下范强、张达所杀，葬身于阆中，后人为其建桓侯祠。现存的庙堂为明清时重建的四合庭院式古建筑群，占地6600多平方米，由山门、敌万楼、左右牌坊、东西厢房、大殿、后殿、墓亭、墓冢组成，为三国文化的一大胜迹。

有趣的是，有人考证出张飞是杀猪出身的，是屠夫的始祖。游客参观张飞庙，一过山门，抬头一望便是敌万楼，楼上有一巨匾，上书"万夫莫敌"四个金色大字，它竟是香港屠宰业协会所赠。

更令人意想不到的是，向来被塑造成五大三粗的一介莽夫张飞，竟写得一手好书法。在汉桓侯祠，我们看到了张飞手书的《张飞立马铭》拓刻石碑，上书："汉将军飞，率精卒万人，大破贼首张郃于八濛，立马勒铭。"那字体是隶书，流畅圆润、气韵生动，让人惊叹不已。据史料记载，张飞的书法还真的颇有造诣，清乾隆年间的大文人纪晓岚看到张飞的汉八分书拓本，对张飞顿生敬佩之情，欣然赋诗："慷慨横戈百战余，桓侯笔札定然疏。那知拓本摩崖字，车骑将军手自书。"

历史从来不乏幽默感，当许多历史人物被夸大、被戏剧化的时候，它忍俊不禁，偶尔给大家提示出那么一点真相，都有意想不到的喜剧效果。实际上，舞台上的张飞与现实中的张飞还真的不是一回事，被塑造过的张飞燕颌虎须、豹头环眼，暴躁易怒；生活中的张飞粗中有细，有勇有谋，建树良多。他在阆中期间，注重农商、兴修水利、加固城墙、安抚百姓，人称"虎臣良牧"。

今天，阆中古城还在吃着张飞将军的老本，打"张飞牌"、打"三国牌"成

纪念张飞的汉桓侯祠

了招徕游客的绝招，成了招财进宝的良方。你看，古城街上的小饭馆还有卖"三国冒菜"的，门外竖着张飞手拿丈八蛇矛的塑像，屋内墙上的菜谱上赫然列有下述菜品——"桃园结义""单刀赴会""青梅煮酒""五虎上将"，活脱脱一部《三国演义》。

三

平心而论，阆中古城最具文化底蕴和历史价值的，是四川贡院（川北道贡院）。

在古代，凡是献给皇帝的物品都叫贡品，而考场中举办考试以选拔人才进贡给皇帝，所以叫"贡院"。目前，全国的贡院中保存最好且最有名气的有两处：一处是南京的夫子庙，即江南贡院；另一处就是阆中的四川贡院，它是明清四川川北道的乡试考场，是目前全国规模最大、内容最丰富、保存最完好的科举考场。

中国古代的科举，是通过国家考试平等、公开选拔官员的一种基本制度。它萌芽于汉，创生于隋，发展于唐，完善于宋，中衰于元，鼎盛于明清，坚持了1300年，对中国和世界的文化教育影响巨大而深远。

清顺治三年（1646年），清军入川，攻占阆中，清廷任命的四川军政大员驻扎保宁府城，由此，阆中作为清初四川省会达20年之久。在这20年中，清廷在阆中设置四川贡院，开科取士，前后共举行过五科四川乡试。一直到清康熙五年，即1666年，丙午科才开始在成都举行乡试。

四川贡院现已改造成全国最大的科举博物馆，面积有8800平方米，为三进庭院式建筑，由外帘和内帘两部分组成。外帘是考区，内帘是阅卷录取区。外帘考区由龙门、十字廊道、至公堂、办公房和考舍组成。穿过至公堂后面的庭院廊道，进入龙门，便是主考官和阅卷官工作和生活的内帘区。内帘区是建有楼阁的四合庭院，有衡文堂、明远楼、阅卷房、会经堂等建筑。在这里你可以看到，当年考生的考室是一人一个约两平方米的小方格，由于考期长达七天，人不得外出，吃喝拉撒都在里面，形同监舍。而作弊大概也是伴随着科考制度而生的，展馆形象地展出了当年考生作弊的各种手段，包括用蝇头小楷将"四书""五经"抄写在内衣上等等。为了功名利禄，古人也可真是拼了。

或许是阆中人杰地灵，或许是阆中"近水楼台先得月"，当地是四川科举成绩最好的地方。据《保宁府志》《阆中县志》记载，阆中出过状元4名、进士116人、举人404人，被誉为四川的状元、举人之乡。

唐代，阆中的尹家一门双杰，出了尹枢、尹极两位状元，二人被誉为"梧桐双凤"。尹枢中状元那年，已是七十多岁了，真是大器晚成。

北宋，阆中人陈省华有三个儿子陈尧叟、陈尧佐、陈尧咨，老大和老三先后都中了状元，老二考了进士。后来，老大、老二官至宰相，老三当过集贤殿学士，也当过节度使，能文会武。一个家族出了两个宰相、一个将军，实属不易。

阆中文风淳厚，文脉长续，科甲鼎盛，人才辈出，自然有许多书香门第和名门望族。就在四川贡院附近有一户人家，朱门上高挂"黎宅"金匾，黎家出过三位进士、九位举人、十一位贡生。推开学道街一号的这扇门，走进深宅大院，会感受到一种历史的沧桑感，也有一种莫名的神秘感，那八仙桌上一定堆过许多史册典籍，那红木椅上当然坐过高谈阔论的文豪，那幽兰馨香的后院肯定会有黎家子孙朗读诗文的铿锵声音，而那景泰蓝的大花瓶里又藏过多少秘密。

四

西方有个"圣诞老人",他出自芬兰拉毕省的罗瓦涅米市。

中国有个"春节老人",他来自四川省的阆中市。

前者是一个美丽的传说,后者是一个真实的史话。这位"春节老人"叫落下闳,出生于阆中,他少年时就醉心于观测天象,在阆中盘龙山设立了我国最早的民间观星台,并因为在观测天象上的名气,经在朝廷任上林令的同乡谯隆推荐,被汉武帝征召进长安,参与研制历法。落下闳后来成为西汉时期的天文学家和历算家:他创立的"浑天说"是我国古代先进的宇宙结构学说;他改进的赤道式浑天仪,在中国用了2000年;他潜心编撰的典籍《太初历》,是我国历史上第一部有完整文字记载的历法;他将二十四节气纳入历法,对中国农牧业和人民生活产生了很大的影响;他首次将每年的正月定为岁首,从而确定了每年的正月初一为新年的第一天,自此才有了沿袭数千年的中国年——春节。

《太初历》诞生以后,落下闳便辞官回乡,隐居在锦屏山下,终老于嘉陵江畔。当地百姓为了表示对他的敬重,专门在锦屏山上建起了观星楼,在古城内修缮了落下闳故居,并把它命名为"星座苑"。落下闳在天文学方面的成就,也得到了国际社会的认同,英国著名科技史学家李约瑟曾称他为"中国天文史上最灿烂的星座"。2004年9月,经国际天文家联合会批准,中国科学院天文台将一颗国际永久编号的小行星命名为"落下闳星",这是继巴金之后,第二位四川人"登上"太空。

2010年,阆中市被中国民间文艺家协会授予"中国春节文化之乡"称号。古城为此专门举办了春节博览会,兴建了中国春节文化广场。广场有几千平方米,入口处竖立着落下闳的大型雕像,广场中央摆放了一个直径四十米、高约十层楼的大红灯笼。这可能是中国最大的灯笼,夜里亮起来,璀璨夺目,为这座千年古城平添了几分亮色。

实际上,阆中古城是中国古代民间天文研究中心。除了落下闳是阆中人,汉代的任文孙、任文公父子,总能准确地预测天气,被誉为"阆中天神";东汉末年的周群、周舒、周巨也是阆中人,祖孙三代天文学家,精于占验天算之术;东

阆中古城

汉的张道陵在阆中云台山、文成山的"元台"观测天象，后来"飞升"于此。唐代的袁天罡、李淳风二位阴阳风水学家在阆中观测天象，李淳风是世界上第一个给风定级的人。他俩虽不是阆中人，但久居阆中，后来同葬于阆中的天宫院，在当地留下了许多耐人寻味的传说。

　　走在中国春节文化之乡的市井中，如同穿过一段历史的隧道。同行的陈先生提议，不如春节携家人到阆中过年。我想，这倒是一个不错的主意，因为这里可能是全国把春节过得最长的地方，从腊月初八开始煮杂粮粥，腊月二十三过"祭灶日"，到大年初一迎新年，二月二"送玉龙"，这年要过一个多月。这里可能也是中国最有年味的一个地方，春节一到，满街红彤彤的灯笼都亮起来了，春联装点着千家万户的门面，鞭炮声一阵阵响起，震得你的心扉都想打开。街坊邻居摆上美食美酒、鸡鸭鱼肉、水果糕点、浓酒陈醋，尤其是那刚出锅的白糖蒸馍，香气使满城都有一股过年的味道。街上走过来的是巡游的队伍，欢声笑语使古城成了欢乐的海洋，而被簇拥着走在最前面的，正是身穿吉庆古装、满脸慈祥笑意的"落下闳"……

龙虎山问道

一

龙虎山在哪里？

赣浙闽三省交会之处，有一个风光旖旎的旅游"金三角"，一百多公里直径内，散落着几个国家级的风景名胜区，包括三清山、武夷山、婺源等等。隶属江西省贵溪市的龙虎山也在这里。

对大部分人来讲，三清山奇、秀、险、峻，有"小黄山"之称，《中国国家地理》杂志推选它为"中国最美的五大峰林"之一，美国地质学家更是认为它是"西太平洋边缘最美丽的花岗岩"。武夷山是山水辉映的丹霞地貌杰作，是世界文化与自然双重遗产，是地球同纬度地区保护最好、物种最丰富的生态系统，一直颇负盛名。婺源是古徽州的现代记忆，是春天里金灿灿的油菜花点缀的美丽乡村画卷，在西递宏村取景的电影《卧虎藏龙》更使它声名鹊起。相比而言，龙虎山的知名度与到访率就不太高了，它就如同一位普通道士，头顶方帽，身着黑袍，脚蹬束鞋，相貌不那么突出，言语不那么犀利，虽满腹经纶、身怀绝技，却不为道外人士熟知。

然而，对许多道教的信众，对一些关心宗教文化或老庄哲学的人士来说，龙虎山是一方不得不去的圣土。

中国有四大道教名山，包括安徽齐云山、湖北武当山、四川青城山、江西龙虎山。齐云山有"白岳仙关"之称，是道教全真派圣地，有佑圣真武祠等道教名

上清宫外观

胜。武当山古称"太岳",方圆400公里,神秘空灵,名声在外的武当功夫几乎可以媲美少林武术。青城山是道教全真派仙境,有"青城天下幽"的美誉,素有"拜水都江堰,问道青城山"之说。而碧水丹崖的龙虎山在道教四大名山乃至中国道教中的地位都不可小觑。

道教是中国的"国粹",在我国五大宗教中,它是唯一发源于中国、由中国人创立的本土宗教。而龙虎山是中国道教的发祥地,是道教正一派的祖庭,有中国"道都"之称。龙虎山在鼎盛时期建有道观80余座,道院36座,道宫数个,被誉为"道教第一宫"的上清宫更是地位显赫,诗云:"碧水丹霞踞虎龙,洞天福地隐仙庭。"有学者曾经说过,中国文化的根底全在道教,道教的根底全在龙虎山。说到这里,我们是不是应该放下手中的书卷,移开桌上的茶杯,站起来整整衣袖,捋捋头发,然后走到窗前,推开窗户,让一股清风吹进来,撩起你肃然起敬的情愫。

龙虎山风景

    过去，你可能不知道龙虎山，但你一定读过施耐庵的《水浒传》。这部名著开篇第一回写道，嘉祐三年，瘟疫盛行，仁宗天子派钦差内外提点殿前太尉洪信前往江西龙虎山，宣请张天师星夜来朝祈禳瘟疫。洪太尉率众到了龙虎山上清宫，见到一块写有"遇洪而开"的石碑，不顾众人所劝，放倒石碑，移开石龟，掘地三尺，砸开青石板……我们且看书中描述：

    石板底下却是一个万丈深浅地穴，只见穴内刮啦啦一声响亮……响亮过处，只见一道黑气，从穴里滚将起来，掀塌了半个殿角。那道黑气，直冲上半天里空中，散作百十道金光，望四面八方去了。

龙虎山风景区

龙虎山上清宫

这"百十道金光"，也就是三十六天罡星、七十二地煞星，是梁山泊的一百零八将。他们从上清宫的地穴里呼啸而出，扶摇直上，由此有了惊天地泣鬼神的水浒传奇。就是不知道，呼保义宋江、智多星吴用、黑旋风李逵、豹子头林冲诸兄弟，是否认可龙虎山是他们的英魂出处？

二

说到龙虎山，就不能不说到张天师。

现在龙虎山旅游区的大门口，就矗立着他的塑像。塑像高三米多，用花岗岩雕成，人们并没有把张天师塑造成仙风道骨、慈眉善目的道家先贤，而是把他雕刻为镇妖祛邪、神憎鬼厌的驱魔者。但见，张天师威风凛凛地站在山门要道，头起犀角，眼露凶光，身穿道袍，手握太上老君所授的雌雄宝剑，如果突然间天空变得阴晦，风雨欲来，旋风骤至，他定然腾空而起，口中大喊："妖魔鬼怪，看剑！"

道家主要有两派：全真派和正一派。全真道修炼主旨是以清静无为、去情节欲、修心炼性、养气炼丹、忍耻含辱为内修"真功"，以传道济世度人为外修"真行"。全真派道士为出家道士，独身，吃素，住在道观里，他们蓄长发，拢发髻，戴头冠。正一道则重视符箓斋醮、祈福禳灾、祛邪驱鬼、超度亡灵等活动。据说正一派的信众可以结婚，过世俗生活，但正一派道士具备一定条件后要接受符箓，这是他们代代传承的重要方式，也是他们修真成仙的重要条件，只有接受符箓才能"名登天曹"。全真道超脱，欲得道家真传；正一道入世，很接民间"地气"。而作为正一道始祖的张天师，这种抚剑问天、笑傲江湖、以正压邪的形象倒符合其教义教规。

张天师名张道陵，东汉丰县（今江苏徐州丰县）人，相传为西汉开国功臣张良的第八世孙。他自幼聪慧过人，7岁便读通《道德经》，为太学书生时，博通五经，天文地理、河洛谶纬无不通晓。张道陵26岁时曾官拜江州（今重庆）令，但不久就辞官隐居洛阳邙山，精思学道。之后，张道陵开始云游名山大川、访道求仙。先是南游淮河，居桐柏太平山，后与弟子王长、赵升一起渡江南下到了江

龙虎山上的正一观

西云锦山。云锦山山清水秀，景色清幽，为古仙人栖息之所，张道陵就在山上结庐而居，并筑坛炼丹。

云锦山也就是现在的龙虎山。一说如今的名字就是张道陵改的。他向当地人打听，得知此处叫云锦山，便摇头笑着说："此名虽美，但不甚确切，不如改称龙虎山。"这不是他信口而言，而是他仔细观察以后发现这里山如虎踞，水似游龙，所以有感而发。另有一说，张道陵曾在此炼丹，三年后神丹成，龙虎出现，故此山又称龙虎山，正所谓"丹成而龙虎现，山因得名"。

传说中张天师神通广大，有龙虎护法，有符咒祛毒，能以五雷驱"五鬼"、除"五毒"，除瘟消灾，霹妖镇邪，所以他的形象在民间仍不时可见。在闽南地区，端午节时人们插在门楣上辟邪的除了艾草、菖蒲以外，还有一种特别的天师艾。京城一带，人们除了绘天师画，还做泥塑的天师像。而在笔者的老家潮汕地

张天师塑像

区农村，许多人迄今把张天师奉为偶像，把他当成镇宅祛邪的护身符。

三

看景不如听景，听景不如想景。

你如果没有去过龙虎山，想象中的这方洞天福地，一定是风景绝佳之处。现在的龙虎山风景区，有上清宫景区、天师府景区、龙虎山景区、仙岩水岩景区、岩墓群景区、象鼻山排衙石景区、独峰马祖岩景区等，也有了国家5A级景区、世界地质公园、国家自然文化双遗产等桂冠。但说实在话，论山水禀赋，龙虎山的规模、气势、颜值，比三清山、武夷山都要略逊一筹。龙虎山核心景区的主峰大虎头山海拔才229米。但龙虎山人对此很坦然，他们有非常得体而又天衣无缝的说辞："山不在高，有仙则名；水不在深，有龙则灵。"

龙虎山有仙，就是有张天师的真传，有道教的真迹。龙虎山有龙，就是有龙

"道教祖庭"天师府

盘虎踞之像，有蛟龙出水之神。

问道龙虎山，你可以坐在泸溪河的竹排上，品一杯清茗，一边看两岸风光，一边听船夫娓娓道来张天师的传奇。船夫几乎都是生于斯长于斯的当地人，清贫老实，不善言辞，但在讲到家乡的这些故事时，却滔滔不绝，风趣幽默。

问道龙虎山，你可以到上清宫流连，它始建于东汉，是张天师修道之所，有"天师草堂"之称，也是历代正一道天师阐宗演法、降妖除魔的宗教场所。在那里，你可以穿过龙虎门，登上玉皇殿，拜谒后土殿，参观三清阁，然后奉上一炷香，让一缕青烟引发你思古之幽情、悟道之雅兴。

问道龙虎山，你可以仔细地端详悬崖上的墓棺群，那202座悬棺，是古越人所葬，距今有2600余年的历史。我总觉得，冥冥中它们跟道教有某种内在的玄机。

问道龙虎山，你可以去拜谒嗣汉天师府，那可是宋徽宗赵佶赐予三十代天师张继先的私宅，得到历代王朝无数次的赐银，进行了无数次的扩建和维修，其建筑面积、规模、布局、数量、规格创道教建筑史之最，是我国私家园林和道教建筑的艺术瑰宝。到了天师府，你就可以知道龙虎山在中国道教中的地位。

天师府"私邸门"西侧，有一座"万法宗坛"，始建于明嘉靖五年，是历代天师奉旨祀神演法之所。它是道教正一派祖庭的重要标志，也是值得一去的地方。

问道龙虎山，你边走、边看、边想，真的还能悟出一些道理来。中国历史上的史册典籍、轶闻掌故中，失真不实、以讹传讹的史料应该不少，历经朝代的更迭，官方的文献、民间的野史、文人的杜撰、百姓的传说，令人半信半疑、亦幻亦真的事情很多。尤其是在现代社会，一个地方的描述，一旦跟旅游搅在一起，就更加说不清楚了。倒是一个时代、一方水土、一种宗教、一个人物、一本好书所流传下来的思想内核，能够给我们许多启迪。就道教而言，许许多多的传奇，我们可以把它当作神秘的故事，但道家的一些理念，确实值得我们认真去研究。

道教追求长生不老、修炼成仙，道家更诲人"道法自然，无为而治"。什么时候我们能"去甚，去奢，去泰"，做到"自然、释然、怡然"，就会每天如春风拂面，如甘霖润心，情怀不泯，童心不老，在人生路上潇潇洒洒走一回。

酒乡行

都说"酒香不怕巷子深"，酒香又何惧路途远呢？

唐朝诗人白居易曾留下脍炙人口的《劝酒》诗，诗中写道："身后堆金挂北斗，不如生前一樽酒。"对酒文化有兴趣的朋友，可以在黔川之间选择一条旅行线路，作一次身心陶醉的酒乡行。

旅程的起点是贵州遵义的茅台镇，途经习水县参观习酒厂区，渡赤水进入四川二郎镇游览郎酒庄园，接着顺流而下到酒城泸州观赏"泸州老窖"，最后抵达"长江第一城"宜宾品尝五粮液。这是中国白酒的"金三角"，全程约四百多公里，每个地方相隔不远，走走停停，且行且品，从酱香型到浓香型，精彩不断，酒香绵长。

一、茅台镇

前往第一站的贵州仁怀市茅台镇，现在交通便捷，当地有仁怀机场，从遵义开车过去也很方便，一个半小时就可以抵达。

车近茅台镇，你站在山路的高台上眺望，可见酒乡被崇山峻岭环抱，清澈宽阔的赤水河蜿蜒而过，河两岸错落有致地分布着颇具黔北特色的木楼石屋，构成一幅曼妙的山水民居图。细雨迷蒙中，小镇上空飘着淡淡的薄雾，像化不开的乡愁情愫。空气中弥漫的，则是酒糟发酵的味道，那味道有点独特，混杂着粮食、酱料、陈醋、酒曲的气韵，爱喝酒的人做个深呼吸，或许就已经醉了。

茅台酒现在是一个神话，市场上每瓶新出的茅台酒从几年前的几百块钱暴涨到3000多块钱，茅台酒股价从几年前的一股几十块钱热炒到两千多块钱，茅台酒股份有限公司的市值从几年前的几百亿元跃升过万亿元，一个茅台酒厂几乎富可敌国。当下，喝茅台成了奢侈，藏茅台成了一种时尚，流通中的茅台成了一种硬通货。

茅台镇也成了一个神奇的地方。远古时代，人们在赤水河边找到了清水甘泉，逐步向这里聚集，他们为了致敬先人开荒拓土、开创基业，在草地上筑土台、立旗杆，祭拜祖先，所以当地有了"茅台"之称。汉代时，当地人用赤水河水和红缨子糯种小高粱酿出了第一瓶"枸酱酒"，据说汉武帝喝了盛赞"甘美之"。现在，这里有大大小小近两千家的酒厂酒坊，是闻名遐迩的国酒茅台的原产地，是中国的酒都，是泡在美酒中的山水名城。

因此，现在到茅台镇，简直就是一种探秘、一种寻根、一种朝圣。

你首先可以去参观"中国酒文化城"，这里是茅台集团用三年多时间打造的

赤水河从茅台镇穿城而过

茅台镇夜景

酒文化园区，该项目占地面积 30000 余平方米，建筑面积 8000 余平方米，建有汉、唐、宋、元、明、清及现代七个馆。每个馆都有各个时期鲜明的建筑风格：汉馆古朴巍峨，唐馆富丽堂皇，宋馆古典玲珑，元馆粗犷明快，明馆精巧别致，清馆华丽凝重，现代馆明晰流畅，洋溢着时代的气息。尤为难得的是，馆内有大量的群雕、浮雕、匾、屏、书画、实物、图片和文物，它们从不同的角度介绍了中国历代酒业的发展过程及与酒有关的政治、经济、文化、民俗等，展示了我国酒类生产的发展沿革、工艺过程和酒的社会功能。中国的酒文化博大精深，通过展览逐一了解它的历史渊源、发展变化、酿造艺术、酒品种类、文化因缘、传奇佳话，就如同喝下一杯杯茅台酒，情绪亢奋、神态微醺、心思活跃，很想呼朋唤友，一起来品尝这杯绝世佳酿。

你可以坐索道登上"天酿景区"，俯瞰整个茅台镇，天、地、山、水、城、

茅台酒厂的中国酒文化城内景

人浑然一体，有一种感动心灵的力量，真是好山好水出好酒啊！

你还可以去游览古色古香的"杨柳湾"特色街区，随便走进一家小酒馆，选一张临街的木桌，要一壶老酒，独斟独饮，心游万仞，思接千古，寻思酒与文人的渊源，禁不住会欣然一笑。

酒是有灵魂的水，酒与文人有解不开的缘分，一部中国文学史，几乎页页都散发出酒香。"李白斗酒诗百篇""张旭三杯草圣传"等妇孺皆知，晋朝的"竹林七贤"饮酒风流早有所闻，而陶渊明写《饮酒》《述酒》《止酒》也被传为文坛佳话。初唐的王勃写《滕王阁序》时，先研墨数升，继而酣饮，然后拉起被子覆面而睡，醒来后抓笔一挥而就，只字不易。据说被奉为儒家圣祖的孔夫子，也爱喝酒，古书上有"文王饮酒千钟，孔子百觚"之说。觚为古代酒器，用青铜制，喇叭形口、细腰、高圈足，一觚可盛酒二升，可见孔子酒量惊人。近现代也有许多传奇佳话，鲁迅先生那句脍炙人口的"横眉冷对千夫指，俯首甘为孺子牛"，就是在郁达夫宴请的酒席上想出来的。而郁达夫更爱酒，曾有"大醉三千日，微醺又十年"的酒后豪言。

夜幕降临了，小镇褪去了白天的喧嚣，换上了迷人的盛装。漫步赤水河上的"彩虹桥"，看酒乡早已被灯光装点得美轮美奂，河水被霓虹抹染得流光溢彩，连弯月也躲进了云朵里不出来争俏，唯有带着酒香的清风尽情吹拂。

酒乡竟可以如此醉人。

二、美酒河

茅台酒的神话与赤水河的神奇应该是有联系的。

赤水河发源于云南省昭通市的镇雄县，流经云贵川接壤的地方，从四川省泸州市的合江县注入长江。赤水河全长 444.5 公里，流经区域出了大大小小数十种名酒，占全国名酒的 60%，尤其是中下游的赤水河沿岸，出了茅台、习酒、郎酒、泸州老窖和五粮液等名酒品牌，是名副其实的"美酒河"，人称"天下白酒出川贵，川贵白酒源赤水"。

在赤水河中游的沙滩乡，悬崖峭壁上刻着"美酒河"三个朱红大字，摩崖石刻的总面积近 5000 平方米，其中每个字近百平方米，被世界吉尼斯纪录评为"最大的石刻汉字"。这又不知是哪个人的主意，想必是喝了几杯茅台，神思狂放，才情横溢，才有此杰作。

好酒是怎样酿成的？追根溯源，无论是"猿猴造酒"，还是"杜康制酿"，本都是无心之作。洪荒时代的猿猴将一时吃不完的果实藏于岩洞中，久而久之，果实腐烂，那些含有糖分的野果，通过自然界的野生酵母菌自然发酵生成酒浆，因此有"猿猴善采，百花酿酒"的传说。而杜康老人把吃剩的饭倒在树穴里，历经数日，米饭自然发酵，发出芬芳的气味，并流出一种液体，启发他发明了酒。

当代的酿酒理论，博大精深，自成体系，从原材料、配方、工艺、流程到窖藏各个环节都十分考究。而赤水河要告诉我们的是，气候、温度、土壤、水质、环境，对酿造好酒又是如此的重要。中国驻法国前任大使吴建民曾感慨："酿茅台酒比造航母要神秘，航母在什么地方都能研制，而茅台酒却不能异地生产。"

一方水土养一方人，一方水土酿一方酒。

　　赤水河为何成就绝代佳酿，独领酒界风骚？一是气候，这一带属亚热带湿润季风气候，四季分明，温差较大，而且年均降雨量761.8毫米，相对湿度76%，是全国日照量最少的地区之一，据称一年中只有720多个小时可见阳光，适宜微生物生长。二是地形，从茅台镇到二郎滩几十公里的河谷，临河两岸几乎都是高崖，河谷处仿佛一个温暖的怀抱，其特有的温度、湿度、土壤、微生物群，使这里具备孕育优质酱酒得天独厚的优势，这也是赤水河最神奇的地方。三是土壤，其地层由沉积岩组成，为紫红色砾土岩，具有良好的渗水性，地表水和地下水通过两岸红层时溶解了红土层多种对人体有益的微量元素，又经过层层渗透过滤，变得纯净清澈、清甜可口，源源不断地渗进赤水河。四是水质，赤水河是国内唯一没有被开发、被污染、被筑坝蓄水的长江支流，是我国生物多样性的重要保护区。

　　站在云贵高原与四川盆地的交会处的山顶上，环顾四周，汹涌澎湃的赤水河从山谷底下奔涌而去，两岸的山地已成了规模宏大的酒厂。身后，是贵州习水县习水镇的习酒厂区，厂区依山傍水，绵延十里，人称"十里酒城"。河对岸，是四川省古蔺县二郎镇的郎酒厂区，占地10平方公里的郎酒庄园清晰可见。一河两岸，两大酒厂遥相呼应，蔚为壮观。

　　车过赤水，到近几年精心打造的郎酒庄园看看，你会觉得不虚此行。郎酒庄园历时十年打造，现在是集"郎酒酿造、洞藏储存、酒文化体验、观光游览、休闲度假"于一体的酒文化园区。天宝峰上有"十里香广场"，那里上万只陶坛整齐排列，上面绿植遮掩，成为颇具规模的露天陶坛酒库。天宝洞是世界上最大的天然储酒溶洞，洞内冬暖夏凉，常年保持19—21摄氏度的恒温，洞内的老酒坛，装的都是几十年的陈年旧酿，表面经日积月累，已形成了厚厚的酒苔。都说酒是有生命的，洞中的岁月就是它们潜心的修炼。仁和洞也别有洞天，它装饰得更像现代的酒窖，珍藏的各款郎酒琳琅满目，置身其中，真是"酒不醉人人自醉"。洞仙别院实际上是颇有情调的游客接待中心，在那里，你可以在调酒师的指导下，亲手调制一瓶酱香型白酒，然后把它带回家，在温馨的客厅里留一缕来自黔川的酒香。

郎酒庄园天宝洞的
窖藏陈酿

　　时值岁末，当地阴雨绵绵，寒风凛冽，气温在 0 摄氏度左右。承蒙主人盛情，我们在天宝洞内开坛启封，喝了一杯窖藏 40 年的郎酒原浆。入口时只觉香气扑鼻；继而是一缕温热穿肠而过，从脑门到肚脐，寒气顿消；尔后再咂咂嘴，却是口齿留香，余韵绵长……

　　难怪啊，多少人可以为了酒不爱江山，不恋美人。

三、泸州

　　沿着赤水河顺流而下，走 170 公里，就可以到达酒城泸州了。到这里，河道变了，酒风也变了，从酱香型变为浓香型，味道更加醇绵浓厚。

　　一千多年前，一代军师诸葛亮屯兵泸州古城江阳。适遇瘟疫流行，他叫人采集百味草药制成原料，再用城南龙泉水酿制成酒，命军民都饮用之，不仅避免了瘟疫泛滥，还为泸州留下了酒业的根基。

　　九百多年前，宋朝大诗人苏东坡父子三人从家乡四川眉州前往京城汴梁，途经泸州，有好友相邀，痛饮泸酒，甚是偏爱，酒酣耳热之际，写下了《浣溪沙·夜饮》一词，盛赞泸州"佳酿飘香自蜀南，且邀明月醉花间"。

一百四十多年前，晚清重臣、洋务派代表人物张之洞到过泸州，他遍访古城，走进市井，在老酒坊喝到了陈年的泸州老窖，啧啧称奇，随口说了一句"酒香不怕巷子深"，成为脍炙人口的民间俗语。

一百多年前，朱德元帅随蔡锷将军的讨袁护国军进驻泸州，他在这里驻防五年期间，养精蓄锐，以图大业，在《除夕》一诗中写下了"酒城幸保身无恙，检点机韬又一年"的诗句，泸州的"酒城"称呼由此而来。

"酒城"还有多少传奇佳话？要去问问小巷深处小酒馆里那几位正在"摆龙门阵"的大爷，他们不经意间会说出一串串响亮的名字、一段段有趣的故事；要沿着磨得油亮的青石板，走近古城里那些沾满历史泥垢的酿酒窖池，它们都已有几百年的历史，但封藏的却是鲜活的记忆；要去叩问泸州市博物馆，尽管那是官方展览，未免有溢美之词，但那件有几百年历史的镇馆之宝"麒麟温酒器"，却镌刻着许多传说。

泸州"城以酒兴，酒以城名"，酒文化底蕴深厚，当地的酒业始于秦汉，兴于唐宋，盛于明清，发展于新中国。今日泸州，被称为"中国酒城，醉美泸州"，是"一座酿造幸福的城市"。迄今，泸州城内还有大大小小1000多口窖池，百年以上的有400多口，其中舒聚源、温永盛等明代老窖有400多年历史，而且它们自明万历年间开始使用，一直沿用至今，是酒业奇迹。别小看了这"国宝窖泥"，每一克古窖泥里含有几百种、数十亿个参与白酒酿造的微生物，被科技界称作"微生物黄金"，应是无价之宝。

泸州民间的酒风颇盛，"风过泸州带酒香，人到泸州醉一场"，泸州人爱酒、酿酒、品酒、敬酒、送酒。当地有人把酒称为"单碗"，因为以前卖酒郎挑着两大坛酒，沿街叫卖，担子上就放着一只碗，客人来了，交了钱，或舀一碗端上，一饮而尽，好不豪气；或舀几碗倒入带来的酒壶，回去与亲朋痛饮，实乃一大快事。慢慢地，单碗就成了酒的代名词。

要了解泸州酒业的前世今生，位于市中心的"泸州老窖旅游区"，是一个具有代表性的地方。它是国家5A级旅游景区，也是经国务院批准的同行业首家全国重点文物保护单位，"1573国宝窖池群"和"泸州老窖酒传统酿制技艺"还先后获得国家级非物质文化遗产称号。在那里，你可以观赏79米长的泸州老窖酒史浮雕图，领略"四百年老窖飘香，九十载金牌不倒"的神韵；可以看看那口带有传奇色彩的龙泉井，它是泸州老窖几百年沿用至今的酿酒水源；可以参观展示纯手工酿制技艺生产现场的长廊，那里有荣获多项吉尼斯之最的"中国第一窖"；当然，还可以到"天下第一酒道场"，品酒韵，赏古风，喝一杯正宗的泸州老窖原浆，把一座酒城的记忆注入心里。

平心而论，在酒业发展的地方格局中，泸州前有茅台酒，后有五粮液，想脱颖而出，殊为不易。泸州人最近又搞了一个"乾坤酒堡"，是目前中国最大的地下酒窖，建筑面积近三万平方米，是欧式建筑。它采用了声光电等多种表现手法，不仅再现了当年泸州酒城的盛况，介绍了泸州酒业发展的历史，推介了泸州老窖生产的各种系列产品，而且运用了五维沉浸式剧场，演绎了一场《酒舞间》的神奇传说。

但我想，酒还是老的好，老风味、老品牌、老字号、老客户才是泸州老窖永葆青春的根基。

四、宜宾

酒乡行的最后一站是四川宜宾。

宜宾素有"万里长江第一城"之称，金沙江、岷江、长江，三条大江在这里汇合，长江的零公里地标设在长江边的合江口广场。传说远古时代，这里曾洪水泛滥，民不聊生，哪吒为了制止龙王施暴，曾在这里杀了龙王的三太子，更为当地增添了几分神奇色彩。

泸州和宜宾是川南两大名城，相距不外一百多公里。但提起酒，两城却互不谦让。泸州称"酒城"，宜宾喊"酒都"。泸州说他们的酒文化历史有2000多年，宜宾说他们的酒文化历史有3000多年。泸州自称是白酒的"浓香正宗"，还把这四个大字镌刻到酒厂门口的石碑上；宜宾自诩"川酒甲天下，佳酿在宜宾"，并把它制成酒旗四处高挂。兄弟阋墙，友城相争，结果却争出了蜀南白酒繁盛的格

宜宾五粮液酒厂大门

局，酿出了绵延百里的浓郁酒香。

　　而今，一个地方的酒业糅合了一座城市的物产、水土、经济、文化，沉淀了一座城市的传统、习俗、口味、情感。你要让泸州人评价五粮液，他们可能不以为然；你要让宜宾人点赞泸州酒，他们可能也会一笑置之。作为一个中立者，我觉得泸州老窖更加绵柔醇厚、气韵悠长；五粮液则口感饱满、飘逸隽永。同时，从发展规模上看，内秀沉稳的泸州更像千年老店，展现着工匠的精神，酝酿着川人的精气神；而独枕长江头的宜宾，纵横三省，吞吐三江，则颇有撑起川酒半边天的气魄。

　　目前，五粮液酒厂可能是世界上最大的酿酒基地，总面积达18万平方公里，占了岷江江北大半座城，是世界500强企业，更是宜宾人的骄傲，五粮液酒还入选了国家地理标志产品名录。沿着五粮液大道走近酒厂，以五粮液标志造型的大门就足以令人震撼，高达四十多米，宽近百米，厂内有全国最高的企业形象塔——奋进塔、全国规模最大的酒文化博物馆——五粮液酒文化博物馆、全国气势最大的酒文化广场——鹏程广场、全国唯一以酒命名的山——酒圣山。在酒圣山，你可以远眺酒厂的全貌，还可以和五粮液女神合个影。每年 12 月 18 日，五粮液酒厂还会开展规模盛大的"酒圣节"，进行五彩缤纷的主题巡游，举办隆重庄严的酒圣祭祀大典，尽显酒都风范。

"桃李春风一杯酒，江湖夜雨十年灯。"宜宾还有一个值得一去的地方，那就是市区的"流杯池公园"，它是为了纪念北宋诗人、书法家黄庭坚而修建的，说起来也跟酒有缘。园中有一条小溪，弯弯曲曲穿行于垒石之间，古代的文人墨客闲坐于涧溪两侧，然后把盛着酒的杯子放于上游，让它顺流漂移，酒杯停在哪里，对位的人就要从水里把酒拿起来喝掉，并吟诗作对，再现了成语"曲水流觞"的意境。就在这里，崖岩上刻着光绪年间当地 74 岁的老人段天锡所写的一首诗，诗曰：

> 人生七十古来少，前除年少后除老。
> 中间光景不多时，更有炎凉与烦恼。
> 朝里官大做不尽，世上钱多赚不了。
> 官大钱多忧转深，落得自家头白早。
> 不必中秋月也明，不必清明花也好。
> 花前月下且高歌，直须满把金樽倒。
> 请君细点眼前人，一年一起埋芳草。
> 草里高低新旧坟，清明大半无人扫。

这首诗写得有点苍凉，对人生大彻大悟，令人吟咏再三、深思反省。

酒是红尘一味，它能醉人，也能醒人。人生说起来挺有意思，往往看不透的时候喝酒买醉，看透了又对酒当歌。

版纳寻茶

一

今天的西双版纳，可能超乎你的想象。

那些迷宫般的原始森林、藤树交缠的热带雨林、色彩斑斓的开屏孔雀、憨厚健硕的南亚大象、淳朴娇美的傣族姑娘，这些都让人想起香格里拉。如果你一定要寻找昔日傣寨的柔情和版纳的雨林，那只能去民俗村和植物园了。当然，你看到的也只能是一种矫饰的风情。

今天的版纳，到处是新崛起的商业楼盘、造型别致的别墅区、车水马龙的开发区、五彩缤纷的商业街、星罗棋布的旅游景区、熙来攘往的游客。澜沧江边的告庄夜市，甚至成了东南亚地区最大的灯光夜市，像一个永不落幕的民间嘉年华。小小的西双版纳，竟然有 8 家五星级酒店和 3 个高尔夫球场，其中新开业的景南大酒店有 900 间客房，规模宏大。这一切令人想到海南三亚、广西北海、内蒙古鄂尔多斯以及柬埔寨的西港，一方热土涌进了多少创业者和冒险家，充斥着多少追求与欲望。

唯有大街小巷上随处可见的茶店、茶馆、茶厂和关于茶的广告标语，不时提醒你，这里是中国普洱茶的发祥地和主产区，这里的高山峻岭中到处有迷人的茶园和数百年的古茶树。

本来，我这次到西双版纳是为了再寻少数民族的风情，重温十几年前在泼水节上的惊喜。但是我到了当地一看，觉得热带雨林的风物与少数民族的风情已乏

西双版纳的告庄夜市

善可陈，便决定改变初衷，一心问茶，一路寻香，一再品茗。

中国茶叶版图很独特，与地域文化有密切的关系。江浙人喝绿茶，一壶用虎跑水泡的明前龙井，是一生的至爱；福建人喝铁观音和大红袍，一日三餐，无茶不欢；北京人喝茉莉花茶，高级的茉莉花茶简称"高茉儿"，用京腔读出来别具韵味；西北人喝茯苓茶，它可以用铁壶来煮，味道浓烈，像极了西北人的性格；台湾人喝乌龙茶，高山冻顶乌龙与当地高山族人应该有一定的渊源；广东潮汕人喝凤凰单丛茶，精致考究的工夫茶喝法，颇负盛名；云南人呢，当然是喝普洱茶了，那是红土地的味道。

可是，现在不仅仅是云南人才喝普洱茶了，在许多大城市里，像北上广深，喝普洱茶渐成时尚，藏普洱茶慢慢兴起。如果你喜欢喝茶，你可能会知道普洱茶

西双版纳女孩

在当下是如何风行，近几年普洱茶市场是如何疯狂。

在广州、深圳，一饼珍藏的"宋聘号"老茶，可以炒到三四百万元，在三、四线城市可以买到一套别墅。一饼所谓"孔雀六星"，可以叫价六七十万元，那是买奔驰、宝马汽车的价位。一饼勐海茶厂的"8582 生普"，可以卖到二十万元左右，那是一个普通公务员的年薪。

有需求就有市场，有偶像就有"粉丝"。勐海茶厂的一位管理人员告诉我，他们整个集团一年的销售额可以达到 50 亿元左右，像"大益七子饼"这种品牌产品，现在根本就不愁销路。陈升记茶厂的接待人员也告诉我，勐海县大大小小的茶企，包括茶厂、茶坊、茶馆、茶店、茶行，接近两千家，当地许多人种茶、制茶、卖茶、饮茶，以茶为伴，以茶为生。

西双版纳，曾经的"绿色王国"，如今是普洱茶的热土。

二

充满传奇的澜沧江流经西双版纳，将版纳一分为二，江东岸的山脉为无量山余脉，江西岸的山脉为横断山余脉，这一带是普洱茶的发祥地、滇南茶马古道的源头、世界茶树原生地的中心地带。这里不仅得天地之精华，生长着大量的野生茶树，而且从明代开始，当地少数民族首领便鼓励老百姓种植茶树，曾留下十万亩的古茶园。

西双版纳茶区有"古六大茶山"之说，包括攸乐（基诺）、革登、倚邦、莽枝、蛮砖、曼撒（易武）等茶山，绵延八百里。同时又有"江内六大茶山"与"江外六大茶山"的新版本，澜沧江内六大茶山即革登、倚邦、莽枝、蛮砖、曼撒、攸乐；澜沧江外六大茶山即南糯、贺开、勐宋、景迈、布朗、巴达。1962年，在西定乡巴达山热带雨林中发现的野生"茶树王"，树龄1700多年，树高3.21米，主干直径1米，是西双版纳作为普洱茶原生地的佐证。

这得天独厚的六大茶山，成就了西双版纳的茶业格局。清朝雍正九年（1731年），普洱茶就被定为皇家贡茶。道光二十五年（1845年），为了方便每年向朝廷运送普洱茶，官府下令修了一条路，宽两米多，长几百公里，从西双版纳经思茅、墨江、玉溪到昆明，然后转运到京城，这就是滇南的茶马古道。迄今，在勐腊县的易武、倚邦等地还保留着茶马古道的一些路段与驿站，是寻古探幽的好去处。

悠长的茶马古道可谓一直通到了现代茶客的心里。近些年，笔者也开始喝普洱茶、藏普洱茶，慢慢地也喝出一些门道，知道一点皮毛。现代普洱茶用云南大叶种茶树鲜叶为原料，经杀青、揉捻、晒干、压制等工序制作而成。沏好的普洱茶可以用"香、甜、甘、苦、涩、津、气、陈"八个字来概括总体的品质，其中大益茶淳厚、班章茶霸气、冰岛茶回甘、昔归茶甜柔，各具韵味。同时，我也开始留意一些关于普洱茶的趣闻轶事，作为喝茶时的谈资。

明代著名的医药典籍《本草纲目》上说："普洱茶出云南普洱。"李时珍先生虽生活在湖北楚地，却早已留意到了云南的茶饮。

清朝乾隆皇帝写过《烹雪用前韵》，诗中写道：

> 独有普洱号刚坚，
> 清标未足夸雀舌。
> 点成一碗金茎露，
> 品泉陆羽应惭拙。

老"班章茶王树"

把普洱茶夸为连小鸟的舌头也难于形容，连"茶圣"陆羽品尝了也会觉得惭愧。据说当年普洱茶入贡清廷，清宫"夏喝龙井，冬饮普洱"也成了一种时尚。

一部《红楼梦》，满纸茶叶香。其中说到为贾母准备的香茶和怡红院里的女儿红，就是来自云南的普洱茶了。

清朝末代皇帝溥仪曾对著名作家老舍先生说过："普洱茶是皇室成员的宠物，拥有古六大茶山产的普洱茶是皇室成员显贵的标志，普洱茶还是朝廷馈赠各国首脑、贵宾的礼品，深受外宾喜爱。贡茶制一直持续到光绪三十年，历时一百六十三年，后因清朝末期、内部动荡，社会治安不好，贡茶送到昆明附近被贼抢，朝廷鞭长莫及，没有追究，贡茶制到此结束。"末代皇帝也体恤民情，对普洱茶了如指掌。

勐海县的老班章村

三

酒香不怕巷子深，茶好又何惧山路远呢？

实际上，云南的普洱茶产地不少，如前些年把名字都改为普洱市的思茅市，出产"冰岛""昔归"等普洱名茶的临沧市、风花雪月、苍山洱海的大理市，因腾冲而知名的保山市，但西双版纳还是最具代表性的普洱茶乡。

西双版纳傣族自治州辖一市两县，包括州府所在地景洪市和勐海县、勐腊县。从景洪市的东南方向驱车约两个小时，就可以到达勐海县的布朗山、贺开山班章村等产茶区，那里有西双版纳迄今保存较好、面积较大的古老茶山。古茶山海拔在 1400—1700 米，延绵 10 余里，层峦叠嶂，沟谷纵横，植被茂密，山上分

普洱茶大世界的茶柱

布着许多古茶园，保存着不少百年老树。茶山上还有拉祜族村寨，年纪大一些的拉祜族人习惯喝烤茶。他们将干茶放进陶罐里，在火炉边烤热至焦，而后冲入开水，待嗞的一声响后将泡沫抹去，再将茶汤倒入竹杯中直接饮用。

　　在班章村，我们去看了传说有 700 多年历史的"班章茶王树"和"班章茶后树"，山坳中的这两棵大树，历经沧桑，古朴挺拔。700 多年了，它们为人间带来多少馥郁，留下多少佳话。大城市雅致茶室里的那些茶客，慕其芳名，思其陈韵，但一定没有见过它们挺立山野的风姿。

　　勐海县原名佛海县。1940 年，北宋大诗人范仲淹的 72 代孙范和钧先生到这里创办了佛海茶厂，也就是现在的勐海茶厂，迄今有 80 多年的历史。我们慕名而去，看了工厂车间、茶叶博物馆和号称"茶中星巴克"的大益茶庭。现在，勐海茶厂已经成为引领风尚的普洱茶著名企业，该厂生产的"大益七子饼"茶如今供不应求，颇有"酒中茅台，（普洱）茶中大益"的势头。我们还去参观了陈升记茶厂，这是行业的后起之秀，注重创新，声名鹊起。

千秋功业一杯酒，万丈红尘一壶茶。在楼顶的凉亭里，沐着飒爽秋风，看着连绵群山，品着醇香普洱，我们和陈升记茶厂的创办人陈老先生言谈甚欢。陈老先生已经70多岁了，他是勐海茶叶发展的活地图，也是普洱茶知识的活辞典。笔者从他那里了解了一点关于普洱茶的知识，觉得有用也有趣，忍不住想与大家分享。如勐海茶厂生产的"8582生普"，并不是指这种普洱茶是1985年出产的，前面的85，是指1985年使用的制茶配方；第三个数字8，是指综合用料级别；最后的2，是西双版纳勐海茶厂的代号。其他普洱茶的标号，像"7542生普"什么的，也可如此解读。又如，所谓"七子饼"，是制作普洱茶时把蒸软后的茶叶压成圆形饼状，七两为一饼，七饼为一扎，用竹笋叶包扎，故为"七子饼"。还有，与绿茶看重鲜嫩不同，普洱茶讲究陈香，因为普洱茶经长年收藏，苦涩感会因长期氧化而慢慢减弱，并裂解形成低聚糖，使味道变甘。

在景洪市的普洱茶大世界有一根被列入"吉尼斯世界纪录"的巨大茶柱，它用六大茶山的原料压制而成，高4.5米，直径2.86米，体积28.9立方米，重20.6吨。近看几乎有两层楼高，茶香犹在，令人叹为观止。

三百六十行，行行出状元。这巨大茶柱，能不能一直支撑西双版纳普洱茶独占鳌头的局面呢？

莫忘漠河

一

漠河对许多人来说，可能是陌生的，因为它实在太偏远了。

中国的地图像一只雄鸡，漠河的位置就在鸡冠上。它在东经121°12′至127°00′、北纬50°11′至53°33′的地理坐标上，是中国纬度最高的地方，有"神州北极"之称。漠河现有古莲机场，从深圳飞过去，经停哈尔滨，要七八个小时；从北京直飞过去，也要三个小时。有心人还用高德地图测距，从祖国最北的黑龙江省漠河市到最南的海南省三沙市，驾车全程要走5479公里，横跨十几个省、直辖市、自治区，紧赶慢赶，也要走十天以上。

山高水远，有时候反而保护了一个地区的生态，守住了她的质朴与矜持，由此形成其神秘与独特的魅力。到漠河去，你不要奢望有什么名山大川，也不要期待有什么奇风异俗。到漠河来，你就是为了找到北，带有一点探险的意味，满足一下走遍祖国大江南北的愿望。以这样的心态，你到漠河就会有许多欣喜。

漠河作为一个县级市，有8万多人，面积却有1.85万平方公里，每平方公里不到4个人。从飞机上俯瞰，大地就是无边无垠、浩浩荡荡、郁郁葱葱的大森林，乡村和建筑只不过是星星点点分布着，掩映在绿色的植被之间。我们驱车从北极村到"龙江第一湾"，路程近百公里，沿途都是望不到边际的红杉和白桦，有时树林露出一点空档，那却是逶迤起伏的草原和开满野花的山坡。这些地形地貌，让我想起了前年从德国到奥地利的沿途风景。漠河是典型的森林城市，据说每年 PM2.5 的均值在 10 以下，也就是空气中几乎没有可吸入的粉尘颗粒，对于当下备受空气污染困扰的现代都市人来说，这里应该是"世外桃源"。

漠河有中国最北的县城，其规模不大，严格上讲是由两条呈十字的大街构成，通衢大道两侧的楼宇大多是所谓哥特式、巴洛克式的欧式建筑，从高处的北极星广场远远看过去，恍惚间仿佛到了俄罗斯的城镇。县城的漠河高级中学，更建得像一个欧洲城堡。这似乎在提醒人们，这里已经是中俄边境了，再抬抬脚往北走走，就是俄罗斯了。然而，我个人觉得，大搞这些俄式建筑，刻意营造所谓异国风情，这种做法并不高明。在中国的土地上，这种东施效颦的模仿，不仅使民族性流失，也使城市格调沦丧。

漠河有中国最北的"北极村"，这里已经被开辟为国家 5A 级旅游度假区，包括四星级酒店在内的旅游服务设施比较完备。那里有一块刻着"神州北极"四个大字的巨石，到那里拍张照，发个朋友圈，是游客的常规动作。如果你还想一

漠河县城

漠河马场

心找北，可以沿着田野向北走，不久会出现一个"最北点"的指示牌，前面树林里有无数的"北"字，有的写在树上，有的刻在石头上，有的挂在空中，几乎囊括了古今中外所有能找到的名家所书的"北"字。

漠河有中国最北的北陲哨所，它原是我国边防部队的一个团部所在，有一定的规模，营房、办公楼、瞭望塔等一应俱全。操场上一个大宣传牌格外引人注目，上面写着"最北最冷最忠诚，最偏最远最放心"。前几年，央视春晚播出了这里的边防战士向全国人民拜年的实况，使哨所也成了网红打卡点。

漠河有中国最北的饭店、最北的学校、最北的商场、最北的邮局、最北的气象站……你如果到北极村"中国最北一家"餐厅吃个农家菜，尝尝黑龙江大鱼头、小鸡炖蘑菇、笨鸡蛋、黏豆包，酒酣耳热之际，可以大叫一声："我终于找到北了。"

二

神州四极，天道中各有所属。东极为海，日月星辰所出之地；西极为山，日月星辰所归之隅；南极为炎，日月星辰所蕴之气；北极为寒，日月星辰所拥之静。

中国的北极在漠河，这里属于寒温带大陆性季风气候，常年寒冷如冬，年平均气温为−5.5℃，一年中平均气温在0℃以下的时间长达8个月之久，夏季只有20天左右。1月份的平均气温达−30.6℃，这里曾出现−52.3℃的极端最低气温，是我国最冷的地方。在漠河，我听到了"泼水成冰"的说法，据说将滚烫的开水泼向空中，瞬间就会凝结成冰。而照相机要揣在大衣里，拿出来拍一下，就得赶紧揣回去，否则就会被冻住。"北国风光，千里冰封，万里雪飘"，整个银白世界，如果你要挑战自己，在冬天里去漠河，那里美丽而"冻人"。

当然，夏天到漠河避暑，也是很好的一种选择。盛夏8月，国内大部分地方正是三伏天，骄阳似火，酷暑难耐，但你如果到了漠河，却有初秋的清凉。我们就是在8月中旬去的漠河，刚下飞机，一股清风袭来，吹起头发，也撩起神思。一路向北，不就是要寻找这种如水的柔情吗？

北极光是人们来到漠河所向往的另一种自然奇观，它是出现于星球北极高磁纬地区上空的一种绚丽多彩的发光现象。网上网下所有介绍漠河的资料中，都会提到"这里是中国唯一可以看到北极光的地方"，甚至你打开"百度"，中国科普词条也煞有介事地称："美国阿拉斯加、加拿大北方以及中国的黑龙江省大兴安岭地区漠河市是观赏北极光的最佳地点。"这次去漠河，我们一开始也抱着这个想法，日程安排表上把观赏北极光都列上了。甫抵漠河，我们在车上就迫不及待地问："资料介绍，每年6月到9月份是观赏北极光最好的时候，这几天天气不错，能看到北极光吗？"陪同的漠河市摄影家协会陈主席回答："那几乎是不可能的事，要真正看到北极光，还要再向北一千公里。我一辈子生活在漠河，依稀记得小时候见过一次。"他看我们多少有点失望，又笑着告诉我们，现在漠河可以看到另一种"北极光"。他说，如今的年轻人好玩、会玩，冬天里到漠河来，跑到北极村"神州北极"的石碑前，冒着严寒，脱得一丝不挂，做出各种夸张的动作，然后拍成照片或视频发到"抖音"上。原来到中国北极脱光光，也叫"北极光"！

在漠河，看"北极光"是一种奢望，望星空却是一种享受。晚上，我们下榻

界河边的"神州北极"碑

在北极村的木屋别墅，夜深人静的时候出外散步，万籁俱寂，连虫鸣的声音都没有，空气中弥漫着野草的芳香。风继续吹，清凉浸透你的整个身心，甚至你会感到些许寒意。你再抬头仰望，满天繁星像镶嵌在夜幕上的一颗颗碎钻，是那么的璀璨夺目，北极星清晰可见，它离你是如此的近。头顶浩瀚星空、你会想到，人类居住的地球不过是宇宙中无数颗行星之一，在这无垠的太空中，我们显得多么渺小。星空深邃，会有神秘的力量吗？我们双手合十，向上天许个愿，那一瞬间，天空中竟有一颗流星划过，拖过一个亮闪闪的梦……

漠河在夏至前后是真正的"不夜城"，这里夜晚很短，白天很长。在夏至这一天，北极村太阳从落山至初升的时间只有3个多小时，因大气和地面物对阳光的散射，夏至前后的几天基本上没有严格意义上的黑夜。在冬至前后，漠河又成了"长夜城"，会出现"黑昼"，本该是太阳高照的时候，这里却夜色弥漫。在这里，阳光是上天的一种恩赐，是大自然的稀缺资源，太阳在这里不再慷慨。

漠河的"龙江第一湾"

三

　　说到漠河，当然不能不说黑龙江了。

　　这条中国第三大河流、世界八大河流之一的江河上游绕着漠河北沿蜿蜒而去，她是漠河的母亲河，是漠河的血脉，是漠河的生命。漠河的洛古河村为黑龙江源头古村，也称"龙江第一村""源头第一村"。漠河的"龙江第一湾"，是奔腾而去的黑龙江最令人惊艳的回眸一笑。

　　到了漠河，你有许多机会亲近黑龙江，每一次的感受都是不一样的。站在神州北极广场，看着黑龙江的滔滔江水，你会为"找到北"而欣喜；站在红旗岭段"龙江第一湾"，看着黑龙江在这里回流急转而形成"金环岛"，你会为大自然的鬼斧神工而惊叹；站在乌苏里浅滩，看着黑龙江流域的茂密森林，你会为河山锦绣而激动；站在黑龙江边"北极哨所"，看着一河两岸绵长的边境线，铁丝网像扎在祖国肌肤上的伤痕，你又会有无尽的感慨。

"北极哨所"里有一个几十米高的哨塔，你登上去，隔着滔滔东去的黑龙江，可以清晰地看到俄罗斯阿穆尔州一个叫格拉齐亚的小村庄：依山而建的木屋、屋顶袅袅的炊烟、浅滩上的小船、挂晒着的渔网。通过望远镜，你甚至可以看到忙碌的俄罗斯船夫的面孔……

黑龙江曾经不是中俄的界河，而是中国的内河。河对岸苍莽的原野、茂密的森林、耸立的群山、美丽的村庄，也都曾是中国的土地，是中华民族的财富。

大约170多年前，在俄罗斯东西伯利亚总督穆拉维约夫的指挥下，俄罗斯侵略军闯入黑龙江，他们带着长枪、带着火炮、带着长筒式望远镜，对中上游北岸和下游两岸实行军事占领，黑龙江中渗入了泪水和鲜血。随后，穆拉维约夫和清朝黑龙江将军奕山在瑷珲签订了《瑷珲条约》，内容包括：第一，黑龙江以北、外兴安岭以南60多万平方公里的中国领土划归俄国，瑷珲对岸精奇里江上游东南的一小块地区保留中国方面的永久居住权和管辖权；第二，乌苏里江以东的中国领土划为中俄共管；第三，原属中国内河的黑龙江和乌苏里江只准中国和俄国船只航行。这一纸不平等条约，令中国失去了黑龙江以北、外兴安岭以南约60万平方公里的领土。60万平方公里啊！恩格斯说了："俄罗斯从中国夺取了一块

北极哨所

漠河哨所里的标语牌

大小等于法德两国面积的领土和一条同多瑙河一样长的河流。”

然而，得寸进尺的俄罗斯人仍觊觎着黑龙江南侧的土地。大约 20 年后，一伙俄罗斯的哥萨克人，带着铁锹、铁镐，坐着木帆船穿过黑龙江，直奔一条现在叫胭脂沟的山沟，因为在那里发现了黄金。领头的叫谢立对古挪，他身材魁梧，嗅觉也像北极熊一样灵敏，黄金让他们兴奋莫名。后来，盗采黄金的哥萨克人被清兵赶了回去，就不知他们是不是还一直做着中国的“黄金梦”？

历史上，日本人侵占漠河也达 11 年之久，他们在这里成立东蒙公司，大量伐木运木，成立采金会社，垄断金矿。日本人深懂“怀柔政策”，给当时漠河唯一的学校派去了一个叫安田的日本人，担任教务主任；又给当时漠河唯一的医院派去了两名医生，一名叫平松，一名叫齐元，都是朝鲜人。日本人关心中国人的心智与身体吗？我想，他们关心的是使东北人的心灵与肉体如何融入“大东亚共荣圈”。

黑龙江边的界碑

　　中国东西南北有四极，最东端在乌苏里江的黑瞎子岛，最西端在新疆的帕米尔高原，最南端在南沙群岛的曾母暗沙，最北端在黑龙江漠河。它们虽然远离首都心脏，但却是祖国肢体上的末梢神经，敏感地与外部世界接触，勇敢地与外部侵略抗争。

　　夏天雨季的黑龙江，水色浑浊，激流汹涌，奔流而去，她曾经咆哮，也曾经悲泣，但她从不沉默。大河深处，又流淌着多少悲壮的故事？或许，只有水面上盘旋的鸟儿才知道，多少年了，它们一直在这片土地上空飞翔，鸣叫着不变的曲调。

　　莫忘历史，莫忘漠河！

江南何处不风流

　　江南是一个不断变化、富有伸缩性的地域概念，一直也没有一个全面准确的区域划定。从字面上看，江南就是长江以南的地区，而人们所指的江南主要是江浙沪和皖南一带，上海现在已经蜕变为现代化的国际大都会，唯有江浙的小桥流水和吴侬软语依然保留着人们关于江南的记忆。

　　江南是美丽富庶、人杰地灵的代名词；江南是使人悱恻缠绵、欲罢不能之地；江南是粉墙黛瓦、垂柳翠岸，是琵琶声起、欲断人肠，是杏花雨、青石路，是彩色的油纸伞点缀着的悠长的雨巷……

　　历史上，关于江南的诗词歌赋更是数不胜数，从白居易的"日出江花红胜火，春来江水绿如蓝。能不忆江南？"到王安石的"春风又绿江南岸，明月何时照我还？"，从杜甫的"正是江南好风景，落花时节又逢君"到韦庄的"人人尽说江南好，游人只合江南老"，留下多少千古绝唱。

　　如今游江南，人们首选的是"人间天堂"杭州、苏州，继而是无锡、扬州、宁波、南京，还有的便是绍兴、湖州、嘉兴等地，那里有看不完的江南水乡、园林胜景，有品不够的陈年黄酒、杭帮名菜，倘能邂逅一位才貌俱佳、回眸一笑的江南女子，那就是你的缘分了。

　　乾隆皇帝当年"艳羡江南，乘兴南游"，在位六十年，六下江南，据其《南巡记》记载，他们走的也大多是这些地方。

　　当今社会，交通方便、通信技术发达，许多人手上也有点钱，当一回乾隆皇帝把这些地方游遍，早已不在话下。然而，如果你想另辟蹊径，体验一下不一样

诸暨的西施故里

的江南，可以以杭州为起点，往浙江的西南方向走走，经诸暨，走东阳，访丽水，过青田，上温州，一路上看美女，赏美物，观美景，品美食，拍美图，你或许会有不一样的惊喜。

一

"窈窕淑女，君子好逑。"

从杭州西湖驱车约一个半小时，就可以到达绍兴的诸暨了，那里是吴国故地、西施故里，西施就出生在诸暨苎萝村的浣纱江边。有了"中国第一美女"生于斯长于斯，诸暨也就足以艳煞江南。

众所周知，西施与王昭君、貂蝉、杨玉环并称为"中国古代四大美女"，西施名列首位，"诗仙"李白就曾赞美她："西施越溪女，出自苎萝山。秀色掩今古，荷花羞玉颜。浣纱弄碧水，自与清波闲。皓齿信难开，沉吟碧云间。"有趣的是，后人不仅把西施描述成绝世佳丽，而且把她塑造为爱国功臣。相传当年越

西施故里的西施塑像

　　越王勾践为了雪耻报仇，听从大夫范蠡的计谋，挑选了西施，严加培训，然后献给吴王夫差，使吴王沉湎酒色，不理朝政，最后丢了江山。呜呼，一代美人竟成了美人计的女主角，成了当代青年口中的"美女间谍"。就不知一颦一笑都倾国倾城的西施，其在天之灵听闻后会不会花容失色？

　　西施故里现已辟为国家级风景名胜区，面积 1.85 平方公里，包含西施殿景区、鸬鹚湾古渔村景区、古越文化区、三江口湿地生态保护区等。值得去看看的，主要是浣纱江畔的西施殿和入口处的中国历代名媛馆，前者由门楼、西施殿、古越台、郑旦亭、碑廊、红粉池、沉鱼池、先贤阁等景点构成，是一个有故事的地方；后者是国内罕有的以中国历代著名女性为主题的展览馆，按人物特征分为四大美女、传说神女、青史百家、才情淑女、巾帼英烈、民间故事、百美画廊等七个单元，其中"四大美女"是整个展馆的核心。爱美之心，人皆有之。流连西施殿内，你会发现有许多时尚男女，在西施塑像前虔诚地擎着香烛，跪地膜拜，口中念念有词，这是不是也是一种对美的追求呢？

中国木雕博物馆的木雕作品

　　到垂柳依依的浣纱江畔走走，也是蛮有意思的。这是西施从小跟着她母亲洗纱嬉戏的地方。据说，当年西施洗脸化妆，把一泓清波当作镜子，水中的鱼儿看着西施美若天仙的容颜，也禁不住发愣，游不动，沉下去，故有"沉鱼落雁"之说。

　　美丽的地方总有美丽的人，美丽的人总有美丽的故事。

二

　　从旅游的角度看，穿城过府，异地寻踪，最怕的是千城一面、似曾相识，同质化会磨损一个地方的个性，会减弱一个地方的魅力。还好，浙西南的这几个地方，都有自己的特点，不同凡响。

金华东阳——木雕之都

　　从诸暨往南再走 60 公里，就可以到金华东阳了，东阳是"木雕之都""影视之城"，有着全球最大的红木木雕市场和全国最大的横店影视城。

　　东阳木雕的历史与这座城市一样悠久，它起源于商周，形成于盛唐，发展于北宋，鼎盛于明清。它的技法别具一格，木选椴木、白桃木、香樟木、银杏木等，雕以平面浮雕为主，属于装饰性雕刻。工艺也十分考究，一般有刷样、打轮廓线、脱地、分层次、分块面、细坯雕、修光、打砂纸、细刻等九道工序。在"木雕之都"看木雕，当然要去看首个国家级的中国木雕博物馆。这个馆设立于2014 年 10 月，建筑面积 2.6 万平方米，有中国木雕历史展厅、中国木雕与社会生活展厅、当代中国木雕大师展厅、世界木雕展厅四大主题展区，内容丰富，颇具品位。我参观过杭州 G20 峰会和上海合作组织青岛峰会的会场，那里用的几乎都是东阳的木雕，精美大气，美妙绝伦。东阳的木雕，刻出了当地人的工匠精神，刻出了浙江人的精细聪慧，也刻出了中国人的文化底蕴。

横店影视城

　　号称"中国好莱坞"的横店影视城则名声在外，它是 1996 年为配合著名导演谢晋拍摄历史片《鸦片战争》而开始建设的，据称投资现已达到 30 亿元，成为全国规模最大的影视拍摄基地、国家 5A 级旅游景区。我们到了那里才知道，横店影视城并不像美国洛杉矶的环球影城一样是集中在一起的，现有的 20 多个拍摄景点，包括广州街、香港街、明清宫苑、秦王宫、清明上河图、华夏文化园、明清民居博览城、梦幻谷、春秋·唐园、圆明新园等等，分布在镇上不同的地方，游览时需要驱车前往，分别买票，要走遍这些景点起码得两三天。当地汇集了影视拍摄的整条产业链，仅打工挣钱的群众演员就有数千人。平心而论，横店影视城是为拍摄影视片而建的，镜头是会忽悠人的，景区的建筑和道具都比较粗糙，只能远观，近看那就是庞大的赝品。

　　实际上，比横店影视城更具历史文化价值的是位于东阳市城区的明清古建筑群——卢宅。卢宅自明朝景泰年间建造至今已有 500 多年历史，有典型的古建筑宅院和精美的东阳木雕，是全国重点文物保护单位。人称"北有故宫，南有卢

丽水仙都风景区

宅”，拂去厚厚尘土，瑰宝魅力四射。

　　到了东阳，不要忘了一件好东西，那就是金华火腿。"中华火腿出金华，金华火腿出东阳"，这里的火腿加工业已有 1200 年历史，其火腿色泽鲜艳，红白分明，瘦肉香咸带甜，肥肉香而不腻，美味可口。

三

　　中国的许多旅游景点，现在多少都有点"油头粉面"。而丽水的自然景观与苏杭的那些热门景点相比，则显得更加质朴、自然、亲切，少了一点城市脂粉气，多了点乡村清新风。

喜欢摄影的人都爱往丽水跑，因为那里有清新脱俗的仙都风景区，农夫牵着水牛从狭长的石板桥走过，竟成了经典的瞬间；那里有让人如归故里的古堰画乡，大榕树下的乡村剪影，使人仿佛找到了回老家的那条小路；那里有引人入胜的龙泉青瓷小镇，国家级保护文物龙泉大窑里烧出来的青花瓷，曾是婉约江南的珍贵记忆；那里有海拔 1929 米的浙江第一峰凤阳山黄茅尖，云雾缭绕的峰峦间又有多少关于这片土地的神奇传说。我还搞不清楚，丽水离义乌、金华、温州都那么近，为什么只有在这里吃到的安仁鱼头、笋衣铺蛋、高山田螺、红烧溪鱼、缙云烧饼，才能嚼出田野的味道、乡村的清甜。

　　"金生丽水，玉出昆冈"，这是《千字文》里的记载。从瓯江溯水而上，当地果然有江南最大的金矿——遂昌金矿。丽水现在产不产黄金，我没有去考证，但天生丽质的丽水，生态环境已成为金字招牌，却是不争的事实。

　　风自丽水来，哪能不醉人。丽水是浙江省陆地面积最大的地级市，土地面积占到了整个浙江省的六分之一，森林覆盖率近 80%，是浙江的天然生态屏障，是长三角的"绿肺"。丽水的空气质量也很好，可以媲美"海上蓬莱"舟山群岛。按世界卫生组织标准，空气中的负氧离子浓度达到每立方厘米 1000 个，便是"空气清新"；达到 1500 个，便是"特别清新"。丽水空气中每立方厘米的负氧离子平均浓度达到 3000 个左右，这里自然是清新怡人之地。

丽水一景

丽水是避世的好地方。一来地处吴越大地，有吴越文化的浸润；二来山高水远，是隐者远离喧嚣的栖身之地。当年，轩辕黄帝选的三大行宫，除了黄山、庐山，便是名不见经传的缙云山。黄帝曾置炉于峰顶炼丹，丹成后跨赤龙升天成仙。有趣的是，连司马迁也掺和了进来，他在《史记》中绘声绘色地描写当时黄帝升天的情景，称"百姓仰望黄帝既上天"，使这个传奇变成了史料，也使缙云山上留下了号称"天下第一祠"的黄帝宫等一批历史遗迹。

缙云已被改成了仙都，据说还是唐玄宗亲自改的。相传当年唐玄宗听闻这里峰岩奇绝、山水神秀、仙踪飘逸、云雾缭绕，赞叹"此乃仙人荟萃之都也"，并挥笔写下"仙都"二字。仙都现在已经成为国家 5A 级风景区，景区内有芙蓉峡、鼎湖峰、九曲练溪、十里画廊等景点，是到了丽水首选的旅游点。仙都风景区的标志性景观，是国内外各种旅游杂志的封面，也是游客喜爱的网红打卡点。站在练溪河边，但见远处是一柱擎天的巨石，起伏的山峰；近处是宽阔清澈的河道，狭长的石板桥跨河而建；桥头有浓荫蔽日的大榕树，农夫牵着水牛从树底下缓缓走出，踏上石板桥，衬着水中的倒影，那是一幅令人心醉的水乡图……

四

650 多年前，明太祖朱元璋身旁有一位重臣叫刘伯温，他对于朱元璋来说，就如张良之于刘邦，诸葛亮之于刘备。没有刘伯温的辅佐，朱元璋要得天下是难以想象的。刘伯温就是浙江青田人，我至今搞不懂的是，当年操着一口浙江青田腔的刘伯温，又是如何给来自安徽凤阳的朱元璋出谋献策的。

在当代，青田还出过一位名人，国民党的一级上将陈诚。他历任台湾省政府主席，国民党副总裁，台湾地区行政管理机构负责人等职。陈诚是蒋介石自黄埔军校成立后的亲信，也是蒋介石执政时期的心腹，据说当年国民党军人开会时一听"蒋委员长"这一称呼便要肃立致敬这个规矩，就是陈诚在庐山当军训团副团长的时候提议的。

名人辈出的青田，虽有充满诗意的"鹤乡"之称，自然景观却乏善可陈，我们去的石门洞景区和千峡湖生态旅游度假区，也属于"不去遗憾，去了也遗憾"

浙江青田——石雕之乡

的地方。然而，青田的人文景观却有不少看点。

青田是"中国石都"，我国"四大国石"之一的青田石就出自此，其他三大国石是寿山石、巴林石、昌化石。青田石色泽丰富雅丽，质地细腻温润，硬度脆软相宜。喜欢篆刻的朋友，一定会对出自青田的"封口青"爱不释手。当地人称，当年女娲补天用的就是青田石，这虽无从考证，但也是一段佳话。

"石不能言最可人"，青田的石雕以圆雕为特色，镂雕精细，层次丰富，在我国的五大雕刻流派中独树一帜。青田现有国家级工艺美术大师11名、省级工艺美术大师11名，石雕产业从业人员超过3万人，这些都是"点石成金"的行家里手。青田市区有中国唯一的石雕文化博物馆——青田石雕博物馆，有石雕风情园、千丝岩石文化公园，喜欢玩石赏玉的，游览这些地方会有意外的收获。有趣的是，我们这一路走来，从"木雕之都"到"石雕之都"，眼福不浅。

青田是"华侨之乡"，号称"世界的青田"。迄今，已有33万青田华侨，分布于世界上120多个国家和地区，且以欧洲为主，光在意大利就有10万人之众。记得十几年前，我在意大利的罗马广场，见一位中国大妈在地上摆摊卖玩具，我问她是哪里来的，她告诉我是浙江青田的，而且补充了一句，我们村里好多人都来了，令我印象深刻。事实上，欧洲许多中餐厅都有青田人的身影。为什么有那么多青田人在欧洲？首先是青田"九山半水半分田"，生存条件比较恶劣，当地人有出外谋生的习惯；其次是青田人很早就远赴海外推销石雕，足迹遍及欧洲。

"家家有华侨，人人是侨眷"，由于华侨众多，青田这座山城也颇有欧陆风情，房子大多是仿欧式建筑，路边遍布意式咖啡店、西餐馆，还有许多卖欧洲商品的店铺。据说，有的商店可以用欧元结算，老奶奶也会在街边换外汇。在青田，你可以吃到比较正宗的西餐，那海鲜意粉的味道跟意大利威尼斯广场出品的没什么两样。要是你感兴趣，敲开厨房的门，问掌勺的师傅是不是从欧洲回来的，他会咧开嘴冲你憨笑。

五

浙西南的最后一站，就是温州了，丽水和温州经瓯江贯通，是一条藤上的两个葫芦。

随着时代的变化，旅游的内容与形式也在不断拓展。从过去单纯的游览山水风光、名胜古迹，到现在的都市旅游、产业旅游、探险旅游、美食旅游、问学旅游，从过去的观光旅游到现在的休闲度假，旅游正向多元化、综合性的方向发展。从这一点看，温州是一座能给人带来全方位旅游体验的城市。

温州现在的"温度"颇高，是批发市场的集聚地、"炒房团"的始发站、信贷集资的网红点，遍布全国乃至海外的"温州店""温州街""温州城"，使它几乎成了商品经济发达的标志。温州人是心灵手巧的能工巧匠，是"东方犹太人"，是一种特殊的文化符号，他们擅于搞批发，当年把温州的皮鞋、服装、帽子批发到全球，现在把温州的营销模式、经商理念、城市品牌传播到全国。

然而，如果我们仅仅把温州当成商业城市，那还是失之偏颇的。这座已经有1600多年历史的永嘉古城，也有其温情脉脉的人文传统。宋代时的温州，曾登上文化的顶峰，哲学方面有"永嘉学派"，诗歌方面有"永嘉四灵"，宗教方面有永嘉大师，温州话更是南宋音的活化石。

温州有中国四大名屿之一的江心屿，在这座"瓯江蓬莱"上，东西双塔矗立，古刹松柏交相辉映，李白曾写诗赞曰："江亭有孤屿，千载迹犹存。"江心屿上有江心寺，寺名是宋高宗赵构所赐，门口的叠字对联则由南宋状元王十朋所写，足可媲美昆明大观楼的长联。但见江心寺门口的对联写道"云朝朝朝朝朝朝朝朝散，潮长长长长长长长长消"，以不同的断句，可以读出不同的音韵意境来。

温州的"一山一水"，也展现出这座城市婀娜多姿的另一般柔情，顽强地维护着这座城市的旅游地位。山是史称中国"东南第一山"的雁荡山，它素有"海上名山、寰中绝胜"之誉；水是有"三十六湾、七十二滩"的楠溪江，是世界地质公园。当地"农家乐"卖的炒鲜笋，也堪称一绝。你沐着清风，坐在楠溪江边的竹林里，要几个时令菜，农夫拿着一把锄头走过来，当着你的面掘开地面，挖出带着泥土的尖笋让你先欣赏。尔后，一盘散发出清香味道的炒笋端上来，笋片鲜、嫩、脆、甜，让人口齿留香。

如果你还想仔细端详这座城市的容颜，晚上可以到当地的特色街区去逛逛。五马街是中国著名的商业街，现在修缮一新，保留了原有的中西合璧的建筑风格，各类商店鳞次栉比，老字号商店焕发活力，使这条街更接近人们想象中的温州。中山路历史文化街区则再现了明清风韵的街道胜景，在那里你可以听到用牛筋琴、三粒板、扁鼓演奏的南戏，各种特色小吃和土特产让人多少有点兴奋，带着新温州的老记忆。

当晚，我们住在威斯汀酒店，闲暇时到朋友房间喝茶，朋友拿起电话跟服务台要四瓶矿泉水，不到几分钟，房间门铃响了，开门一看，大家愣住了，送水的竟然是一个机器人。大家会心一笑，不禁慨叹："好会用脑的温州人！""好有创意的新温州！"

世界屋脊上的那一抹翠绿

一

西藏是"人间天堂"，她超凡脱俗的气质、壮美瑰丽的景色、独特的纯净感和神秘感，会使那些追求更高旅游品质的"驴友"上瘾。有哲人说："这个世界上有两样东西最值得感动，一是我们头上的星空，二是我们脚下的土地。"身边的一些朋友，每一两年就要往西藏跑一趟，我想那里的蓝天、雪峰、神湖、旷野一定时常让他们魂牵梦萦。

然而，上天总是公平的。你要攀上更高的山峰，就必须付出更多的艰辛；你要观看更美的风景，就必须付出更多的虔诚；你要体会更纯洁的境界，就必须走更远的路。

作为"离天最近的地方"，西藏平均海拔在4000米以上，有5座山峰海拔超过8000米，其中珠穆朗玛峰海拔8848.86米，为世界最高峰。根据地理常识，随着海拔增高、气压降低、空气密度减小，每立方米空气中的氧气含量逐渐递减，海拔3000米时氧气含量相当于海平面的73%上下，4000米时氧气含量约为62%至65%，到5000米时氧气含量为59%左右，6000米以上氧气含量则低于52%。因此，高原反应会使许多习惯在低海拔地区生活的人望而却步，就像我这种从小在海边长大的人，仰望世界屋脊，却常"足将进而趑趄"。两利相权，我们可以选择林芝。

在西藏，喜马拉雅山脉和念青唐古拉山脉由西向东伸展，西藏的地势西北

林芝县城

高、东南低。林芝位于西藏的东南部，雅鲁藏布江的下游，在西藏的 6 个地级市、1 个地区中，是平均海拔最低的地区，平均海拔只有 3100 米，其政府所在地巴宜区八一镇，海拔只有 2900 米。林芝所辖的墨脱县，平均海拔才 1200 米，最低处海拔才几百米，有许多原始森林，盛产香蕉、柠檬等热带水果，鸟类多不胜数，猴子成群出没，被誉为"西藏的西双版纳"。

世界屋脊所在的西藏有地球上最高的山峰珠穆朗玛峰，但世界上海拔最高的城市却不在西藏，在南美洲秘鲁的小城拉林科纳达市（La Rinconada）。这座山城位于安第斯山脉上，海拔 5100 米，有丰富的矿产资源，是一座因为矿产而兴起的城市，人口超过 5 万。而世界上海拔最低的城市，是以色列位于死海之畔的古城杰里科（Jericho），它面积约 20 平方公里，人口大约 1.5 万，处于海平面以下 260 多米，有"世界肚脐"之称。我去过杰里科附近的死海，湖面海拔在海平面以下 422 米，含盐量极高，为一般海水的 8.6 倍，所以浮力很大。我尝试着躺在

新一代藏族人

湖面上，身体纹丝不动，沉不下去。当时，我感叹不已的是另一个有趣的问题，世界上的许多事物不能望文生义，不能只看它叫什么，要看它的实际情况。全世界唯一用"死"字命名的"海"，却是全世界唯一从未淹死过人的"海"。

在西藏，海拔最高的地级市是那曲，平均海拔4500米，是青藏高原的腹地，是万里长江的源头。那曲与林芝，相互毗邻，但两座城市的落差达1400米。西藏海拔最高的县是那曲的双湖县，平均海拔5000米，羌塘国家自然保护区被称为"生命的禁区"。西藏海拔最低的县，当然是林芝的墨脱县了，这个全国最后通公路的"人间秘境"，完整地保留了绿色的宝藏。

实际上，由于西藏地势由东到西逐步升高，林芝现在已经成为人们适应高原反应的缓冲地，成为游客进藏的首选门户。游客一般先到林芝住一两天，缓过气来，再沿着风光旖旎的尼洋河西上，途经"天佛瀑布"所在的卡定沟，绕进去看看藏传佛教的神湖巴松措，路过有一千多年历史的秀巴古堡，翻过海拔5130米的米拉山垭口，奔向传说中神奇的布达拉宫。

巴松措湖

二

　　资深"驴友"有一句话："拉萨以西才是西藏。"

　　我想，这句话不是描述一个地理位置，也不是描述一个社会范畴，它指的是西藏以西的区域，包括日喀则、那曲、阿里等地区，是世界屋脊最高处，是人烟最稀少的疆土。一路向西，随着海拔的升高，天苍苍地茫茫，路迢迢水幽幽，广袤苍凉中带着几分冷峻，高寒僻远中透出一点神秘，这景象非常接近人们想象中的西藏。从旅游的角度看，可进入性越低，挑战性越高；到访率越低，神秘感越浓；与此同时，人们征服、穿越神秘之境的成就感就会越强。

　　而林芝呢？山川锦绣，郁郁葱葱，像上天在世界屋脊抹上的一片翠绿，与有

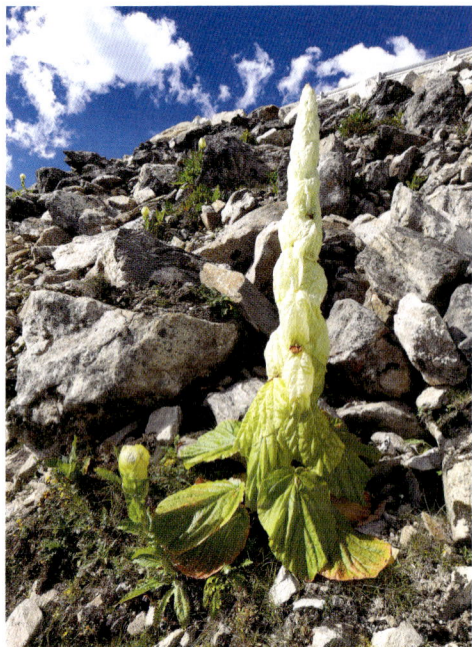
高原上的雪莲花

些人印象中的西藏大相径庭。

　　林芝作为一个地级市，土地面积不小，达11.7万平方公里，相当于浙江省（10.55万平方公里）、江苏省（10.72万平方公里）这些大省的陆域面积，比宁夏回族自治区（6.64万平方公里）几乎要大一倍。林芝作为西藏自治区的重要组成部分，历史也十分悠久，可以追溯到史前时期，古称工布，由工布王统治，又曾是藏传佛教噶玛噶举派为主流的地区。无论从哪个角度看，林芝都不是西藏的"异类"，而是西藏富有特色的一个地方，她向人们呈现的是西藏丰富个性的另一面，体现的是藏文化的多元化。

　　在青藏高原上有这么一块翡翠宝地，当然得益于林芝得天独厚的地理位置和气候条件。

　　被喜马拉雅山、念青唐古拉山和横断山脉包围，加上太平洋、印度洋的暖湿气流常年吹入，林芝形成了特殊的热带湿润和半湿润气候，年降雨量650毫米左右，年均温度8.7℃，年均日照2022小时，无霜期180天。因此，林芝这块雪山

鲁朗小镇的 318 国道标志

环绕之地，到处是绿色的森林，林地面积 654 公顷，森林面积 544 公顷，森林覆盖率 53.6%，西藏森林的 80% 都集中在这里，是中国第三大林区。

这里是生物多样性的样板，已发现和证实的植物就有 3500 多种，国家级保护动物 130 余种，这些都是上天的绿色馈赠。林芝有一样好东西，那就是松茸（松口蘑），一种大型野生食用真菌，菌肉肥厚，香气浓郁，口感绝佳，是餐桌上的新贵。目前，林芝年产松茸 300 余吨，是全国的"松茸之乡"。

要领略林芝作为高原森林城市的神韵，可以去看看鲁朗小镇。它在号称"中国最美公路"（318 国道）的川藏线上，海拔 3700 米。鲁朗林海是典型的高原山地草甸，两侧青山由低往高分别长着灌木丛和茂密的云杉、松树，中间是逶迤起伏的广阔草甸，草甸上点缀着由木篱笆、木板屋、木头桥构成的小村寨，人称"东方小瑞士"。

要拥抱林芝的绿色宝藏，可以去走走从波密扎木到林芝鲁朗的那一段路，那是绿色的世界，也是童话中的仙境。路旁是高大挺拔的乔木，那些大树浓荫蔽日，直插云天；与公路并行的是令人怦然心动的扎木河，河水清澈透亮，像碧玉一样；路与河的两侧，盔甲山等一座座冰峰昂然而立，俊美伟岸；山腰上则是茂密翠绿的灌木，野花恣意烂漫地盛开，使人仿佛置身于国家森林公园中。

要观赏千年古树，可以到访林芝巴结乡的巨柏自然保护区，那里生长着数百棵千年古柏，其中一棵巨柏高达50多米，直径近6米，要十几个人才抱得过来，树龄有2600多年，是当地人心目中的神树，也是全世界的"柏树王"。

每年春天，波密县许木乡长达30公里的桃花沟里，各种桃花竞相绽放，漫山遍野，桃红柳绿，装扮出一个诗画的世界。漫步其中，你不知今夕是何年，也不知此刻在何处：是到了青藏高原山深处，还是去了锦绣江南桃花源？

三

林芝的魅力，来自地形地貌的多样性和自然资源的丰富性。如果我们仅仅描绘她"雪域江南"的温柔，就会忽略她雄峻奇幻的不羁。

我三次进林芝，每次都有新发现，每次都有新感觉。几年前到林芝，带有工作任务，步履匆匆，但我却常常想起婀娜多姿的尼洋河，尤其是当年在尼洋河畔回眸一瞥，看到一道彩虹腾空而起，成了我人生旅途中难忘的吉兆。这一次进林芝，已没有公务缠身，一心恋山水，一意找美景，在难得露峥嵘的南迦巴瓦峰前高声呐喊，好像找到了大自然的真谛。最后我得出一个结论，林芝真是一个值得去的地方，因为那里有三个世界级的景区。

第一是雅鲁藏布大峡谷，全长约500公里，比美国科罗拉多大峡谷还长56公里，平均深度5000米，最深处达6009米，是世界上最大的峡谷。峡谷中冰川、瀑布、峭崖、绝壁、泥石流、沙丘各种地质地貌俱全，美不胜收。从大峡谷一直走下去，还可以到达号称"莲花圣地，人间净土"的墨脱，那曾是一个遥不可及的梦。

第二是南迦巴瓦峰，她就在雅鲁藏布大峡谷里，"到世界最大的峡谷看中国最美的山峰"，令人神往。南迦巴瓦峰主峰高7782米，藏语意为"直刺天空的长矛"，有"冰山之父"的美誉，曾被《中国国家地理》杂志评为"中国最美的山峰"。南迦巴瓦峰还有"羞女峰"之称，因为大峡谷天气多变，阴晴不定，同时主峰终年积雪，云雾缭绕，从不轻易露出真面目，可谓"十人九不遇"，意思是如果有十个人到过这里，九个人都不会看到主峰的真面目。这位"前世恋人"，往往只能与你在梦中相会。很幸运的是，我们见到了南迦巴瓦峰的真容，站在江边观景台上放眼望去：近处，激流汹涌的雅鲁藏布江朝圣般地向山峰奔流而去，两岸的群山身披绿植簇拥欢送；远处，江面开阔，崇山叠着峻岭，树木缀着野花，山势陡高，景色随变；高处，俊俏的主峰被皑皑白雪覆盖，像披着圣洁的哈达，而多情的云雾忘不了与山峰的缠绵，时隐时现，如梦如幻……

　　第三是米堆冰川，它是中国三大海洋冰川之一，特征典型，类型齐全，以美丽的拱弧构造闻名，是罕见的自然奇观。在这里，冰川、湖泊、农田、村庄、森林等融为一体，是一处人与自然和谐相处的典范。冰川主峰海拔6800米，由冰雪瀑布汇流而成，山顶皑皑白雪终年不化，山下郁郁森林四季常青，头裹银帕，

南迦巴瓦峰

远眺南迦巴瓦峰

下着翠裙，那种美震撼人心。全国 34 家媒体，曾评选米堆冰川为"中国最美六大冰川之一"。

在骑马走近米堆冰川主峰的那段崎岖山路上，我突然想起歌手许巍演唱的歌曲《第三极》，歌中唱道：

> 旅人等在那里，
> 虔诚仰望着云开；
> 咏唱回荡那里，
> 伴着寂寞的旅程。
> 心中这一只鹰，
> 在哪里翱翔；
> 心中这一朵花，
> 它开在那片草原……

梦里几回到太行

一

不同的人会有不同的旅游志趣，这不仅取决于个人的性格、教养、爱好，而且还受到年龄、经历、职业的影响。因此，不同年龄段的人往往选择不同的旅游线，不同朋友圈的朋友常常青睐不同的目的地。

太行山，对于老一辈的人来说，那是一个时代的传奇，是一种人生的印记，是一个滚烫的字眼。他们听着关于它的歌，看着关于它的电影，读着关于它的书成长。甚至他们的长辈，曾在太行山区当过八路，打过游击，运过军粮。

太行山山脉自北向南贯穿神州大地的腹地，上接燕山，下衔秦岭，纵跨北京、河北、山西、河南四省（市），绵延 400 余公里，是华北平原与黄土高原的地理分界。有人说，太行山是华北平原的母亲山，没有太行山，也就没有华北。

巍巍太行，作为"天之脊梁"，不仅是一个地理的概念，更是一种精神的象征和历史的丰碑。在古代，这里有愚公移山的传奇；在近代，这里有八路军抗战的故事；在现代，这里有昔阳大寨和林州"红旗渠"的美名。特别是在抗战时期，八路军总部和中共中央北方局等重要机关在这里长期驻扎，被誉为太行山上的"小延安"，朱德、彭德怀、左权、刘伯承、邓小平等在这里运筹帷幄，进行过伟大的革命实践。在太行山区，八路军创建了晋冀豫抗日根据地，开展了游击战，打出平型关大捷、百团大战等胜仗，载入了中华民族的史册。因此，太行山也成为各种文艺作品的热门题材，脍炙人口的大合唱《在太行山上》唱道："红

太行山景色

太行山

日照遍了东方，自由之神在纵情歌唱。看吧，千山万壑、铁壁铜墙，抗日的烽火燃烧在太行山上。"

　　我很喜欢这首歌，读大学时在学生合唱团里参加演出唱过这首歌。歌曲在高音区运行时的那种激昂气势、呈现出来的那种坚定自信、洋溢着的豪迈气派、回旋着的悠扬气韵，总让人荡气回肠。

二

　　太行山之旅的第一站，我们选择了山西太原以东150公里处的昔阳县大寨村，这个太行山腹地的小村庄曾是一个时代的产物，也是一面时代的旗帜。同时，经大寨到长治，进入晋冀豫三省交界处，登上太行山之巅，也是顺路。

　　大寨曾是一个自然条件恶劣的穷地方，一个名不见经传的小山村。20世纪

昔阳大寨今貌

五六十年代，大寨农民开荒辟土，治山治水，把七沟八梁的穷山恶水改造成富裕的新农村，成为全国瞩目的先进典型。1964年，毛泽东主席向全国发出了"农业学大寨"的号召，大寨也成为"政治明星"，虎头山上甚至走出了头扎白毛巾的国务院副总理陈永贵。

在那个时代，大寨是媒体上的"网红"，是妇孺皆知的标杆，是人们心中的偶像。周恩来、李先念、叶剑英、邓小平、陈毅等120多位领导人，都曾视察过大寨。国外134个国家和地区的2.5万多人曾访问过大寨，其中不乏国家元首、政界要人和知名人士。国内各行各业的上千万人次，曾前来大寨参观学习。

今天走进大寨，昔日的"中华第一村"已经变成了一个国家4A级旅游景区，开辟了团结林、知青林、红碑、军民池、周恩来纪念亭、虎头山标志石、陈永贵墓园、郭沫若诗魂碑、大寨文化展示馆、大寨展览馆、生态园等众多特色景点，尤其是村口的大院，有铁姑娘饭馆、大寨核桃露专营店、宋立英土特产特销等许多商业设施，令人有点始料不及。宋立英何许人也？当年大寨的第一个女共产党员、"全国三八红旗手"。我竭力寻找大寨当年的模样，想重温往日的情怀，但不知是自己的心态变了，还是大寨的气质变了，大寨今天似乎变得有点陌生。

还好，大寨展览馆里许多珍贵的照片等史料，还原了许多难忘的历史场景。周恩来总理曾先后陪同阿尔巴尼亚部长会议第一副主席科列加、越南总理范文同、墨西哥总统埃切维利亚三上大寨。他曾语重心长地告诉外国客人，大寨精神就是"自力更生、艰苦奋斗"，其深刻含义，今天听起来仍耐人寻味。

从展览馆门口的小广场拾级而上，就可以登上虎头山。陈永贵病逝后安葬在这里，这是他生于斯长于斯的土地，也是他的灵魂得以安憩之处。虎头山曾是一个精神的领地，可如今周边的梯田已不再种植庄稼了，成为旅游景区的生态园。早春二月，远处刮来一阵阵风沙，人们衣服帽子上都有了一层黄色的细沙。我们站在刻有叶剑英题写的"虎头山"三个大字的石块前，睁开迷眼，望过去一切显得有点朦胧，有一种物是人非的感觉。一个时代会产生一个时代的现象，一个时代会产生一个时代的人物，一个时代会产生一个时代的精神，但总有一种魂魄会荡涤天地，总有一种力量会生生不息，大寨的精神可会与这山川同在？

除了陈永贵，大寨的另一位代表性人物是原大寨党支部书记郭凤莲，一位曾经站在周恩来、邓小平旁边开怀大笑的"铁姑娘"。我们去村委会拜访了她，郭大姐今年已经75岁了，但精神矍铄、头脑清晰、步履矫健。她谈起大寨的

当年大寨的"铁姑娘"
郭凤莲

过去如数家珍，娓娓道来；说起今日的时局也了如指掌，谈笑风生。交谈中，我蓦然看到她办公桌上端端正正地摆放着毛主席塑像，那可是她心中永远的信仰。

三

太行山区是个有故事的地方。

在大寨的东南方向，巍巍太行山上，还有一条红旗渠，其知名度几乎可以与大寨媲美。周恩来当年说过："新中国有两大奇迹，一个是南京长江大桥，一个是林县红旗渠。"

红旗渠在河南安阳的林州市，紧挨着古称上党的山西长治。林州曾是"水缺贵如油，十年九不收"的贫瘠干旱之地，20 世纪 60 年代，十万开山者历时十年，绝壁穿石，筑渠千里，从山西平顺县石城镇起步，开掘 1500 公里，将漳河水引到了林州县。该工程共削平了 1250 座山头，架设 151 座渡槽，开凿 211 个隧洞，修建各种建筑物 12408 座，挖砌土石达 2225 万立方米。有人做了计算，如把这些土石垒筑成高 2 米、宽 3 米的墙，可纵贯祖国南北，绕行北京，把广州与哈尔滨连接起来。

红旗渠的建成，彻底改善了林县人民靠天等雨的恶劣生存环境，解决了 56.7 万人和 37 万头家畜的吃水问题，使 54 万亩耕地得到灌溉，工程被誉为"世界第八大奇迹"。

同样的，这里早已被开辟为国家 5A 级旅游景区，同时被国务院批准列入第六批全国重点文物保护单位名单。今天络绎而来的，是虔诚的学习者、怀旧的老人家、好奇的年轻人、喧闹的旅行团。

景区的主要景点是红旗渠纪念馆，这个以红色飘带为造型意象的大型展馆，建筑面积达到 6300 平方米，分为"序厅""旱魔""奇迹""丰碑""梦想""精神"六个部分，那是一条穿越峥嵘岁月的时光隧道，也是一条连接昨日与今天的精神纽带。我们坐在放映室里，静静地观看中央新闻电影制片厂于 1971 年发行上映的纪录片《红旗渠》，影片详细地记录了当时修建的过程，披露了许多鲜为

太行山麓

人知的细节，讲述了一个个感人至深的故事。当影片的主题歌《定叫山河换新装》旋律响起的时候，许多记忆中的场景出现在眼前，让人恍若隔世，一种莫名的情感涌上心头而又五味杂陈。慢慢地，我眼角竟有点湿润，你听那歌唱的："劈开太行山，漳河穿山来，林县人民多奇志，誓把山河重安排！"据说红旗渠修了十年，这部影片也拍了十年，留下了一万多尺长的电影胶片，保存了大量珍贵的影像资料。

出了展馆，你可以去看看保留完整的分水闸。红旗渠总干渠在这里分成了三条支渠，它分开了奔涌而下的流水，却分不开人们对一个时代的绵绵记忆。你也可以坐车去参观青年洞，那里有蜿蜒的渠道，人们曾经用神奇的双手，把这一泓

太行山区的村民

清泉从一千多公里以外捧过来，这水迄今润人心田。你还可以在离开景区前浏览一下水利科普园，从大禹治水、李冰父子开凿都江堰，到以举国之力兴建三峡水利枢纽、林州人民修建红旗渠，贯通其间的是一条中华民族的血脉。

站在红旗渠边，看着流水潺潺的"天河"伸向太行山深处，不禁感慨：在"与天奋斗，其乐无穷；与地奋斗，其乐无穷；与人奋斗，其乐无穷"的年代，红旗渠负载了"人定胜天"的期望。今天，人能否胜天却是一个天问，天人合一、顺应自然应该才是更高的境界。

四

太行山雄伟壮丽的风光，尽在晋豫交界之地。在这方圆几十公里内，有两个以"大峡谷"命名的国家5A级旅游景区，都是国家地质公园。一个是河南安阳林州市的"太行大峡谷"，一个是山西长治壶关县的"太行山大峡谷"，仅一字之差，风格却有所不同，前者以山势雄奇著称，后者以山水涧溪见长，都是领略太行山神韵的好地方。

进入太行大峡谷，就像投入山谷宽厚的胸怀。与南方翠绿清秀的山峰相比，这里的峰峦显得更加巍峨，山谷显得更加空灵，那高耸的峰面，像刀削斧砍过一样，如一面硕大无比的墙横亘在面前，令人想到了长城。太行的山有一些裸露，大概是悬崖峭壁上长不出绿植的缘故，它就像是男子汉袒露的肌肉，透出了一种雄壮。而一片片山体的褶皱如同岁月留下的皱纹，有一种沧桑感。太行大峡谷的核心景区包括桃花谷、太行天路、王相岩等等，可以足足游览一天。

太行险峻，天路难行，曾使许多到过太行的名人留下无尽浩叹。东汉年间，一代枭雄曹操率兵征讨袁绍余部，冒着凛冽寒风翻越太行山，写下了《苦寒行》：

> 北上太行山，艰哉何巍巍。
> 羊肠坂诘屈，车轮为之摧。
> 树木何萧瑟，北风声正悲。
> 熊罴对我蹲，虎豹夹路啼。

唐代诗人李白被排挤出长安后，喝着闷酒向东而行，来到了太行山，于八陉之前踌躇，在《行路难》中写下：

> 欲渡黄河冰塞川，
> 将登太行雪满山。

白居易遍访名山大川，在《初入太行路》中写道：

> 天冷日不光，太行峰苍莽。
> 尝闻此中险，今我方独往。

明代名臣于谦到了太行山，则在《上太行山》中感叹：

> 西风落日草斑斑，云薄秋空鸟独还。

两鬓霜华千里客，马蹄又上太行山。

无论是令人不寒而栗的虎豹出没，还是使人望而却步的山高路陡，太行山总给人一种险峻苍凉的感觉。但现在，山西壶关太行山大峡谷，可能会颠覆你对太行山原有的一些印象。这里已不再是穷山恶水，坐游船沿着峡谷河道进入八泉峡，但见山峰依然巍峨，峡谷还是险峻，但山脚下泉水叮咚，溪流潺潺，水盈之处，深绿淡翠；山脊上，桃花盛开，叶似粉黛，浓妆艳抹，美不胜收。太行山大峡谷曾被列入"最美十大峡谷"，面积有五千多公顷，最高海拔1705米。除了八泉峡外，这里还有红豆峡、黑龙潭、紫团山、青龙峡等，同样令人流连忘返。

五

"愚公移山"是一个寓言故事，郭亮村悬崖挂壁公路却是一个现实传奇。

传说古时候有两座大山，一座叫太行山，一座叫王屋山。那里的北山住着一位老人名叫愚公，快90岁了，他每次出门，都因被这两座大山阻隔，要绕很远的路。因此，他下决心要把山搬走，另一个老人河曲智叟笑他太傻，认为他不可能完成。愚公回答说："我死了有儿子，儿子死了还有孙子，子子孙孙是没有穷尽的。这两座山可不会再增高了，凿去一点就少一点，终有一天要凿平的。"这就是见于《列子·汤问》中的"愚公移山"典故，家喻户晓，脍炙人口。

进入当代，太行山脉上有一座海拔1750米的大山，山顶上有一个郭亮村。很久很久以前，一个叫郭亮的农民起义将领，为了逃避官兵的追剿，率部到这里隐居，慢慢形成了这个村落。当地村民过去一直生活在悬崖峭壁上，几乎与外界隔绝，村里通往外界只有一条天梯小路。1972年起，在郭亮村13名壮士的带领下，村民挥起铁锤，历时5年，用人力在山崖间开凿出了一条长1250米、宽6米、高4米，可以通行汽车的隧洞，成为世界上最奇特的18条公路之一。天险变通途，村民下山，再也不用攀爬陡峭的绝壁了，郭亮村悬崖挂壁公路的建设演绎了一个现实版的"愚公移山"传奇。

太行山上的郭亮村

　　从山西壶关的太行山大峡谷到河南辉县的郭亮村，大约 200 公里，这一路上你会经过一些梯田果园、山区村镇，可以亲身感受一下当地老百姓的生活。太行山区在走向富裕的路上，免不了会牺牲一些质朴的本色，但依然是欠发达地区，当地老百姓的生活还不是很宽裕，所以到太行山旅游，建议多住当地人的客栈，多光顾当地人开的饭馆，多买当地人的东西。太行山有"三珍"，核桃、花椒、柿子，带回家都是好东西。

　　郭亮村周围已经被开辟成万仙山风景区，坐景区的旅游大巴，可以到悬崖挂壁公路，然后再徒步上至郭亮村，看看那悬崖上的村庄，领略那不可思议的天险之路，那不是大自然的鬼斧神工，那是"当代愚公"用钢锹铁锤开凿出来的人间奇迹。

　　悬崖挂壁公路实际上大部分是穿行在山体内的人工隧洞，在上面走着，张望四周坚实的巨石岩壁，我不仅为郭亮人的坚韧所征服，也为他们的聪慧所感动。在靠近悬崖的这一面，村民依次凿开了十几个近百平方米的长方形石窗，阳光照进来了，通透敞亮；外面的景色映进来了，崇山峻岭，青松翠柏，像画一样；燕子飞进来了，它们在岩壁筑起了鸟窝，使隧道有了生气。

站在石窗前眺望景色，远处是"悬崖上的山庄"郭亮村，近处是壁立千仞的悬崖，下面是令人震撼的万丈深渊，上面是巍然耸立的太行山之巅，让你浮想联翩。与修建红旗渠有更多的行政动员和社会支持不一样的是，郭亮村悬崖挂壁公路的开凿几乎是靠村民的自发自愿、自力更生。他们卖掉自己养的山羊、自己种的山药筹集经费，召集村里的青壮劳力赤膊上阵，用原始的工具，用生命的拼搏，硬是在云端天险的崖岩上凿出一条通向明天的路。

　　这就是中国人骨子里的一种不屈不挠、艰苦奋斗的精神，有了这种精神，中国人往往能在艰苦的条件下毅然奋起，在危难之时绝处逢生。

　　一路走来，从大寨到红旗渠，从大峡谷到郭亮村，寻寻觅觅，蓦然回首，我们要找的不就是这种"太行山之魂"吗？

到巴马当寿星

一

隐匿在崇山峻岭间的巴马，近些年变得广为人知，这得益于国内一股养生热潮的助推。

中国改革开放伊始，人们烫起头发，穿上牛仔裤，戴着"蛤蟆镜"，热衷于跳交谊舞、蹦"的士高"、唱卡拉OK，捏着港台腔唱粤语歌，不知是不是可以找到"开放"的感觉。接着，人们喝洋酒，打保龄球，洗桑拿，过去慨叹外国人是"生活"，我们是"活着"，现在自己也可以换个活法。你别说，蒸个桑拿，再按摩一阵子，还真挺爽的！今天，人们跳广场舞，进健身房，跑马拉松，养生健身成了热门话题，精瘦苗条成了一种时尚，海边栈道上总是挤满了晨练的人，每个人的双眸都透着憧憬。

在我的印象中，中国人从来没有像今天这样重视养生健身。"高薪不如高寿，高寿不如高兴，高兴不如高潮"，谈笑风生中，人们已经把生理、心理的愉悦放到了更为重要的位置，这反映了随着生活水平和文化素质的提高，人们生活观念与生活方式也有了大的转变，这是一种社会的进步，也是一种人性的回归。

于是，远在广西西北部的巴马瑶族自治县进入了人们的视野。论繁华，它不如南宁；论风景，它不如桂林；论风情，它不如北海；论奇特，它不如崇左的德天瀑布。它因"长寿之乡"的盛誉而声名鹊起。人们兴致勃勃，心驰神往，络绎

巴马县的寿星像

于途，纷至沓来。游览巴马百魔洞时，你会看到，洞外是成群结队跳广场舞、唱怀旧歌、练太极拳的人；洞内又有许多游人慕地磁之名，席地而坐，或手上拿着书本看书、端着 iPad 看电影，或三五成群打牌、闲聊。据说，周边村庄的房子都被租下了，由此当地形成了疗养的产业。仁山智水，颐养天年，人们到这里来，为的是探求长寿的秘诀，图的是健康地多活几年。

颇有天分的巴马人编了一个段子，印到了宣传画册上："有记者到巴马的一个村子采风，在村口遇到一位 60 多岁的阿婆在抹眼泪。记者问她干吗不开心，她说一大早被母亲骂了一通。记者找到她 80 多岁的妈妈，问她为啥对女儿发脾气。老人家也有委屈，说昨天晚上无缘无故地给婆婆责怪，窝火了一晚上。记者问她婆婆多大年纪了，她说快 100 岁……"这软性广告编得虽有点奇巧，倒也道出了长寿之乡的情趣。

巴马县城还建起了长寿博物馆，它是全国第一个以长寿文化为内容的专题展馆，形象地展示了这个"世界长寿之乡·中国人瑞圣地"的魅力。馆中陈列的史料显示，1991 年在东京召开的国际自然医学会第 13 次年会上，巴马被确认为世界第五个长寿之乡。2000 年第五次全国人口普查时，巴马有 3160 位 80 至 99 岁老人。到 2009 年 6 月，90 岁以上老人达 791 位，100 岁以上的寿星达 81 位，其中年龄最大的是 116 岁，每 10 万人中有 100 岁以上长寿者 30.98 人，居世界第一。国际自然医学会会长、日本长寿专家森下敬一博士称："巴马是人间遗落的一块净土。"

长寿之乡当然是山清水秀、风景宜人之地，到了巴马，你可以到那些常规景点走一走，让这个地方在自己视觉、触觉、嗅觉等感觉中鲜活起来。譬如百魔洞，它是典型的喀斯特溶洞，是盘阳河的源头，被英国探险队称为"天下第一洞"。又如水晶宫，它是廊道状的中型洞穴，洞内的钟乳石种类众多，或如石笋、石柱、石带、石旗，或似石幔、石瀑、石盾、石鼓，雪白纯净，颇具观赏价值和科学探究价值。还有百鸟岩，因洞内燕子栖集、蝙蝠掠飞而得名。洞中水平如镜，深不可测，距水面 30 米处有一个圆形天窗，山坳之光照到水面，犹如舞台上的光束，色彩纷呈，其奇特的景象似桂林芦笛岩，故有"水上芦笛岩"的美誉。

二

世界上最长寿的人是谁？

网上的资料莫衷一是，其中有一种说法是，清末民初一位以采药卖药为生的四川老人李庆远，生于清康熙十八年（1679 年），先后历经了康熙、雍正、乾隆、嘉庆、道光、咸丰、同治、光绪、宣统九代至民国，逝于民国二十四年（1935 年），享年 256 岁，是世界上最年长的寿星，被列入了吉尼斯世界纪录。

对此我半信半疑，在 100 多年前，一个人能活 256 岁，似乎超越了人类的生命极限，也违反了自然的发展规律。至于今后随着科技和医学的发展，人类能不能活 200 多岁，那就不好说了。

我倒是比较相信另两则长寿佳话，广西巴马的两位寿星，惊动了清朝的两任皇帝。一个是瑶族老人蓝祥，他活到了 142 岁，堪称"人瑞"。1810 年，嘉庆皇帝闻知，曾题诗赠勉，称其为"烟霞养性同彭祖，花甲再周衍无极"。另一个就

仁寿山庄

是那桃乡平林村的老人邓诚才了，他活了 126 岁。光绪皇帝在 1898 年钦命广西提督府给他赐送了一块牌匾，上面刻着光绪皇帝亲自写的四个大字"惟仁者寿"。邓诚才是军人出身，为朝廷打过仗、守过边、立过功，解甲归田后务农耕作，福寿绵长，皇上赐匾成为乡村故里的一种荣耀。

现在，那桃乡平林村早已建起了"仁寿文化源"（原名仁寿山庄），把一段历史文化物化为一个主题空间。仁寿山庄占地 10 亩，背靠青山，绿树成荫，是一个以养生、旅游为主题，兼容餐饮、娱乐、购物等一系列休闲活动的度假山庄，其中最大的亮点，当然是邓诚才老人的故居。故居为三进院，高挂着光绪皇帝的御匾。山庄里的这块匾是仿制品，原件被邓诚才的第四代孙所保存。

"惟仁者寿"的御匾鲜为人知，但"惟仁者寿"的理念却广为流传。邓诚才故居前有一副对联——"忍人让人不欺人方可为人，知事晓事不多事太平无事"，教人安分守己，诲人大智若愚。实际上，一个人的健康寿命是与他的修养德行联系在一起的，古人劝人修身养性、行善积德，可谓用心良苦。

值得一提的是山庄的巴马长寿宴，一条 5 米长桌，可供二三十人用餐，民乐响起，盛装的瑶族姑娘端上一个个扁平的大竹筐，竹筐以荷叶垫底，盛上当地的巴马香猪、烤肉、玉米、红薯、青菜，香味扑鼻，诱人垂涎。酒是当地米酒，度数不高，但后劲不小，推杯换盏之间，有人已经微醺，脱口而出的却是好句子：

"一桌菜，一段情，一生缘。"

一杯佳酿入口，你可以生发出许多联想。自古以来，中国人都有一个长寿梦，在我国民间，流传着嫦娥偷灵药的故事。道教传说中，彭祖不仅懂得养生之道，还深谙房中术，活到了700岁，那是神仙的福分。2000多年前，秦始皇派徐福带着三千童男童女，去东海"海上蓬莱"寻找长生不老灵丹，又引发多少凄怨的故事？汉武帝晚年在后宫养了一批术士给自己炼制丹药，并杀了丞相公孙策，据说他是因为服用丹药中毒而丧命的。葛洪炼丹则广为人知，他不仅毕生炼制丹药，还留下了完整的炼丹著作《抱朴子》，迄今杭州葛岭、闽南漳浦、江西三清山、广东丹霞山都留有他的仙踪。

今天，在巴马这片神奇的土地上，人们又能找到长寿的秘诀吗？

三

英国著名营养学家、长寿学家萨利·比尔（Sally Beare），写过《世界上最长寿的人》这本书，曾在西方引起轰动。萨利·比尔亲自调查了世界上长寿人群居住的五个地区，对长寿者的生活方式和饮食习惯做了全面、科学的分析，总结出活到120岁并继续保持年轻活力的15个主要原则。她说："你完全可以活到120岁，关键在于你必须知道：你应该吃什么和不吃什么！你应该做什么和不做什么！"

萨利·比尔可能没来过广西巴马，但巴马出现的这种长寿现象却值得人们去仔细琢磨。

《本草纲目》说："人赖水土以养生。"有人对造就巴马长寿现象的环境因素进行了深入研究，提出了地磁、空气、水、阳光、食物五大因素，这与古代地理中的阴阳五行（即金、木、水、火、土）相对应。巴马的相关机构也据此给出了巴马人长寿的答案。

地磁对应金，是五行之首、万物之源，地球一般地区的地磁约在0.25高斯，而巴马的为0.58高斯，个别地方高达0.9高斯。据说到了巴马，觉会睡得香一些，因为高地磁能协调脑电波，提高人的睡眠质量。

赐恩湖

　　负氧离子被称为"空气中的维生素"，巴马森林覆盖率高，空气中的负氧离子很多，每立方厘米负氧离子高达2000—5000个，而在北京、上海、天津、广州等大城市，每立方厘米的负氧离子只有200—300个，巴马自然是个"大氧吧"。

　　巴马水系发达，暗河密布，山泉水、地下水由于反复进出于地下溶洞而被矿化，含有十分丰富的矿物质。当地的水是天然弱碱性水，多是源自长寿山深层的地下水和富含矿物质的可滋泉，又称小分子水，能活化细胞，延缓衰老。

　　远红外线被科学界誉为"生命之光"，巴马年均日照总时数1531.3小时，远红外线非常丰富，它能不断地激活人体组织细胞，增强人体新陈代谢，改善微循环，提高人体免疫力。

　　巴马的土壤中含有丰富的双歧杆菌和乳酸杆菌，它们是维持机体新陈代谢的重要元素，是抗衰老的重要元素。当地有一种神奇的白泥，是一种独特高地磁环境下孕育的小分子矿物泥，自古以来就是巴马人保持百岁不老容颜的"天然美容皂"。

巴马寿星几乎都是清淡素食者，只有逢年过节才吃些肉类食品，他们的主要食物是当地土生土长的自然作物。他们常以玉米粉辅以青菜、豆类和薯类，煮成糊，以茶籽油和火麻仁粉煮菜，粗茶淡饭，十分简朴。

一切概括总带有"提纯"后的片面性，而且当地的推介多少带有一点功利色彩，我们可以理性地加以分析。但无论如何，"一方水土养一方人"，却是一个不争的事实。

对一个地方来说，地理与人文环境是十分重要的，罗伯特·欧文早就说过："人是环境的产物。"但对每个个体来讲，长寿的因素就更复杂了，包括了遗传、性格、体质、心态、饮食、运动、职业等等，尤其一个好的心态非常重要。

赐福湖畔有一个风景绝佳的君澜酒店，你可以坐在露天阳台的咖啡座上，眺望令人陶醉的湖光山色。环顾四周，夫妻岩东面屹立，四叠泉南边飞涌，睡美人西北醉卧，莲花峰西麓回眸。放眼前方，在晚霞的映照下，宽阔的湖面波光潋滟，几叶扁舟朝西边缓缓而去，拖出生动的水线，渔夫该不是去打捞即将西沉的夕阳吧？

人为什么长寿，如何长寿，长寿又是为了什么？天上的那片晚霞，会给你一个答案吗？

富春山居有人家

一

江南自古多才俊，其丰厚的人文底蕴、儒雅的书香风尚，素来令人倾慕。

前不久，有网友在"抖音"上晒出清朝114个文状元的地区分布图：文化厚重莫如山西，可惜山西当时为0；黄河流域的中原大地是中华文化的源头，但陕西仅1人，河南有3人；孔孟之乡的山东是6人，惟楚有才的湖南是2人，人才辈出的广东是3人，文脉悠久的巴蜀是1人，而浙江在清朝中状元的有20人，江苏则高达49人。数字不会说谎，这背后又有多少故事呢？

如今游江南，不慕西湖的盛名，不恋秦淮的美艳，不思乌镇的韵味，不记沈园的柔情，往山麓深处走，往郊外乡村走，往市井小巷走，往往会有意想不到的惊喜。就像游走欧洲，你不要老是在城市与城市、景点与景点之间的高速公路上跑，你有时候随意地驶出某个出口，会邂逅美丽的小镇、清澈的河流、叫不出名字的野花、淳朴而有趣的大叔，单调枯燥的心境会一下子变得丰盈生动起来。

从杭州市区往西走约30公里，有一个叫富阳的地方，这里曾有"天下佳山水，古今推富春"之誉，富春江横贯全境，鹳山、天钟山挺拔俊秀，不愧是山清水秀、景色旖旎之地。如今，富阳有孙权故里龙门古镇、号称"亚太地区第一洞"的桃源风景区碧云洞、郁达夫先生描写过的古村落东梓关村，以及反映三国时期吴国文化的东吴文化园等风景名胜。但平心而论，这些景点现在都"盛名之下其实难副"，不去遗憾，去了也遗憾。

富春山居

　　可是，这类钟灵毓秀之地，总会有超凡脱俗之处。如果你对人文历史和文化艺术有兴趣，你从富春江北一直往山边走，大山深处有一个黄公望森林公园，它因元代大画家黄公望在此结庐隐居、创作著名山水国画《富春山居图》而得名。整个景区坐落于富阳一个叫庙山坞的山坳里，由黄公望纪念馆、小洞天、筲箕泉、庙坞竹径、森林公园、灯台瀛、风情小镇等组成，总面积333公顷，森林覆盖率96.5%，有云豹、羚羊等国家一、二级保护动物49种，是国家级风景名胜区。

　　时值暮春，你穿一身便服，踏一对布履，迎着微微清风，从景区大门往里走。远处山势深远，两边茂林深竹，约走几里地，可见一汪清潭，名曰"白鹤潭"，湖水碧绿，波光潋滟，可谓"白鹤来时仙踪驻，清泉涌处竹风清"。举眸一看，水边矗立着古色古香的黄公望纪念馆，馆名由时任西泠印社社长饶宗颐先生亲笔题写。纪念馆由当下才华横溢的建筑师王澍和陆文宇设计，以一系列亭阁围绕庭院展开布置，采用"之"字形连廊连接。走进纪念馆，映入眼帘的"序言"简单明了而又富有余韵：

> 从前，
> 富春江边有个白鹤墩，
> 白鹤墩边有个庙山坞，
> 庙山坞里有个小洞天，
> 小洞天里有个南楼，
> 南楼里有个仙风道骨的老人，
> 老人画了《富春山居图》……

展览由"少年大志，一生坎坷""潜心绘画，大器晚成""隐居富春，杰作问世""黄公望与《写山水诀》"几个部分组成，藏品丰富，颇具品位。流连其中，一位素衫道袍、鹤发童颜的老叟会飘然而至，他就是黄公望。

黄公望雕像

二

黄公望是中国山水画发展史上一个里程碑式的巨匠，也是中国美术史上一个富有传奇色彩的人物。

黄公望自称浙东平阳人，实际上出生在江苏常熟，由于幼年父母双亡，家庭贫困，他十岁左右就出继给永嘉州平阳县（今浙江温州）的黄姓人家。从小读遍四书五经，屡考科举，45 岁时才在浙西廉访司当了书吏，相当于现在的秘书。他曾为了仕途到杭州奔走于权贵名士宅邸之间，后来果然得到赏识，进京在御史台下属的察院当掾吏，混了个小官当。可惜的是，他追随的主子因"贪刻用事"，征粮引发民乱，被元仁宗遣人聆讯治罪，他也随之入狱。

磨难有时是人生砥砺前行的老师，牢狱有时是天才的课堂。中国历史上，有多少人由于仕途失意，命运多舛，反而成了名师巨匠，创作出传世之作，正应了孟子的那句话："故天将降大任于斯人也，必先苦其心志，劳其筋骨，饿其体肤，空乏其身。"

"世故无涯方扰扰，人生如梦竟昏昏。"黄公望蒙冤入狱后，几乎一夜白头，他在牢里时常仰天长叹，矢志追求的功名利禄不过过眼云烟，金碧辉煌的宫廷王府又是如此醍醐肮脏。出狱后，他人还活着，心却死了，加入了主张儒、释、道三教合一的全真教，与张三丰等道友为伴，游走于松江、杭州等地，寄宿道宫，栖身山洞，卖卜为生。有谁见过他当年的模样，穿着破旧的道袍，举着写有"卜"字的幡旗，面容憔悴，神情肃穆，步履蹒跚地走在黄昏的市井里。他在为别人预测来世时，也在为自己盘算未来。

有人说，黄公望是 30 岁开始学画的；也有人说，他是 50 岁才步入画界的；还有人说，他是 60 多岁才真正入行。这现在已经难以考证了，但无论如何，他在艺术方面是大器晚成。黄公望选择了绘画，寄情于艺术，是他本人的幸事，也是中国美术史上的佳话。

庄子所赞美的"淡"，是一种不求名利、自自然然的平常之心，是中国文人追求的最高境界。黄公望倾情绘画，实际上是他对人情世故看得越来越通透，是他"迎静气，去躁气"，潜心修炼的一个过程。他的人生理念和淡泊心态又融入

黄公望隐居处

了他的笔墨，体现在他的画作上。有人概括黄公望绘画的最主要特点是洗尽铅华、平淡率真，他崇尚自然，讲求写意，强调对实际景物的观察以及生活中的真实感受，将淡泊宁和的情感与山水的气韵合一，因此达到了自然浑成的至美境域。他的画没有北宋山水中所追求的繁复多样，也没有南宋山水讲究的精巧雕琢，少了剑拔弩张之势，多了些平实真切之美。

黄公望自称"大痴道人"，既显示了他晚年为人处世的境界，也反映了他对绘画艺术的痴迷。他常常深入自然，细心观察自然界在风、雾、雨、雪、空气和阳光下的变化，捕捉四季不同的景色，探究深山幽壑、古木泉流的灵性。为了领略山川情韵，他居常熟虞山时，经常观察虞山朝暮变幻的奇丽景色，得之于心，运之于笔。他居松江时，观察山水更是到了如痴如醉的地步，有时终日在山中静坐，废寝忘食。他居富春江时，身上总是带着皮囊，内置画具，每见山中胜景，必取笔展纸，摹写下来。

黄公望晚年隐居于富春江北大岭山，并创作了惊世骇俗的《富春山居图》，艺术成就达到巅峰。后人概括，他是"元四大家"之一，确立了元代的审美理想，引领了"文人画"的时代潮流。元代之后，中国山水画史上几乎没有一个画家的影响能超越他。尤为难得的是，黄公望是一位既有艺术实践，又有学术理论的巨匠大家，他在概括前人山水画理论的同时，结合自己的艺术实践，写出一部较完整的介绍山水画技法的画论《写山水诀》。

青山不老，文字不朽。黄公望给我们留下的，是文化的瑰宝。

三

众所周知，《富春山居图》是黄公望的代表作，这幅名画呈现了元代文人画的精神，对明清两代水墨绘画的影响深远，是中国十大传世名画之一，被誉为"画中之兰亭"，属国宝级文物。

许多人可能不知道，黄公望是78岁的时候才开始创作这幅巨作的，从动笔到绘制完成大约用了六七年时间。在"人生七十古来稀"的中国古代，我们很难想象这位饱经沧桑的羸弱老人，是如何绘就这幅七米长卷的。他经常心游万仞的神思能够集中吗？他天天握笔挥毫的手会颤抖吗？他曾经浪迹江湖的腿还能站得稳吗？该不是神人相助吧？

好了，让我们走进黄公望纪念馆，整整衣冠，理理头绪，以肃然静穆的态度，仔细观赏眼前的《富春山居图》。

《富春山居图》原画绘在六张纸上，六张纸接裱而成一幅约七米的长卷。画作大致可以分为六个部分：第一部分，从一座顶天立地的浑厚大山开始，拉开序幕；第二部分，画中山脉的走向发生了变化，树木、土坡、房屋和江中泛起的小舟，营造出一种层峦环抱、山野人家的空灵感；第三部分，是墨色变化最大、空间变化最丰富的一个部分，画面由密变疏，清逸秀丽；第四部分，是全篇画作笔墨最少之处，没有皴染，只有山水，还原了自然的本真；第五部分至第六部分，远山如黛，河道宽阔，两艘小船并行江中，船上渔夫如点睛之笔，让人生发无限的遐思。黄公望画的是一条漫长的河流，在几千年的历史里，流过浅滩，越过高峰，急流勇进，去除繁华，回归自然。"远山长，云山乱，晓山青"，它不仅是一幅画，而且是一种哲学，是一种生命的态度。

《富春山居图》无疑是一幅杰作，但黄公望却将这件珍品赠给了他的师弟无用道士。当年，是无用道士向他要画，他才画了这幅画，把它送给无用道士，似乎顺理成章。实际上，晚年的黄公望把一切都看得很淡，画的画几乎都送给了朋友，这里送一张，那里送一张，潇洒得像个神仙。

有趣的是，到了清朝，乾隆皇帝曾经得到过该画，爱不释手，珍藏于身边，不时拿出来欣赏，并在长卷的留白处赋诗题词，加盖玉玺，殊不知那是一件赝品。可见模仿复制、以假乱真在中国画界由来已久。

近些年，令《富春山居图》声名鹊起的是分离360多年的《富春山居图》于2011年6月在台北故宫博物院合璧展出。这幅画作清初被火烧成两段，前段被称为《剩山图》，长51.4厘米，由浙江省博物馆收藏；后段《富春山居图（无用师卷）》，长636.9厘米，现为台北故宫博物院珍藏。《富春山居图》残损后，就再也不曾以完整面目展示于世，此次合璧成为历史性的一刻。

黄公望森林公园

四

从纪念馆出来，继续往山麓深处走去，寻找当年黄公望的结庐隐居处。

此时，日已当空，阳光洒在两边的竹海上，有一种特殊的光影效果。羽翼绚丽的鸟儿见到访客，啼叫着从枝头腾空飞起，像是要向这山的主人报个信。

我们沿着茂林修竹中的小路往前走，不一会儿就可见到一座牌坊，上有书画家黄苗子所写的"元高士黄公望结庐处"，上联"浑厚华滋，图成长卷垂千载"，下联"精严逸迈，论定高名冠四家"。

再走两公里，已到山底下的"小洞天"。曲径通幽处有一木屋，人称"南楼"，是黄老先生的画室兼书房，据说《富春山居图》就诞生于此。木屋已辟为小型展览馆，陈列着一些老物件，并挂有几幅字画，虽是后人的刻意摆设，倒也有一种挥不去的清幽神秘。围着木屋转一圈，不由赞叹，这真是避世的好地方啊！青山为屏，绿树为障，溪流绕前，峭石立后，是心灵栖息之所。黄公望曾赋诗描写这方风景：

入山眺奇壑，幽致探何穷。

一水清岭外，千岩绮照中。

萧森凌杂树，灿烂映丹枫。

黄老先生晚年在这里隐居创作，日子似乎过得惬意。他这样描述过：

此富春山之别径也，予向构一堂于其间，每当春秋时焚香煮茗，游焉息焉。当晨岚夕照、月户雨窗，或登眺，或凭栏，不知身世在尘寰矣。

可谓悠哉乐哉！在林中小屋点起檀香，煮茶品茗，想走就走，想睡就睡。晨曦雾岚绕山，黄昏残阳如血，夜晚月光如水，雨天水敲窗户。有时推窗眺望，有时凭栏遐思，不知身在何处，不闻红尘喧嚣，这又是怎样的一种境界呢？

黄公望寄情这片净土，说明他的心境已归于淡泊，也只有这种宁静与深沉，才能创作出《富春山居图》这样空灵飘逸的精品，正所谓："心静则意淡，意淡则无欲，无欲则明，明则虚，虚则能纳万境。"

都说"淡泊名利"，都说"顺其自然"，都说"拿得起，放得下"，一个人要像黄公望老先生那样无欲无求、返璞归真，还真的不容易！际遇和环境往往造就了一个人的心态与性格，自我的修养常常比不上环境的造化。不经繁华，不恋宁静；不曾盛名，如何淡泊；不经风雨，怎见彩虹。"万丈红尘一杯酒，千秋大业一壶茶"，那都是要阅尽繁华，看透红尘后才能彻悟的。"人生若觉有迷惘，劝君读读公望君"，流连黄公望的世界，我们倒是可以悟出一点什么来。

前几年，人们还在山林深处发现了一个八卦墓地，据说那是黄公望逝世后入土为安之处。对此，笔者不敢轻信，觉得还有待考证。这些年，为了给一方土地增光添彩，附会名人的事不少。但可以告慰他老人家的是，他钟情的这片土地、他痴迷的这方山水，更加锦绣壮美；他留下的这些作品、他秉承的这种精神，也更加深入人心。

富春山居有人家，人家僻静有贤师。黄公望老先生安息！

沧海一声笑

——略谈深圳

一

深圳有没有童年？

深圳人对此曾耿耿于怀，因为大家都说深圳只有 40 多年的历史，深圳是一座年轻的城市，深圳没有深厚的历史文化积淀，深圳曾是"文化沙漠"。

外地人对此却似乎并不在意，他们印象中的深圳，就是中国改革开放之后崛起的现代新城，是南中国地平线上冒出来的"一夜之城"，是具有世界意义的未来城市。人称："中国三千年的历史看西安，一千年的历史看北京，一百年的历史看上海，四十年的历史看深圳。"

如果我们还要去寻根的话，深圳当然也有其发育成长的历史进程。

深圳的"圳"字，在辞典中是"田边水沟"的意思，这条大沟一头连着深圳湾，一头接着大鹏湾。从 1985 年到 2004 年，考古人员在大鹏湾沿海的咸头岭先后进行过四次考古挖掘，发现并发掘出新石器时代中期的一些人类活动遗址，出土了陶器、石器等生活用品及斧、锛、凿、刀等生产工具，说明了 6000 多年前，深圳并不完全是人迹罕至的地方，这里已经有了先人的足迹。

作为人类聚居的区域，深圳则有 1700 多年的郡县史。东晋咸和六年（331年），朝廷设置管辖六县的东官郡，辖地包括今天的深圳市、东莞市和香港等地，郡治就设在深圳南头。

深圳虽是个小地方，但毕竟是一个区域的中心。明洪武二十七年（1394

年），朝廷在深圳的东西两头各兴建了一座所城。

在东部海边修筑的是大鹏守御千户所所城，是个海防要塞，今称"大鹏所城"。所城占地约10万平方米，城墙高6米，长1200米，城门上建有炮楼，城墙下修有护城沟，形成一定的规模，有"沿海所城，大鹏为最"之说，是明清两代中国海防的军事基地。

在靠近珠江口的西部兴建的是东莞守御千户所所城，后为新安县衙所在地，今称"南头古城"。明代南头城与子城周长共约1928米，高约6.7米，城墙南宽约3.3米、底宽约6.7米。有东、西、南、北4个城门，分别名为聚奎、镇海、宁南、拱辰。古城内辟建9条街道，俗称"九街"，迄今保留了县衙、海防公署、关帝庙、报德祠、鸦片烟馆、接官厅、聚秀楼、当铺、钱庄等建筑，当年的格局可见一斑。

从古代汉武帝平定南越国，到当代深圳被确立为经济特区，深圳历史上有过六次规模较大的移民潮。其中，300多年前，康熙八年恢复新安县，吸引了大批

福田中心区一瞥

深圳中心区夜景

　　客家人南迁，奠定了今天深圳原住居民的格局。中国改革开放后，全国各地的有志之士"孔雀东南飞"，深圳人口从30多万人发展到1000多万人，更是一部充满传奇、波澜壮阔的移民史。

　　当包括我在内的深圳人对此如数家珍、津津乐道的时候，我们又容易走进另一个误区，把昨日深圳当成历史悠久、文化昌明的地方。记得20多年前，有一些本地的文化人就开始呼吁让深圳申报"国家历史文化名城"。实际上，深圳无法回避的一个事实，就是这里曾是百越部族的蛮荒之地，远离作为政治、文化中心的繁盛的中原地区。深圳盛产岭南佳果荔枝，但要进贡给朝廷，即使日夜兼程、舟车劳顿，也要跑一个多月。曾作为僻远边地的深圳，有自己的历史传承，有自己的文化胜迹，那是跟自己比。如果放到中华大地的泱泱疆土上，跟西安、洛阳、开封、杭州等其他古城比，那真的就是微不足道了。

我看了一下相关史料，历朝历代都有一些达官贵人被刺配流放到岭南边地，仅唐代被贬至广东有史籍可考的官员就有近200人，宋代更是多达400人。如苏东坡被贬到广东惠州，韩愈被贬到粤东潮州，汤显祖被贬到粤西徐闻，刘禹锡被贬到粤北连州，寇准被贬到雷州半岛。但名人被贬于深圳的记载却未曾见过，不知是不是朝廷百官压根儿就没听说过这个地方。

二

近两年，有一本叫《为什么是深圳》的书风靡一时，它试图寻找深圳崛起的原因，解读深圳成功的密码。

深圳为什么脱颖而出？原因很多，但我认为关键的因素是深圳毗邻香港的地缘条件和区域优势。我们来个空间漂移，如果深圳紧挨着海南岛，有再好的政策，不就多了个湛江城吗。

深港两地，山水相连，有32公里的陆域接壤，有200多公里的水面相通，有15个口岸衔接。新中国成立70周年庆典的时候，香港元朗的居民甚至可以站在家里的窗前，遥望深圳湾畔怒放的烟花。

深港两地，同根同源。东晋咸和六年，深港两地同属东官郡管辖。明万历元年（1573年），朝廷颁令设置新安县，范围包括今天的深圳市和香港特别行政区。这两个时期，郡治和县治都设在深圳南头，故南头古城有"深港历史文化之根"的说法。

至清道光二十二年（1842年），中英不平等条约《南京条约》签署，使香港岛被英国人据为己有。清咸丰十年（1860年）和光绪二十四年（1898年），九龙半岛和新界又因《北京条约》《拓展香港界址专条》先后被租予英国。至此，两地的社会发展趋于不同，双方循着各自的坐标嬗进。香港后来成为世界上知名的金融中心、航运中心、信息中心、贸易中心之一。

由于香港的存在，深圳开放的大门刚刚打开一条缝，便吹进来八面来风。第一个到深圳投资的外商叫刘天就，这位香港人过了罗湖桥，是坐在单车的后架上

深圳音乐厅

进城的。第一个在深圳落地的外企是竹园宾馆，门口挂着"宁可食无肉，不可居无竹"的对联，有那么一种飘逸之气。第一个过境搞大型基建项目的是港商胡应湘，他参与投资修建的广深高速公路使香港、深圳、广州三点一线的联系更加密切。迄今，在深圳引进的外资中，港资一直占到了 60% 左右的比例，他们带来了资金、技术、管理、人才，带来了一个精彩无比的外部世界。

由于与香港连接，深圳可以直接面对国际市场。改革开放初期，深圳人和港商一起，腋下夹着一个小皮包，手上拿着"大哥大"，一边喝着"人头马""马爹利"，一边打电话卖出内地的原材料，买进国外的机电产品。在深圳的进出口贸易总额中，与香港的贸易额所占的比例一直高居第一位。独具慧眼的香港首富李嘉诚干脆在深圳盐田搞了一个国际码头，生意谈成了，许多货物不必经香港中转，直接装船出海，运向纽约、伦敦、东京、鹿特丹、开普敦……

由于香港人的参与，深圳的地价和房产一直居高不下。香港寸土寸金，一些北上的香港人一直在寻找新的家园，而近在咫尺的深圳当然是他们的首选。据说现在深圳居住的香港人有近十万人之众，靠近深圳河的住宅区与城中村，早有了港式茶餐厅、美容店、卡拉 OK、桑拿房，甚至喝个早茶，酒楼里有香港的马经和报纸。

时至今日，深圳在经济总量等许多方面都有了后来居上的势头，两地居民物质生活水平上的差异也愈来愈小。但深圳一定不能忘了香港的带动作用，不能忘了香港这位启蒙老师。

许多年前，香港贸发局曾拍过一部纪录片，叫《消逝中的边界》，反映香港与内地越来越密切的合作关系。"一国两制"，边界在许多年以后或许也不会消失，深圳河边那道长长的铁丝网，如同祖国肢体上划过的一道伤痕，警示后人。但随着粤港澳大湾区的拓展，香港与深圳、香港与内地求同存异、共同发展的大趋势却是不可逆转的。

三

2000 多年前，古希腊哲人亚里士多德说："人们为了活着而聚集到城市，为了生活得更美好而居留于城市。"同时，城市在人口聚集和产业化过程中，融合了自然环境和人文社会的因素，逐步形成各自的文化气质。

深圳的文化特征是什么？有什么样的"城格魅力"？

第一是以兼容多元、充满活力为特征的移民文化。"老家是哪儿的？"这是深圳社交场合最常用的口头禅，诚如北京人见面时常说的"吃了吗？"。我想，这大概就是人们进入深圳这座移民城市的文化密码。现在深圳 1749 万常住人口中，98% 以上是建特区后的新移民，如今的"深圳人"来自全国 34 个省、直辖市、自治区、特别行政区，而且成为继北京之后第二个聚齐了全国 56 个民族的城市。在这样一座城市里，特定的地域文化不占绝对主导地位，不可能以"非我族类，其心必异"的狭隘心理对待异质文化，当东西南北的各种文化季风吹来时，她必须敞开自己的胸襟，迎接八面来风。同时，"不是猛龙不过关"，新移民为深圳带来了劳力、智力、技能，带来了五湖四海的文化观念、文化习俗、文化背景，这一切对于一个全新的城市来说是多么宝贵的资源，如此旺盛的生命力打破了旧有的秩序，激活了潜在的能量，使城市充满活力。

第二是以内外交汇、开放融合为特征的"窗口"文化。改革开放以后，全国各省、直辖市、自治区，包括不少地级市，几乎都在深圳设立了办事处，他们看中的不仅是这里的市场，更在乎的是这里的信息，他们需要通过深圳这个窗口了解外部世界的情况。实际上，由于独特的区位优势，深圳一直是内地连接香港、中国连接海外的桥梁与纽带，是中外文化的交汇点。内外辐射，不仅使深圳文化呈现多元化，也使深圳在香港与内地的文化交融中发挥了中介作用、过滤作用和嫁接作用。

第三是以青春时尚、引领潮流为特征的现代文化。深圳办特区只有40多年，深圳人平均年龄在30岁左右，深圳没有太多传统文化的包袱，可以目光向前，轻装上阵。置身深圳，人们能感受到一种浓烈的现代文化气息。首先是这座城市的规划布局和建筑风格的现代化，密集的高楼群和立体的交通网络，抹去了这座城市最后的一点农耕文化的痕迹。其次是当地居民生活方式的现代化，深圳是个时尚之都，流行色不断变换，生活节奏快捷，消费引领潮流。再次是深圳人思维方式的现代化，深圳是产生新观念、新思维的地方，内地许多城市派干部到深圳学习，强调的也是来更新观念。最后是深圳文化艺术发展趋向的现代化，创意设计成为城市产业发展的核心引擎。

第四是以敢为人先、奋力拼搏为特征的创新文化。"杀出一条血路来"是深圳经济特区从诞生之日起就注入的基因，也是深圳经济特区一路走来被倒逼出来的本领。特区初创时期，国家只给政策不给钱，深圳要吸引外资，首先要营造投资环境，当时开发一平方公里土地就要一亿元，钱从哪里来？只能从求新求变中来。深圳人在土地的使用权上打起了主意，于是有了此后石破天惊的中国土地使用权拍卖，有了全国人大在有关条款中加入"土地使用权可以依照法律规定转让"的修宪。前两年，深圳有领导到企业调研，鼓励他们大胆创新。企业的负责人回答说，市场瞬息万变，产品更新换代，企业不创新只有死路一条。政府不必操心这些事，把营商环境做好了就行了。

人才公园的雕塑

　　然而，深圳也面临着许多文化的困惑。譬如，城市的高速发展仍缺乏文化的支撑，文化是需要积累的，需要一个厚积薄发、循序渐进的过程，砸钱多建几所学校、多开几间医院，并不意味教育和医疗马上可以"大跃进"。又如，一些深圳人存在浮躁情绪，都说深圳人好像走路的节奏都要快一点，但来也匆匆、去也匆匆的他们，时常无法掩饰其急于求成的情绪与"暴发户"的心态。还有，就是城市凝聚力的缺失，当我们从互联网上看到网民调侃"在深圳，像狼一样赚钱，像狗一样工作，像猪一样生活"的文字时，我们的心是不是有一种莫名的刺痛感。

　　总的来说，深圳亟待涵养的是作为一座移民城市的归属感、作为一座国际城市的认同感、作为一座商贸城市的文化感、作为一座科技城市的人情感，作为一座宜居城市的舒适感。

四

　　"沧海一声笑、滔滔两岸潮。"这是香港电影《笑傲江湖》的主题歌中的歌词。

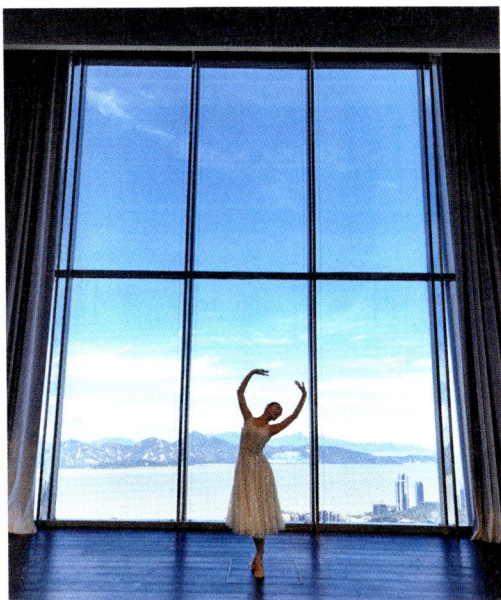
都市舞者

　　40多年后，河对岸的深圳正以沧海桑田般的巨变笑傲天下，并以传奇的故事引人瞩目。

　　今天到深圳看什么？

　　看高楼大厦，上海黄浦江两岸的景色更恢宏大气；看历史文化，这从来就不是深圳的强项；看自然风景，300多公里之外的丹霞山就会让她汗颜；看滨海风情，海南三亚当然是更好的去处；看主题公园，这深圳原创的项目也今不如昔。深圳旅游一直在致力打造全球性的旅游目的地，但至今仍是各地青睐的旅游客源地。

　　然而，你如果把深圳整座城市当作一个大的旅游点，可能就会找到一点感觉。

　　你可以登上莲花山山顶，眺望福田中心区的景色，一个"春天的故事"演绎了一座现代新城的崛起，你会有许多感慨。到了周末的晚上，在那里可以看到流光溢彩的城市灯光秀。贫穷会限制人的想象力，繁华也会限制人的想象力，你很难想到，40多年前这里还是一片荒山野岭。

你可以到西部滨海休闲带的栈道走走，绵延十几公里、海天一色、花团锦簇。从深圳湾大桥一直走到打响改革开放第一炮的蛇口，海的对岸就是香港新界，山川田野、楼房道路清晰可见，当代的"双城记"读也读不完，里面有许多精彩的篇章。

你可以去看看盐田沙头角的"中英街"，这条小街长约 250 米，宽约 4 米，街上有 8 块界碑，一边是香港，一边是深圳，一头连着过去，一头接着未来，"一街两制"，绝无仅有。小街上店铺鳞次栉比，要是顺手买点港货带回老家，也是有点意思的。

你可以去逛逛万象天地等大型购物中心，那是城与街结合、吃喝玩乐游购娱一体的休闲区，会有各种创意展览和现代风格的表演。置身其中，闻着浓香的咖啡，常给人以身在国外的感觉。深圳现在有许多类似的购物城，那不是一个购物的概念，那是都市时尚的一种体验。

你可以到蛇口"海上世界"喝一杯自酿的啤酒，沐着清新的海风，听一段意乱情迷的萨克斯演奏。作为一座移民城市，深圳的中西美食从来不会让人失望，大到全国八大菜系，小到乡镇小吃，几乎应有尽有。就在蛇口，你可以吃到比较正宗的日本寿司、法国鹅肝和巴西烤肉。

如果你对大海情有独钟，可以一路向东，到大鹏湾、赏海景、吃海鲜。大鹏半岛曾被《中国国家地理》杂志评为"中国最美的八大海岸线"之一，从南澳的东冲披着降临深圳的第一缕晨光穿越到西冲，是许多"驴友"乐而忘返的线路。那里有一个叫"较场尾"的地方，集中了许多度假小屋，面朝大海，春暖花开，枕着海涛的声音入睡，也是颇有诗意的事情。

仙湖植物园也是我诚意推荐的一个好去处，里面有 12 个门类的植物园区，尤以荫生植物园、苏铁园、化石森林最具观赏价值。站在揽胜亭上远望，前方是海拔 900 米的珠三角最高峰梧桐山，山峦怀抱的是金顶闪烁的弘法寺；目光顺山而下，丛林郁郁葱葱、旷地绿草如茵；及至近处，波光粼粼的仙湖开阔舒展，湖水纯净如玉，几叶轻舟荡漾其中，使人间禅境变得生动起来……

诗与远方

——川藏线纪行

最美的风景总是在路上，而路上最美的风景可能就在川藏线上。

不知从什么时候开始，318国道川藏线被誉为"中国最美的景观大道"，川藏线成为一个传奇，走川藏线成为一个梦想，开车穿行川藏线成为"此生必驾"的时尚。我想，走向西藏，走向离天更近的地方，不仅可以欣赏沿途不一样的风景，而且是能寻求诗与远方天人合一的更高境界。

严格上讲，川藏线有南线、北线之分，318国道在川藏南线上。东起上海黄浦区，西至西藏日喀则的318国道全长5476公里，其中从成都到林芝或拉萨这一段是精华路线。同时，进藏公路中，川藏南线相比川藏北线、新藏线、滇藏线、青藏线，也更为可行。第一是海拔是逐步升高的，游客容易逐步适应高原反应，称不上"眼睛的天堂，身体的地狱"；第二是沿途风光无限，令你渐入佳境，高潮还在后面；第三是经过多年建设，现在川藏线的道路状况和配套设施越来越好，可以说是天险变了通途。

自驾到西藏，还要考虑的一个重要因素就是天气，一般是春秋两季为宜，可以尽可能地避开冰雪、风暴、落石、塌方、泥石流等自然灾害，而且春有姹紫嫣红，秋有漫山金黄，气候凉爽，景色迷人。

我们这次选择了五一小长假前的时间，也选择了318国道的黄金路段，以成都为起点，以林芝为目的地，驱车开始了我们的梦想之旅、自然之旅、朝圣之旅。此行为期7天，全程2380公里，穿越无数山川河流，留下许多难忘记忆。

2021 年 4 月 24 日（周六）阴

好多年前，我看过法国人拍的纪录片《桑噶尔高原的女儿们》。影片描写了严酷的自然环境下，在信仰和传统中顽强生存的藏民的生活；通过两位女孩子对人生道路的不同选择，细腻地刻画了藏族女性追求自由和幸福的喜怒哀乐；丹增嫁给一个从未谋面的远村人，帕尔吉特出家把一生奉献给宗教。看了这个片子，我不仅为故事情节所感动，更被唯美的画面和浓郁的韵味吸引，从此便跃跃欲试地想到西藏。

此后我去过两次西藏，冥冥中像有一种东西要去寻找。而这次自驾走川藏线，对我来说是第一次，是一种新的体验。

人在追求一个新的目标的时候，往往状态是最好的，是最富于动力和魅力的。昨晚上我们已经从深圳飞抵成都，做好了上路的准备，并选择了方便上高速的酒店住下。今天早上 8 点半，我们装好行李和必需品，也揣着一份兴奋而期待的心情出发，从温江北入口上高速，沿着成雅高速（G5）前行，一路向西。

车到雅安县城，约 130 公里，再往前走 120 公里，就到了二郎山。"千里川藏线，天堑二郎山"，它最高海拔 5150 米，以陡峭险峻、气候恶劣闻名，是从成都平原到青藏高原的第一座高山，是川藏线上的第一道咽喉险关。当年筑路部队在修建二郎山险峻路段时，每 1 公里就有 7 位军人献出生命，山上的筑路烈士墓园铭记着这段历史，歌曲《歌唱二郎山》抒发着昔日的情怀。

1996 年 7 月，二郎山隧道开始凿建，开工时是国内最长、海拔最高、地应力最强、施工难度最大的山路隧道。经过 5 年的艰苦奋斗，4176 米长的隧道于 2001 年 12 月全线竣工。现在，人们过二郎山已不用千周百折、千辛万苦，十几分钟便可进入甘孜藏族自治州。现在穿行二郎山隧道仍时遇奇观。记得有一年秋天，我们经过这里到海螺沟，在隧道这边，树木茂盛，绿草如茵；而一过隧道，冰雪覆盖，草木凋零，汽车都必须装上防滑链才能上路，每小时向前挪进不到 20 公里。

进入甘孜，就可以闻到藏区的味道了，冷峻的山川、宽阔的旷野、艳丽的经

卓玛拉措

幡、藏南的民居、悠闲的牦牛……中国有三大藏区，卫藏、康巴、安多，卫藏分布在西藏的拉萨、日喀则一带，康巴是指西藏的昌都和四川的甘孜藏族自治州，安多则是青海除了玉树以外的藏区和甘肃的甘南州、四川的阿坝州。这一带属于康巴藏区，高大粗犷的康巴汉子有三件宝：头饰、护身符、刀子。

我们一心去观赏自然景观，但对人文历史仍割舍不了，所以顺道去泸定县看泸定桥。这座横跨大渡河的铁索桥，始建于清康熙年间，因红军长征时"飞夺泸定桥"的战斗而闻名。今天，这里早已被辟为旅游景区，游人如织，熙来攘往。这座战火熏烤过的铁索桥，一头连着浴血奋战的历史，一头连着商业喧嚣的现实。

从泸定前往康定，仅有 56 公里。康定是茶马古道重镇、藏汉交汇中心、甘孜藏族自治州的州府，它也是一首歌成就一座城市的范例。历史上，康定曾经是西康省的省会，西康省于民国二十八年（1939 年）设置，1955 年 3 月撤销，所

"情歌故里"康定

辖区域一部分划归四川省，一部分划归西藏自治区。然而，康定过去一直默默无闻，直至1947年一首名叫《康定情歌》的歌曲在全国逐渐风行，康定才慢慢地为国人所知。到了现在，康定早已被大家耳熟能详，稍为年长的人都会哼唱"跑马溜溜的山上，一朵溜溜的云哟"。现在，康定人也在这首歌上做足功夫，城市的宣传词是"情歌故里"，城里最大的广场叫"情歌广场"，最高的山上铺砌出"康定情歌"四个大字，十几公里以外都可以看到。

从康定开始，海拔逐步提升，汽车开始爬坡向上。到了折多山口，海拔达到4298米，由于气压增高，车上真空包装的塑料蛋糕袋子一个一个都爆了，像小气球被吹破一样"卟卟"作响。

过了折多山，走一段路后就可以到近年来声名鹊起的新都桥。据说秋天的时候，这里很美，是令人神往的"摄影天堂"，是如诗如画的世外桃源。但可能是导航出了问题，我们在这个最佳摄影地竟然没有找到可以摄影的地方，只能在当地人的介绍下骑马登上一座小山，远眺贡嘎雪山。

从新都桥再到雅江县，只有60多公里，而且车过高尔寺山隧道，海拔又降了下来，进入雅江县城，海拔只有2530米，所以我们选择在这里住宿。这是一座山崖上的县城，平地很少，几乎所有的建筑物都是沿着雅砻江建设起来的，而且建得很高。我从二十多层的酒店房间望出去，山川河流、市井人家尽在苍茫暮色中，给人一种如梦如幻的感觉。

2021 年 4 月 25 日（周日）晴

三毛曾经说："远方有多远，谁能告诉我。"我想，不管远方有多远，路总在脚下。

早上 8 点出发，行走线路是取道理塘，驶出 318 国道，然后沿 217 国道、216 国道直奔稻城亚丁。

天气特别好，高原的蓝天，蓝得深邃透亮，纯得高洁无瑕，让人想仰着头亲上一口。

车子很快就到了海拔 3990 米的剪子拉山，接着是海拔 4429 米的卡子拉山和海拔 4668 米的尼玛贡神山，其间有"天路十八弯"，高原的气势和魅力开始展现出来。令我意想不到的是，318 国道现在挺繁忙的，大货车、旅行车、越野车一辆接一辆，可以观景的地方又聚集了许多游人与商贩，原先苍凉荒寂的旷野竟也显得热闹起来。

理塘是 318 国道上转赴稻城亚丁的中枢，海拔 4014 米，有"天空之城"之称。我们在这里稍事休息，便转入 217 国道，直奔稻城亚丁，路程约 230 公里。

道路修得很好，开阔的毛垭草原、海拔 4600 多米的海子山，景色都颇壮观。在这一段，道路两边全是长着青苔的石头、高大萧瑟的野草、一望无际的荒野，令人感觉有点像当年到了冰岛的雷克雅未克一样，有一种独特的审美感受。

从理塘过去 150 公里，就到了稻城。县城很漂亮，不过都是近两年新建的藏式民居，外墙刷得鲜亮，总给人那么一点飘的感觉，令人更疑惑这里以前的质朴与纯真是什么样子。

从稻城往南再走 80 多公里，就可以到达香格里拉镇。这一段你可以看到绿色的青稞梯田、秀美的山间溪流、翠绿挺拔的柳树。而到了香格里拉镇，也就到了亚丁国家 5A 级风景旅游景区，崭新的香格里拉镇实际上是为其提供食宿配套的旅游小镇。

在这里，我们碰到了一位美丽的俄罗斯女大学生，她是独自一人到亚丁观光的。而据说最早把亚丁叫响的，正是外国人。1928 年 3 月，美国探险家约瑟夫·洛克在木里王的帮助下，从现在的凉山彝族自治州的木里出发，穿越稻城、

稻城亚丁风景区

亚丁，深入贡嘎岭地区。他两次穿越稻城之后，在美国《国家地理》杂志发表了他探险经历的文字和沿途拍摄的照片，在西方引起巨大轰动。1933年4月，美籍英国作家詹姆斯·希尔顿以洛克的探险经历和照片为素材，创作了著名的小说《消失的地平线》，将这片淳朴而神奇的地方称为"香格里拉"，从而将稻城亚丁带入了国际视野，也把更多的外国游客带入了稻城亚丁。

现在，稻城亚丁风景区面积达到5.6万公顷，主要由仙乃日、央迈勇、夏诺多吉三座雪山和周围的河流、湖泊和高山草甸组成。其中，仙乃日峰海拔6032米，央迈勇峰5958米，夏诺多吉峰5958米，是中国保存最完整、最原始的高山自然生态系统之一。稻城亚丁旅游景区有长线短线，短线看仙乃日神山、珍珠湖，游览时间约3个多小时；长线看夏诺多吉峰、牛奶湖、五色湖，走完需要7个小时左右。由于我们赶到景区的时候已经是下午1点多，所以选择了走短线，经冲古寺，到卓玛拉措（珍珠湖），观仙乃日峰。全程往返6公里左右，路程看起来不远，但在海拔4100米以上的高山上，沿着栈道阶梯一步一步往上走，对每个人都是考验。

就在前几个月，亚丁风景区刚刚被评为国家5A级旅游风景区。但许多旅游设施的出现和大量中外游客的涌入，使这片"蓝色星球上的最后一片净土"也开始躁动起来。这不是地平线的消失，是原始状态的消失，"香格里拉之魂"在世

稻城亚丁一景

俗眼光的打量下，似乎也褪去了几分羞涩。

自然景区的畅通无阻是一把双刃剑，它在提升游客的方便度和舒适度方面发挥了作用，却不可避免地对自然景区的纯洁性和完整性造成了损耗。

2021 年 4 月 26 日（周一）晴

青藏高原被称为地球上的"第三极"，相比南极、北极，它是有着大量人类生存活动的"极地"地带。

仙乃日山峰

　　王安石说："世之奇伟、瑰怪、非常之观，常在于险远，而人之所罕至焉，故非有志者不能至也。"美的至高境界，人们总是在孜孜追求中，领略"第三极"的绝美风光，需要创新的精神和探险的勇气。川藏线之所以经典，不仅在于它的壮美、奇特，而且在于它的曲折、惊险。在人类的公路史上，它迄今占了五个"最"：最高（在它之前是苏联的高加索公路，海拔3600米）、最险、最长、工程量最大、修建速度最快。

　　昨晚上在香格里拉镇休息，今天从稻城亚丁景区沿原路折回理塘，重上318国道，然后赶赴芒康县的如美镇，从四川进入西藏，全程550公里。今天的行程，使我们体会到"天路"可不是浪得虚名。

　　从理塘到巴塘，汽车在崇山峻岭间穿行，有很长一段路手机没有信号。人们都说现在是信息时代，一个手机走遍天下，微信、微博、抖音、淘宝，寸屏之内，看遍大千世界。现在可好，世界被屏蔽了，连汽车导航都失灵了，让人心里多少有点惶恐。

进入巴塘，开始下起小雪，小冰雹敲打着汽车玻璃，窗外是高耸的雪峰、皑皑的雪野，天地间显得苍茫寂寥。海拔4733米的姐妹湖、爱情海，名字虽充满诗意，但我们也无暇下车游览，急着继续赶路。

好在雪下得不大，而且过一会就停了。但更大的考验又来了，过巴塘县城约15公里，从水磨沟乡起正在修路。道路本来就很窄，只有两车道，往来车辆勉强可以擦身而过，一边是怪石嶙峋的山崖，一边是江水咆哮的金沙江。现在路面被挖开了，路面尽是砂石，凹凸不平，尘土飞扬。由于这里是连接四川与西藏的交通要道，车辆特别多，神龙不见首尾，有时几辆大货车走过，扬起的沙尘遮天蔽日，人在车上什么也看不到，只能靠经验往前走，险象百出。走这20多公里路，强烈的颠簸让人感觉像开越野赛车，不仅对每个自驾者的技术、经验、身体是一个考验，对每一辆汽车的性能、车况也都是一个检测。诗情画意的318国道，有时也会露出狰狞不羁的一面，这种情况随时可能遇到，尤其是如果碰到恶劣天气，如冰雪、大雨、风暴、落石、泥石流，情况就更加复杂了。当时，我的脑袋几次碰到了车顶，这也把我碰冷静了，现实总没有那么理想和浪漫，如果没有一定的驾龄的当地职业司机，没有好的车辆，你还真不能轻易就自驾入藏。

走完这"最美公路"的最差一段，经金沙江大桥进入西藏昌都芒康县，路况好了很多，但我们仍心有余悸。同行的西藏朋友侯哥告诉我们，西藏到了下午经常会刮大风，五月份尤甚，风沙之大有时令人难以想象。实际上，在巴塘县城的时候，我们就看到了上空一股龙卷风扬起的黄沙，那是大自然在我们面前展现的一点威风。

跨过金沙江，海拔逐步升高，芒康的平均海拔达到了4317米。站在山巅，寒风凛冽，吹得帽子都戴不住。回望苍茫群山中盘旋的天路，我感叹：如果没有这种艰险，可能西藏就不会显得这么神秘；如果没有这般跋涉，可能远方就不会这么圣洁。

2021 年 4 月 27 日（周二）晴

1300 多年前，美丽的文成公主沿着唐蕃古道从西安远嫁拉萨，一路走了近三年的时间。今天，天堑变通途，入藏已经是比较容易的事。时代在进步，我们是幸运的。

当年，文成公主到西藏是带着一个朝代的使命，今天人们奔赴西藏却是怀着各自的梦想。在路上我们看到，自驾到西藏的人还真不少，有开房车的，开越野车的，踩自行车的，驾摩托车的，徒步的，还有推着小车搞视频直播的，我们甚至看到了骑着电驴子（摩托车）的喇嘛。藏区磕着长头赶赴拉萨的信徒，是出于对神的朝圣；各地络绎于途的自驾者进入西藏，是出于对大自然的崇拜，这都是信仰的力量。

途中，我们遇见一些来自全国各地的"驴友"。有来自深圳罗湖的叶先生，他是河南人，已经 60 多岁了，他一个人带着一条狗，从深圳开车出来已经一个多月，仍兴致勃勃。有几个路上结伴同行的小伙子，分别来自海南、陕西、山西、甘肃，他们开着改装过的房车，凑在一块做饭会餐。有一对来自广东佛山的夫妻，是退休教师，摊开准备好的折叠式桌椅，在路边的树荫底下悠闲地喝茶，我们问他们什么时候回去，他们说到林芝才是刚刚开始，明天将继续西行，计划穿越拉萨、山南、那曲、阿里、可可西里，春节前才回家，这是一对准备在余生相伴于路上的伴侣。

阿拉伯诗人纪伯伦在他的著作《先知》中说道："我们已经走得太远，以至于忘记了为什么出发。"我想，人们现在络绎于途，不辞辛劳，从自己的原居地一次又一次地出发，是对生活品质的一种追求，也是对人生意义的一种彻悟。

今天的行程令人兴奋，我们翻过了海拔 5130 米的东达山，走过了曾令人谈之色变的"怒江七十二拐"（川藏 99 道弯），到访了美丽的然乌湖，然后进入林芝地区，参观了中国最美的冰川——米堆冰川，最后穿行 318 国道上最为精粹的波密路段。

东达山是川藏南线海拔最高的地方，实际高度达到 5130 米，曾有"生命禁区"之称，四季有雪，风光壮美，是登山爱好者的圣地。经东达山，过左贡县，

怒江七十二拐

就到了"怒江七十二拐"，它从最低点的海拔 3100 米，一路攀升到最高点业拉山口的海拔 4651 米，再盘旋至班达镇的海拔 4100 米，长约 12 公里。公路在山顶上反反复复地拐弯，车好像周而复始地盘旋，加上高原反应，在车上你会转得头昏脑胀，你也好好体验一下什么叫"前途是光明的，道路是曲折的"。

我们接着马不停蹄地赶到八宿县城，在那里吃好午饭后直奔然乌湖。

然乌湖是西藏东部最大的雪山湖泊，海拔 3807 米，长约 26 公里，宽 1 至 5 公里。湖的北面是著名的拉古冰川，冰川延伸到湖边，每当冰雪融化时，雪水便注入湖中，使湖中保持着丰沛的水源。这里是摄影爱好者的天堂，有终年不化的雪山、苍苍莽莽的森林、清澈见底的湖水，秋天的时候还有五颜六色的杜鹃花。

从然乌湖往西再走大约34公里，就可以到林芝的米堆冰川了。但汽车只能开到附近的米堆村，然后再骑马或徒步走7000米，到达冰川的观景台。我们赶到的时候，已经是下午5点钟，大家迫不及待地骑马进山，为一睹冰川的真容。米堆冰川是中国三大海洋冰川之一，特征典型、类型齐全，是罕见的自然奇观。冰川主峰海拔6800米，冰洁如玉、形态各异。世界上有一种美是会震撼人心的，到了那里，你会眼睛豁亮、心跳加速，会大呼小叫、手舞足蹈。几年前我到西藏，在从林芝去拉萨的路上，目睹一道彩虹从风光旖旎的尼洋河上腾空而起时，有这种感觉；去年再到西藏，站在海拔5100米的色季拉山口哨站上，看着南迦巴瓦、加拉白垒等巍峨群峰时，有这种惊叹；前天登临稻城亚丁的珍珠湖，仰望银装素裹的仙乃日峰时，有这种感慨；今天站到米堆冰川观景台上，在大自然鬼斧神工的巨作前，也有这种兴奋。

从冰川下来，我们跟牵马的藏族小伙子聊了起来。他叫尼玛泽仁，今年20岁，来自米堆村。小伙子长得很帅，他说他去过一次深圳，从拉萨机场跟着他父亲去深圳卖虫草。但是他说他不喜欢深圳，路边都是高高的楼，走路要仰着头看，过个马路还有红绿灯，天气又闷热；还是西藏好，在这里牵马一天能赚一两百块钱，爷爷让他快点找个女朋友，早日成亲，好好过日子。这就是一个藏族小

然乌湖

米堆冰川

伙子的世界观，外部世界很陌生，家乡的土地很亲切，一切都那么简单，哪怕将来他的儿子也在这里牵马放羊，也是快乐的。

2021 年 4 月 28 日（周三）晴

318 国道是一条交通线路，也是一个地理标识。但如果你不拘泥于此，突破线式思维，以它为主干道，同时又与周边联系起来，泛化为区域旅游概念，会有意想不到的收获。譬如前两天我们拐了一个大弯，跑了趟稻城亚丁，今天走出川藏线前往墨脱，都有惊喜。

墨脱有"莲花圣地，秘境墨脱"之说。前者是因为这里的地形地貌恍若莲花，"墨脱"一词在藏语中就是"隐藏的莲花"的意思，相传莲花生大师曾在这里修行弘法，藏经《甘珠尔》称这里是"佛之净土白玛岗，圣地之中最殊胜"。

后者是因为墨脱曾经是全国唯一不通公路的县，也是全国最后一个通公路的县，曾有"高原孤岛"之称。直至2013年开通公路之前，人们去墨脱，要翻过海拔4000多米的嘎隆拉雪山，要借用藤网桥和溜索，物资几乎靠人背，据说有的女人是被装在箩筐里背进墨脱的。

墨脱的神秘，还因为它是南面紧靠印度的边境县，也是雅鲁藏布江进入印度阿萨姆平原前，流经中国境内的最后一个县。墨脱的总面积3.14万平方公里，有将近四分之三的土地位于中印边界争议地段内。

墨脱的传奇，还在于这里是门巴族和珞巴族聚集的地方，门巴族现在大概有8000多人；而珞巴族仅有1500多人，是目前中国少数民族中人口最少的一个民族。珞巴族没有文字，以前靠刻木结绳或木棍缠羊毛来记事。这个以老虎为图腾的民族，彪悍而神秘。

从哈密到墨脱，导航上看只有120多公里，但实际上需要跑5个多小时。道路绕山而建，弯弯曲曲，有些地方只能容一部车通过。沿途还要经过公安、武警部队的四个检查站。

走进墨脱，第一关是嘎隆拉山隧道，五月，依然是冰雪世界，隧道口大片的空地上有厚厚的积雪，洁白纯净，惹得大家都下车蹚雪，在雪地里打滚。过了嘎隆拉隧道就是墨脱，海拔越来越低，植被也越来越茂盛，那是一个天然森

秘境墨脱

墨脱雅鲁藏布江大拐弯

林公园，有雪山、瀑布、湿地、溪流、森林。到了后半段，海拔只有800米左右，完全进入亚热带温湿气候区，跟华南地区没有什么差别。在这里人们可以种水稻、青菜、香蕉、芒果、柠檬，当地香蕉我尝了一下，可能是没有经过改良，有一点苦涩。墨脱在西藏的存在，体现了西藏自然形态和社会形态的多样性。

墨脱的旅游资源很丰富，雅鲁藏布江大峡谷主体段在它境内，其中尤以雅鲁藏布江大拐弯最为出名。实际上，雅鲁藏布江有多个大拐弯，而果果塘大拐弯，是雅鲁藏布江最后一个大拐弯，滔滔江水从这里流入印度。站在对面的高山上眺望果果塘大拐弯，但见汹涌澎湃的雅鲁藏布江在这里做了一个U字形的大拐弯，把山峰围成了绿色的半岛，大自然的鬼斧神工令人惊叹。

我们还去看了一个门巴族人的村庄——德兴村。这里门不闭户，路不拾遗，村口的一户当地居民，屋里布置很简朴，但有藏乡特色。男主人出去打工了，女主人正在屋前冲洗青葱和白菜，我们问她："干吗洗这么多蔬菜？"她爽朗地笑了，说："现在准备好了，明天一早会拿到县里头去卖，希望卖个好价钱。"说着她放下手中的活，在屋后的枇杷树上摘了一些果实，一定要我们尝尝。

在村里，我发现了人们的笑容，他们笑起来的时候，黧黑的脸上会绽放向上的线条，会露出洁白的牙齿，眼睛会透出晶亮的光彩。我想他们笑得那么灿烂，不是因为富裕与顺畅，而是因为知足和信仰。

2021 年 4 月 29 日（周四）晴

有人说，旅行就是从一个自己待腻了的地方到另一个自己陌生的地方去寻找新的感受。当然，旅行还不只是时空转换、感觉转移的概念，旅行实际上又是人们阅读世界的另一种方式，所谓"读万卷书，走千里路"，正是这个道理。

在川藏线走了七天，观景、看人、想事、抒情、悟道，还真是颇有收获，川藏线本来就是一本读不完的活书。

今天的行程，是先沿着原路从墨脱回到波密，重上 318 国道，往林芝方向前进，全程约 340 公里。

离开墨脱的山路时，我们看到河谷底下有一群猴子蹦来跳去，像是为我们送行。我想，随着交通基础设施的改善和游客的大量涌入，它们今后或许不会感到寂寞，也可能不会像现在这么好客。

这一路上我们也发现，真正的藏区"公路之王"是牦牛，它们走上公路中间，慢悠悠地向前走，气定神闲，不管是什么豪车，路虎、丰田、雷克萨斯、哈雷摩托，都得跟在它们后面慢慢走；不管是什么人，官员、商人、货车司机、外来旅行者，都必须对它们礼让三分。这除了人们对当地藏民的尊重外，可能还有一个因素是，牛在藏传佛教中是神，人必须怀有敬畏之心。

车到波密，这是一个"既能见到江南，又能遇到北国"的地方，这里有大片的原始森林，是国家三大林场之一、重要的农作物生产基地、西藏的粮仓。波密的自然风光十分美丽，尤其是春天的时候，漫山遍野的桃花开了，不是仙境，胜似仙境。

嘎隆拉雪山下的寺庙

途中要过"通麦天险"，它指的是易贡乡通麦村一带约 14 公里长的山路，路旁是悬崖峭壁，雨季经常出现塌方或泥石流。它曾是川藏线上最险峻的一段，也是世界上最艰险的公路之一，号称"通麦坟场"，让司机谈"路"色变。现在，川藏线的通麦天险经过建设"五隧两桥"的整治改建工程，"死亡路段"已成为历史。但这段路依然有些险峻，加上遇到部队的长长车队，十几公里路还是走了一个多小时，考验人的耐心与勇气。

过了通麦，会豁然开朗，迎接你的将会是号称"东方瑞士"的鲁朗小镇。鲁朗海拔 3700 米，在藏语中有"神仙居住的地方"之意，可见其环境是多么宜人。这里有茂密的森林、开阔的草甸、蜿蜒的河流、成群的牛马、恬静的民居，是一个如诗如画的地方。不过，鲁朗镇近些年的旅游开发动作有点大，五星级酒店、饭馆、商场、展览厅等占地面积不小，削减着它的自然成色。

鲁朗到林芝的八一镇只有 70 公里，我们此次的川藏行也即将画上句号，但上天似乎有意安排，途中还必须上到海拔近 5000 米的色季拉山口。这里是重要的文化与族群的分界线，曾经是工布藏族和波密藏族的地界，也是河谷农作区和森林狩猎区的区分标志。站在此行最后的一个高点，我们可以回望一下壮丽的西藏河山，可以与南迦巴瓦峰做一个深情的告别。

有人说，到西藏旅行是会上瘾的，"西藏是一种病，不去治不好"。一些喜欢旅游的朋友，几乎每年都往世界屋脊跑。其中的奥妙，我还没有完全体会，但仔细一想，西藏的确有她不可替代的魅力。首先是她的独特性，这里是工业文明和生态文明的缓冲地带，高原上的雪山冰川、神湖圣水、荒原旷野，独一无二，不可复制，那是上天赋予她的独特魅力；其次是她的神秘性，作为人间秘境、藏传佛教的圣地，她曾经是谜一般的存在，西藏有着全国八分之一的土地，却只有364万人口，那种苍茫寂寥，就足以震撼人心；最后是她的挑战性，不可低估的高原反应、瞬息万变的恶劣天气、山高水远的交通条件，想去又不敢去的心态，反而助长了人们一种欲罢不能的征服欲。

每一次出发都会有一种感动，每一种感动都会让人再一次出发。

大学的魂魄

　　这些年，到国内各地旅行时慢慢地有了一种爱好，就是去看看大学校园。大学大多是建筑精美、绿树成荫之处，其风景之美连许多公园都不遑多让；大学是莘莘学子、未来之星汇集之地，看着那些青春的面孔，自己都会觉得年轻；大学又是有文化的地方，浸泡在那种人文氛围之中，时常会特别地惬意。

　　看大学，我又特别留意各所高校的校训。校训是学校师生共同遵守的基本行为准则与道德规范。它既是一个学校办学理念、治校精神的反映，也是一所学校教风、学风、校风的集中表现。校训是一所大学的思想标识，是一所高校的精神魂魄。魂兮归来，如果大学里有一种穿越时空的力量，前承先贤的理想情怀，后续学子的追求向往，上达社会的宏大目标，下抵校园的精神底蕴，那一定是校训所给予的。如果大学里有一句温暖人心的话语，像吾师吾友长夜里的殷殷叮嘱，如早春二月润物无声的涓涓细雨，那一定也是校训。

　　前几天，我到武汉出差，顺便去看了一下心仪已久的武汉大学。武大校园是国内高校最美丽的大学校园之一，尤其是到了暮春时节，珞珈山下的樱花大道上，群芳吐艳，姹紫嫣红，充满了诗情画意。更令我动心的是，我在武大的校史馆里，看到了作为武大前身的国立武昌高师的校训——"朴诚勇"。它是五四运动前夕，校长张渲制定并亲笔题写的。短短三个字，意蕴隽永，充满感召力，令人想起《论语》中"智者不惑，仁者不忧，勇者不惧"。它不仅道出了青年学生修身养德的要义，朴实、真诚、勇敢，而且也体现了中国文字的造句之美，有时候语词往往是越简洁越有深意，越浅白越有韵味。

校訓

樸誠勇

中華民國八年

張瑄敬題

校訓

樸誠勇

中華民國九年

談錫恩敬題

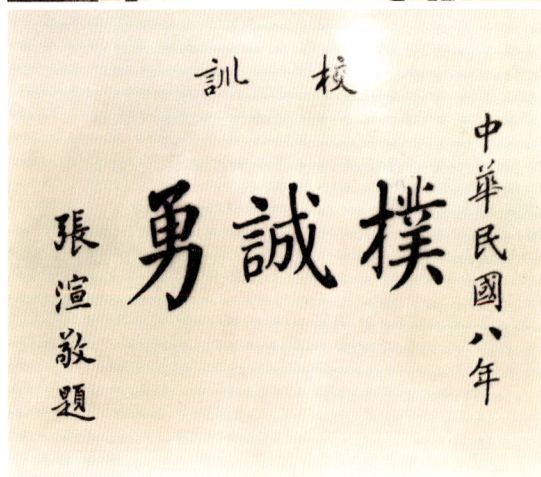

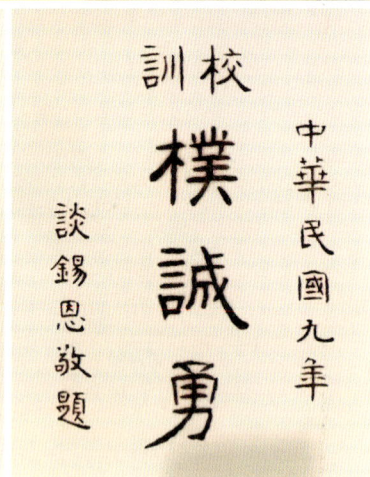

武汉大学掠影

1928 年，国立武昌高师更名为国立武汉大学，随后提出了"明诚弘毅"的校训，语出《中庸·第二十一章》的"自明诚谓之教"和《论语·泰伯章》中的"士不可以不弘毅，任重而道远"两个句子。1993 年，时任校长的著名哲学家陶德麟发动师生讨论，最后凝练出八字新校训——"自强、弘毅、求是、拓新"。每所大学的校训，在不同时期，由于政治环境的变化和人事更迭，常常会有不同的提法。然而，在武大校训的不同版本中，我还是喜欢最初"朴诚勇"的提法，新颖别致，耐人寻味，令人过目不忘。

说起大学校训，脍炙人口的当然是清华大学的"自强不息，厚德载物"。清华校训是从 1914 年冬倡导新文化运动的梁启超先生在清华学校所做的题为"君子"的演讲中而来。当时，他以"天行健，君子以自强不息""地势坤，君子以厚德载物"激励学子，指出："君子自励犹如天体之运行刚健不息，不得一曝十寒，不应见利而进，知难而退，而应重自胜摈私欲尚果毅，不屈不挠，见义勇为，不避艰险，自强不息；同时，君子应如大地的气势厚实和顺，容载万物，责己严，责人轻，以博大之襟怀，吸收新文明，改良我社会，促进我政治，以宽厚的道德，担负起历史重任。"后来，"自强不息，厚德载物"被概括成清华大学的校训。我多次到清华大学参观，每一次都带着文化朝圣的心态，漫步在清华园里，可以看到这八个字的校训，不仅高挂在校园的显眼之处，镌刻在各种纪念品上，而且逐步内化为清华人的品格。

笔者的母校中山大学的校训则是"博学、审问、慎思、明辨、笃行"。我是中国实行改革开放恢复高考后第一批考进中山大学的，在康乐园里度过了四年难以忘怀的青春年华。每一次从学校中心广场的"怀士堂"走过，看着这个校训，总会反复吟咏，感慨良多。中大校训的这十字训词，原文出自儒家经书《中庸·第二十章》："博学之，审问之，慎思之，明辨之，笃行之。"按《中庸》原意，人具有"诚"之本性，只要按"至诚"之本性从事修身，透过学、问、思、辨、行五个环节，便可以把自己修养成"君子"。尤为难得的是，中山大学校训是孙中山先生于 1924 年 11 月 11 日在国立广东大学举行成立典礼时亲笔题写的，弥足珍贵。

与中山大学的校训意蕴相近的是复旦大学的校训"博学而笃志，切问而近思"。1913年，复旦大学迎来了李登辉校长（必须说明，他不是台湾的李登辉，同名同姓而已）。这位毕业于耶鲁大学的教育家，在任23年，是迄今任期最长的复旦校长。当年，李校长仿照世界名校惯例，为复旦定下了校训。他将遴选校训的目标锁定在孔子的《论语》中，由古汉语造诣颇深的复旦创校校长马相伯帮助遴选。在1915年复旦大学建校10周年时正式确立复旦校训。国内许多著名高校的校训都语出《论语》，可见中国文化人对"万世师表"孔子的尊崇，以及《论语》在中国文化中的地位。"一部《论语》走天下"，我们走得再远，都牵系着传统文化的根脉。

作为一种精神标识，国内各个高校历来都把校训作为办学治校的核心，千淘万沥，精雕细琢，务求彪炳于世。现在浙江大学的校训是"求是创新"，它从1897年浙大前身"求是书院"创办人林启提出的"务求实学，存是去非"，到1938年竺可桢校长提议的"求是"，再到1988年路甬祥校长主持的校务会议明确的"实事求是、严谨踏实、奋发进取、开拓创新"，历经百年风雨沧桑锤炼而成。上海交通大学的校训也已历经八次修改，从1896年南洋公学首任校长何嗣焜制定的"和厚、肃静、勤奋、整洁"，到1910年唐文治校长制定的"勤、俭、敬、信"，及至1921年交通部所属三所学校合并组成交通大学后确立的"勤、慎、忠、信、恒"，一直到1995年上海交大在新中国成立初期的"饮水思源"之后加上"爱国荣校"四字作为新校训。不同时期提出的不同校训，留下深深的时代烙印，记录着这些大学所处的环境变迁和思想变化的轨迹。南京大学现在的校训"诚朴雄伟，励学敦行"，也是一百多年衍化的结晶。1905年，三江师范学堂易名为"两江优级师范学堂"，李瑞清出任两江师范学堂监督，以"嚼得菜根，做得大事"为校训。中央大学时期，罗家伦校长提出"诚、朴、雄、伟"的四字校训。2000年，南京大学在筹备百年校庆过程中，校方经过广泛征求意见和反复遴选比较，最后决定将"诚朴雄伟，励学敦行"作为新的校训。

国内其他高校，也是"语不惊人誓不休"。四川大学以"海纳百川，有容乃大"为校训，契合了"川大"二字的意象。吉林大学以"求实创新，励志图强"为校训，道出了"吉大精神"的核心内容。华中科技大学以"明德厚学，求是创新"为校训，注重品学兼优，也强调了敢于创新。中国科学技术大学的校训

清华大学

"红专并进，理实交融"，源于首任校长郭沫若作词的科大校歌。南开大学的校训"允公允能，日新月异"，有别开生面的境界。北京师范大学的校训"学为人师，行为世范"，突出了该校作为师范大学的特点。山东大学的校训"学无止境，气有浩然"，有一种齐鲁大地的恢宏气势。厦门大学的校训"自强不息，止于至善"，与陈嘉庚先生创办厦门大学时提出的要求有关。中南大学的校训"知行合一，经世致用"，秉承了湖湘文化的精神底蕴……纵观国内各高校的校训，我觉得，同济大学的校训最为贴切，"同舟共济"这四个字非同济大学莫属。哈尔滨工业大学的校训最为朴实，是"规格严格，功夫到家"。中国人民大学、中央党校和天津大学的校训是一致的，都是"实事求是"。

从各所大学的校训中，我们还可以挖掘出一些有趣的事情。前些年我到昆明，专程去云南师范大学看了国立西南联大的旧址。1937 年 7 月 7 日，卢沟桥事变后日本大举入侵中国，国立北京大学、清华大学和私立南开大学迫于形势南迁至昆明，联合组建国立西南联合大学，设理、工、文、法、商、师范等学院，直至抗战胜利后才回迁。在校园东北角矗立的"国立西南联合大学纪念碑"，由西南联大文学院院长冯友兰先生撰文，中文系教授闻一多篆额，中文系主任罗庸书丹，被称为现代的"三绝碑"，具有较高的历史文化价值。在西南联大博物馆，我找到了自己感兴趣的西南联大校训"刚毅卓绝"，它体现了当年学校师生抗日

关于西南联大的对联

救亡、读书救国的勇气。更令人惊喜的是，我们找到了西南联大的一副对联，据说是对西南联大校训的补充，上联"自然自由自在"，下联"如山如云如海"，意指三校各不相同的风气：清华智慧如云，北大宽容如海，南开坚定如山。几十年后，有人问沈从文：为什么当时条件那么苦，西南联大培养的人才却超过了战前北大、清华、南开30年出的人才的总和？沈从文回答了两字：自由。西南联大的这副对联飘逸洒脱，气度不凡，我甚为喜欢，当场笔录下来，又托人请著名书法家沈鹏先生题写，悬挂于书房之中，常悟常新。

有点意思的是，作为中国最高学府之一的北京大学，目前并没有明确哪一句话是学校的校训，显得与众不同，或者这也是其超然之处。众所周知，北大是中国新文化运动的中心和五四运动的策源地，是最早在中国传播马克思主义和科学、民主的思想阵地，是精英荟萃、思想活跃的地方，按道理应该早有自己精辟绝伦的校训，但现在却没有权威的说法。在西南联大时期，当时的民国政府教育部要求各学校制定校训，北大当时写的是"博学、审问、慎思、明辨"八个字，它是北大校史上有过相关记录的"校训"。此后，传说中的"爱国、进步、民主、科学"校训，是北大五四运动以来的精神旗帜。蔡元培校长最经典的"循思想自由原则，取兼容并包主义"，也没有被确立为北大校训。而近些年所提的"勤奋、严谨、求实、创新"，更像是一种学风。

世上的事情，有时候不求一律，不拘一格，挺好！

舌尖上的潮汕

一

1200 多年前，唐元和十四年，被后人誉为"唐宋八大家之首"的韩愈，劝谏朝廷不要过分供奉佛骨惹得唐宪宗大怒，从刑部侍郎的官位上被贬到潮州任刺史。这位河南孟阳人到了潮州，见识了许多从未见过的海鲜河货，如鲨、蚝、蒲鱼、章鱼等等，又对潮州菜一见钟情，写下了《初南食：贻元十八协律》一诗，称潮州美食"莫不可惊叹"。

对韩文公来说，潮菜是他的惊奇发现。对潮汕平原而言，潮菜从来就是标志性的存在，是重要的文化符号。

潮汕平原，是粤东沿海地区莲花山脉以南韩江、榕江、练江流域平原，是广东的第二大平原，面积约 1200 平方公里，由河流与海洋相互作用冲积而成。这里物产丰富，土地肥沃，是知名的海鲜渔港、水稻高产区和果蔬种植基地。

数千年来生活在这块神奇的土地上的潮汕人，有着自己的禀赋。由于人多地少需要精耕细作，他们天生精明；由于竞争激烈，唯有只争朝夕，他们格外勤劳；由于面朝大海可以连通世界，他们视野开阔；由于文脉绵长，延续崇文传统，他们血液里有文化的基因。

自然环境与社会条件的哺育濡染，使潮汕平原形成了颇具特色的潮汕文化，而潮州菜是当地重要的文化标识，人称"海滨邹鲁，美食之乡"。

"食在广州、味在潮州"，"潮菜"为粤菜三大流派之一，是饮食界的传奇，

潮州古城广济楼

潮州古城牌坊街

是美食家的至爱。它历经千余年，自成一格，清而不淡、鲜而不腥，嫩而不生，油而不腻，同时以选料考究、刀工精细、烹调多样著称。潮菜的做法，已入选国家级非物质文化遗产代表性项目名录，但事实上并未见太多的典籍记载，主要是代代口耳相传。

潮菜的风行，可能会超出你的想象。往回看，它自成菜系已经有一千多年的历史，肇始于汉唐，形成于宋元，兴盛于明清，延续至今，脍炙人口。往外看，它随着潮州人的脚步走遍全国，走向世界。近至东南亚，远到欧洲美洲，吃一口正宗的潮菜都不是困难的事。记得十几年前，我们在伦敦的唐人街吃潮州牛肉火锅，竟然能吃出在潮州城内大排档做出来的味道。

潮菜的成功，如果仅仅归结于潮人的精细聪慧，未免有点笼统，细究下去，每一味菜品里面，信守着千百年的传统，凝聚了几代人的智慧，浸润着一方水土的灵气。

潮菜的讲究，有时候达到了苛刻的程度。一是食材的选择，海鲜要生猛，猪牛要现宰，山货要原产，果蔬要鲜嫩，连煲汤或煮粥的水，最好都要选用山泉水或矿泉水。二是味道的纯正，一菜一味，配料专一，不喜欢乱炖，也不喜欢杂烩，清淡鲜美，香飘四季。这从潮汕人的蘸料便可见一端，卤味要点白醋，牛肉要点沙茶，"鱼饭"要点豆酱，蚝烙要点鱼露，油炸食品要点橘油，一道菜配一种调味品。三是烹调方法的变化，光烹调方法就有焖、炖、炸、炊、炒、焗、爆、焯、烧、煎、烹、熏、泡、淋、扣、腌、卤等数十种。有人说，潮州人喝的是"工夫茶"，做的是"工夫菜"。

不能忽略的是，潮菜的脱颖而出，还得益于潮汕这一百年商埠的兼容并蓄、博采众长。早在一百多年前，弗里德里希·恩格斯在《俄国在远东的成功》一文中写道："汕头是中国唯一具有一点商业意义的口岸。"这就使得开放的潮汕平原可以融汇南北，贯通中外。实际上，潮菜传承了中原饮食的因素，深受闽南菜的影响，又近与广府菜、客家菜、厦门菜交融互动，远与杭帮菜、香港菜、南洋菜相互借鉴，最后独创一格，自成体系。

当下，潮菜是许多人了解潮汕传统习俗最惬意的入口，是人们揭秘潮汕文化最便捷的密钥。去潮汕地区旅游，到大街小巷的店铺食肆和街边的大排档品尝当地风味美食，感受潮汕风情，是不可或缺的。中央电视台系列电视纪录片《舌尖上的中国》总导演陈晓卿曾说过："潮汕是中国美食界的一座孤岛。如果一个中国人说他是美食家，却没去过汕头，他就不叫美食家。"

二

尽管精明的潮汕人一直竭力想把潮州菜推向豪门盛宴，但其本质上还是平民菜肴，而唯其有市井的味道和百姓的情怀，才有这种口口相传的美誉度和温暖人心的亲切感。

如果你要寻找最具代表性的潮菜，那就不是鲍鱼、海参、鱼肚、鱼翅、燕窝，那是所谓的"新派潮菜"为了走高端线路而制造的商业噱头，真正地道的潮州味道非卤水鹅、牛肉丸和"潮州打冷"莫属。

潮州卤水鹅和广州人的烧鹅、客家人的焖鹅不同，潮州人的卤水鹅是用卤水泡制的。烹制一只色香味俱佳的正宗卤水鹅，先要选用"精料填饲"的大鹅，最好是澄海的狮头鹅。而绝活则全在卤料的配制上，除了使用常规的老抽、生抽、料酒、豆酱、红糖等调料，各家都有自己秘密的配方，通常包括八角、花椒、桂皮、小茴、丁香、砂仁、香叶、罗汉果、蒜头、鲜芫荽头等。卤水鹅香味浓郁、润滑鲜嫩，肥而不腻，有不可抗拒的诱惑力。食家知道，卤水鹅身上最好吃的八个部位分别是鹅头、鹅脖、鹅肾、鹅肝、鹅肠、鹅肉、鹅掌、鹅翅，人称"鹅八珍"。近些年，人们时兴吃老鹅头，嫩如豆腐的脑仁、软糯甘香的鹅眼窝，越嚼越香。一个老鹅头，取之于饲养三年以上的大鹅，经精心卤制，在广州或深圳的高档酒楼可以卖到上千元。

几乎和潮州卤水鹅齐名的，是潮州牛肉丸。潮汕并不盛产黄牛，据说牛肉丸最早来自客家地区，传入潮汕以后，制作工艺和烹调方法都做了改良，最后青出于蓝而胜于蓝。传统的潮州牛肉丸是用两把三斤重的铁锤不断捶打出来的，弹性足、口感爽、味道鲜。有人说，潮州牛肉丸掉到地上是可以弹起来的，也真不是吹牛。笔者更喜欢牛筋丸，也是在乎它的弹性与嚼劲。近些年，牛肉丸衍生出"牛肉系列"，如牛肉火锅、牛腩、牛杂等等，"潮汕牛肉"红遍祖国大江南北，

潮州卤水鹅

连远在北国边陲的漠河、世界屋脊上的拉萨，你都可以看到"潮州牛肉店"的招牌。在汕头，有几家牛肉店还是有点名气的，像福合埕牛肉店、八合里牛肉店、陈记顺和牛肉店、海记牛肉店，常年香气盈门，高朋满座，弥漫着人间烟火气。

"潮州打冷"的称呼是香港人先叫开的，指的主要是本地人所说的"鱼饭"。潮汕平原面海而生，海鲜很丰富，当年各家各户都没有冰箱，人们把买来的鱼虾蟹除鳞洗净，层层叠叠摆放在一个小筐里，像北方人蒸馒头似的，蒸熟，风干，撒盐，放冷，制成"鱼饭"，便于保存。意想不到的是，这些新鲜海鲜风干放冷，隔天再吃，肉质纤维更结实，更有嚼劲，蘸着黄豆酱吃，格外鲜美爽口。人们受此启发，把它作为一种烹饪方法，把海鲜作"冷处理"，老人和孩子都喜欢吃。记得我小时候，家离海边只有二三里地，有时候深夜十二点多，有人振臂一呼"船靠岸了"，家家户户便会派人挽着菜篮，睡眼惺忪地赶去排队买鱼，鱼大多是

海鲜大排档

"巴浪"（又名刺巴鱼）、"花仙"（又名鲐鱼）、"迪仔"（又名剥皮鱼）等杂鱼，一斤几毛钱，一买十斤八斤，然后动手做成"鱼饭"，可以吃三天五天。

与"潮州打冷"有异曲同工之妙的是，潮汕人还有生腌海鲜的绝活。把生猛的虾、蟹或贝壳类海货清理干净，浸泡在调好味的盐水里，隔几个小时或一夜后再吃，调料通常有辣椒、蒜头、芫荽、酱油、糖、醋等，鲜美的味道真的让人垂涎欲滴。

三

作为一位客居他乡的潮籍人氏，潮菜使我对故土的记忆显得形象鲜活，对家乡的思念变得有滋有味。

潮州一瞥

在我现在所生活的城市里，潮州菜馆随处可见，隔一段时间去解解馋、过过瘾，是解除乡愁的最好办法。然而，唯一让我放不下的，是家乡的风味小吃，似乎只有回到故乡的土地上，吹着海风，听着潮音，看着那花朵开了又谢、谢了又开的凤凰树，才能吃到正宗地道的本地小吃，尝到原汁原味的儿时味道。

潮州小吃品种繁多，蚝烙、粽球、粉粿、粿汁、无米粿、红桃粿、鼠壳粿、油索、腐乳饼、葱饼、鸭母捻、芋泥、姜薯、羔烧白果……把潮汕人的聪慧精细表现得淋漓尽致。我父亲一辈子喜欢甜食，也有几手做小吃的绝招，每逢佳节，总要下厨做他最拿手的"芋泥"。选上等芋头，洗净切块，上笼蒸熟，放在砧板上，用刀背压成泥状，加上白砂糖、猪油，用文火慢慢地翻炒搅拌，上锅时再放少许已经做好的羔烧白果和拌糖玻璃肉，家人爱吃，亲朋也爱吃。吃年夜饭时，本来甜品是要最后上的，但爸爸总是早早地吆喝着快把芋泥端上桌，然后逐一问家人："好吃吗？"在获得一片赞许声之后，他便仰首微笑，心满意足。亲情，是拌在那一大碗甜滋滋的芋泥里的。

现在，你到潮汕吃小吃，到处都可以找到，价格也十分便宜。如果你找一份"美食地图"，按图索骥地去品尝名店名品，那就更有满足感。如老妈宫的粽球、西天巷的蚝烙、飘香食府的水晶球、新兴路的炒糕粿……你吃完以后，抹抹嘴角，舔舔嘴唇，拍拍肚子，会从心里头感叹"我到潮汕了"。

潮汕人也爱吃粿条，据称粿条的"祖先"是中原的面条。从秦始皇时期开始，中原人因历代战乱南徙，分两路。一路沿海边而来，经浙江温州、福建泉州、漳州，再到广东的汕头，一直延伸至雷州半岛，语言自成语系，称"闽南语"。还有一路经江西赣州、福建龙岩等地进入广东河源、梅州、兴宁、惠州，被称为"客家人"，讲客家话。中原人在潮汕定居下来，没有小麦面粉，便把大米碾磨成粉，炊蒸成薄薄的一大片，再切成细细条状，权当面条食用。"粿条"在广州又叫"河粉"，后又随潮汕人进入泰国、越南等地，称"贵刁"（应该是潮

汕头的"小公园"

汕头著名小吃粽球

语"粿条"的读音)。炒粿条是潮汕美食一绝,粿条先下油锅翻炒,加芥蓝或豆芽,下肉丝、葱段,再浇注酱油和沙茶酱,端上桌来,粿条略带焦香,肉菜透出鲜嫩。条件好的人家,再加虾仁、蚝仔或鱿鱼,味道就更为鲜美了。粿条还被用来做粿条汤,粿条先用筛勺放进煮开的清水烫熟,放入海碗,然后浇上牛腩汤、猪杂汤,或鱼丸汤、肉丸汤,辅以香菜、焦蒜、芫荽,粉爽汤浓,菜嫩肉香,抚慰潮汕人祖祖辈辈的舌尖味蕾。

不得不说的,还有潮汕的"杂咸",它是民间腌制的冷盘小菜的统称,用于佐饭。"杂咸"首先是"杂",林林总总,包罗万象,咸菜、贡菜、橄榄菜、菜脯、菜心、南姜、贡腐、乌榄、红肉米、薄壳米、泥螺、蚬仔……小时候市场有专门卖"杂咸"的店铺摊档,众品荟萃,诱人垂涎。其次是"咸","杂咸"大多用海盐或鱼露腌制,重口味小菜和清淡潮菜相辅相成,十分"杀嘴"(开胃)。

有潮籍朋友在北京当领导,偶尔通话,吩咐的都是到北京出差时别忘了带点正宗"杂咸"。带点啥呢? "揭阳地都咸菜啦!"他一出口就是行家的口吻,几十年京华风味改不了他儿时舌尖的记忆。

在台湾看招牌

在台湾看招牌是一件颇有意思的事儿。

我先后去过三次台湾，也几乎把台湾的城乡都走了个遍。中国台湾的各个城市，从台北、桃园、台中、嘉义、台南到高雄，地方不算大，楼宇不算高，道路也不算宽，但街道两边形形色色的路牌、广告牌、标语牌挤占着城市的每一寸空间，充斥着人们的视野。其密度之大、款式之多、内容之广，比起日本东京的银座或中国香港的旺角也不遑多让，那是台湾岛生动的城市表情。

于是，你可以穿一身便装、换一种心情，两手背后，双眸向前，闲庭信步地走在台湾城镇的大街小巷上，观赏着招牌上那些文字，品味着其中的韵致，领略台湾人的文化生态与社会心态。

一

台湾是一个多元文化会聚的地方，也是一个充满世俗市井气息的岛城。同时，你可能意想不到的是，作为当地最形象直观的文化标识的广告招牌，却总流露出传统的信念与儒雅的风度。

台湾岛上各种招牌基本上都用繁体汉字书写，或楷或隶，或行或草，细究起来，颜筋柳骨，各有不同。历史上台湾有极少数人曾搞过所谓"罗马字"运动，从1914年开始一直到1924年，企图普及罗马字。他们编写罗马字课本，举办罗马字讲座，通过了有关决议，但折腾了十年，撼不动中国传统文化的深厚根基。

高雄街上的招牌

现在台湾岛上举目可及的汉字，便是对其最好的嘲讽。

台湾各城市的路牌，独具匠心，颇有底蕴。高雄在台湾属于新兴城市，规划有序的十条大马路，分别命名为：一心路、二圣路、三多路、四维路、五福路、六合路、七贤路、八德路、九如路、十全路。而台湾各地用"仁义道德、忠孝贤良"来命名的街道、机构，更是不胜枚举。台北市有民族路、民权路、民生路、忠孝路、信义路、仁爱路、和平路，由此传达出浓郁的中国传统文化气息。其中，忠孝东路是有名的商业街，很多百货公司开在这里，商店和食肆林立，繁华又热闹，很多情侣谈恋爱都会来这里逛街。有一首歌叫《忠孝东路走九遍》，把这条路的韵味渲染得引人入胜。仁爱路则号称是台北最漂亮的道路，两旁整齐耸立着一排排的椰树，很有滨海城市的风情。事实上，台湾文化与祖国大陆文化同宗共源，一脉相承，当地对儒家文化的秉承、对佛教思想的推崇，比起大陆许多城市来讲有过之而无不及。台湾各城市中小学校门口几乎都立有孔子的雕像，便是一个很好的例证。这是一条文脉，它穿越台湾海峡，一直连到中原大地。

北望神州，台湾岛又曾经有过多少家国情怀和思乡愁绪。台北市的许多街道，都以祖国大陆的地名命名，东北向的区块，你可以看到长春路、辽宁路、敦化路、松江路、龙江路、永吉路，还有延吉街、锦州街、四平街、抚顺街等；西北向的区块上，会见到凉州街、哈密街、兰州路、酒泉街、迪化街、库伦街、伊宁街、青海路、赤峰街、归绥街、太原街、承德路、长安路等；西南向的区块，有成都路、重庆路、西昌街、贵阳路、南宁路、桂林路、广州街、梧州路、柳州街、厦门街、西藏路等；东南向的区块，则有金华街、宁波街、绍兴街、杭州路、温州街、瑞安街、舟山路。走在台湾街上，一会儿从广州到了梧州，一会儿从延吉到了锦州，还真有那么一种"回家了"的亲切感觉。

一位台湾著名作家关注过这种现象，她在一本书中披露道：1947年的时候，一位来自上海的设计师郑定邦受命对台北市街道进行规划和命名。可以想象的是，这位设计师当年将一张中国地图铺在台北市的街道上，将地图上的地名按照东西南北的方位，逐条标记出来，在小海岛上画出了大中华，在海天一角绘出了九州方圆。

台北士林夜市

二

台湾的各种广告，透着台湾人的精明劲、小清新、幽默感，以及他们那种独特的文化腔调。

"赖着不走咖啡馆"不知会不会真的让你赖着不走，光看招牌，似乎已能让人嗅到咖啡的浓香；"紫藤炉茶馆"看起来很像一篇隽永的散文，青藤、青苔、清茶，使人神往；"一泡而红茶坊"，以水降火，以"泡"替"炮"，音韵转换，效果独特；"爱管弦事乐社"同样在谐音上做功夫，"闲事"变成"弦事"，余音袅袅；"每一天，都要来点阳光"，是统一阳光豆浆公司的广告语，这一缕阳光你又感受到了吗？而"小脚丫儿童鞋店""一表心意钟表店""面面俱到面馆""金钱报股票机"等朗朗上口，匠心独运。又如香肠厂的"用好心肠，做好香肠"，药品店的"你的疼，我来疼"，电信公司的"有事电话讲，没事讲电话"，豆腐作坊的"慈母心，豆腐心"，无糖黑咖啡饮料的"苦，是你对生活的坚持"，美白润肤品的"别再蒙受不白之冤"等广告，也都生动传神，使你在看这些招牌时，会觉得有一种乐趣。台北有家饭店招聘洗碗工的广告是这么写的，"喜欢玩水吗？那你来洗碗吧"，令人忍俊不禁。

台湾的招牌也有公益广告，而且亮点纷呈。交通部门到处张挂的标语是"安全是回家唯一的路"，引人注目，语重心长；中华血液基金会的宣传口号是"我不认识你，但是我谢谢你"，言辞恳切，充满人情味；桃园县石门水库风景区的一条标语"人人环保，代代受益"，朗朗上口，通俗易懂；"冻顶乌龙茶"饮料的广告上，赫然写有"了解自己，尊重别人，关心社会"的字样，人们在喝茶解暑之时，脑子大概也会觉得一阵清爽；桃园县中坜市的坜新医院，在市区各处竖立的告示牌上，标榜该院的精神是"凡事皆用心"，读起来不同凡响；台北某报社大楼上"知识使你更有魅力"的标语，清雅中透出一种感召力。我在台北市内还见到这么一幅招牌——"父母的希望在孩子，孩子的希望在教育，教育的希望在社会"，意蕴贯通，令人过目不忘。

台湾的民众与大陆沿海的闽南人有许多相似之处，他们质朴率真、风趣幽默，街上有一些招牌好像街坊邻里间的称呼与调侃，如"阿瘦皮鞋""三娘臭豆腐""傻大姐美食""棺材板小吃"（一种用方形面包夹肉的食品）等等，充满平民的趣味。在台湾，你可以看到，卖胸罩的广告词是"怨天尤人不如挺胸做人"，卖底裤的招徕语是"内裤挑得好，老公回家早"，卖香蕉的招牌字是"甜过初恋"，妙语连珠。

实际上，台湾人一直很重视广告文案的策划创意，有许多专业人士专门做这项工作。台湾每年还会举办"广告流行语金句奖"评选，带动了广告人的奇思妙想，也留下了许多金句佳话。

三

写过《丑陋的中国人》的台湾作家柏杨，谈过所谓"酱缸文化"。在台湾这个"酱缸"里，土洋混合，五味杂陈，酿出来的是属于台湾的独特的文化况味，这在当地的招牌广告中也可见一斑。

台湾人爱称"王"，"豆浆大王""裤子大王""书包大王""皮鞋大王""牛肉面大王""烤肉大王""面包大王""蚵仔煎大王"等比比皆是，这与台湾是一个海岛的地理位置和人文环境不无关系。台湾岛的面积只有 36000 多平方公里，人口才 2200 多万，从岛上最北端的台北石门驱车到最南端的屏东县鹅銮鼻，才五个多小时的车程，只要商品出众，独具特色，扯起大旗称"王"，倒也并不为过。现在，台湾的通信发达，资讯丰富，台湾新一代的店名商号称"王"的已经很少了，但老字号的招牌仍沿袭下来。值得留意的是，这种现象已传入大陆各地，如"面点王"之类的，还是不要拾人牙慧为好。

还有一些招牌，反映了日本文化对台湾地区的渗透与影响。历史上，从 1895 年开始，台湾岛及澎湖列岛曾被日本割据，直至 1945 年 8 月日本投降，台湾才重归祖国怀抱。日本人曾占领台湾地区长达 50 年，加上长期以来两地经济、文化交往频繁，使人们一不留神儿就会嗅到台湾地区的某种东瀛味。台湾的一些地名，至今仍沿用了那一时期的称呼，如"西门町"。台湾许多上了年纪的人都会说几句日语，同时人们又把老太太称为"欧巴桑"（日语的称呼）。而招牌广告上的东洋腔也比比皆是，"量贩"意指"批发"，"便当"是指"快餐盒饭"，"泡汤"实为洗温泉，"化妆间"就是洗手间，"运匠"说的是出租车司机，"哦伊细槟榔"意为"好吃的槟榔"，"俗俗的卖"相当于大陆人所说的"贱卖"，使人想起日本人"大大的有"之类的句式。而"三温暖""撞球"和"怪手"之类使我们如坠云雾之中的招牌，其意思则分别是"桑拿""桌球"和"挖土机"。在台南我见到一块招牌，写着招聘"后援互助，待遇从优，条件一流"之类的话语。我压不住内心的好奇，向台湾的朋友打听，原来"后援互助"就是我们所说的"应召女郎"或"三陪小姐"，令人啼笑皆非。

但无论如何，到宝岛台湾，我们没有身在异乡的感觉。穿行于台湾城乡，色彩斑斓的各种路牌，也没有给我们虚幻的印象，反而使我们觉得真实而亲近，就像遇见一位有情怀、有个性、风趣健谈的老朋友。

恒河之殇

旅途中感人至深的，可能并不是那些美景、美人、美食，而是那些让人始料未及的震惊、直抵心灵的悲怆、意味深长的故事，因为悲剧总比喜剧有力量。

一

早春二月的凌晨，在恒河之滨的印度"圣城"瓦拉纳西（Varanasi），太阳还没有出来，晨光熹微，天际线上有几抹淡黑的乌云，云端却镀上了金红色的彩边。天气有点冷，乌鸦在天空盘旋，我们冒着料峭的寒风，穿过旧城迷宫似的街巷，走向恒河。

恒河是印度的母亲河，也是印度人的"圣河"。在印度教徒的心目中，恒河水是他们心目中最崇拜的湿婆神头发上的水滴汇流而成的，是世界上最圣洁的水，只有经过它的洗浴，灵魂才能重生，身患重病的人才可以重获生命。在我印象中，世界上几乎没有其他哪个国家与民族，对一条河流如此崇拜、奉若神明，恒河流淌着的是印度人的信仰、追求、情感，恒河积淀的是印度民族的文化、历史、风俗……

大多数的印度教徒终身怀着四大愿望：敬仰湿婆神，到恒河洗圣水浴并喝恒河圣水，结交圣人朋友，终老在圣城瓦拉纳西。"一辈子一定要去一趟瓦拉纳西""死要死在瓦拉纳西"，这是许多印度教徒所向往的。因此，恒河边上的这座传奇城市，是一轴韵味浓郁的印度风情长卷。

恒河之畔的瓦拉纳西

　　我们一大早赶到恒河，就是为了体验印度的独特风俗。到了恒河边，时间大概是清晨六点多，河畔宽阔的台阶和沙滩上，已经挤满了成千上万的人。

　　他们有的是来沐浴的，有男有女，有老有少，男的光着上身，女的披着纱丽。他们不时把头埋进水里，或掬起河水从头上淋下去，然后再仰头望天，双手合十，念念有词。用恒河水洗涤，据说可以医治疾病，净化灵魂，洗净身上的罪行。那河水一定是冰冷的，但他们浸泡其中却超然物外，虔诚地完成着自己的灵和肉与圣河的神会。

　　他们有的是来取圣水、喝圣水的，身上带着形形色色、大大小小的银壶陶罐。信徒们先是涉水下河，顶礼膜拜，然后用双手捧起河水，放到嘴边，慢慢地喝进去，再用器皿盛满河水，小心翼翼地带回家乡，那恒河水或许会润泽他们整个家族的心田。

他们有的是来为亲人下葬的，仪式凝重而悲伤，先是用松木筑起火堆，然后念经跪拜，再把裹着绸布的亲人尸体放到火堆上，一缕青烟升腾而起，他们的亲人缓缓上路，每个人的生命最后都要交付给这一缕青烟。焚化之后，在祭司沙哑的歌声和一串串铜铃声中，他们又把亲人的遗骨撒进恒河，据说随着圣水漂流，他们的亲人就可以到达天国。

看着这独特的葬礼，我想起早上在路上遇到的情景。当我们穿行在老城的窄街小巷时，身后突然会有人大声地吆喝，让你闪开让路。我们回头一看，是抬着尸体的人从后面走来，大概是尸体上有各种香料，空气中会飘过一种特别奇异的味道。这种情景多次在你身边出现，让你的心里多少有点惊悚与恐惧。

太阳慢慢升起，朝晖渐渐褪去，大地还原了它本来的底色，周边的景物也变得清晰起来。我们坐着小船，在恒河上游弋，坐船既可以全景式地眺望沿岸的风景，又可以亲近这条印度人的母亲河。

恒河发源于喜马拉雅山南麓加姆尔的甘戈特力冰川，流经印度北阿坎德邦、北方邦、比哈尔邦、恰尔肯德邦、西孟加拉邦后，进入孟加拉国，全长 2700 公里，流域面积 106 万平方公里。眼前的这段恒河，河道开阔，水流丰沛，但水质

鹿野苑

有点浑浊。我不忍心用"肮脏"这两个字来形容它，但这里的河水的确不干净，除了泥沙俱下之外，人们长年在这里沐浴、焚烧、祭拜，并把尸骨、祭品、信物抛到河里，河道上漂浮着许多杂物，甚至是尸体遗骸，令人触目惊心。资料显示，在恒河的瓦拉纳西这一段，河水中大肠杆菌的含量已经超过印度政府所制定的标准值的100倍以上。污染不仅对人造成危害，也对140种鱼、90种两栖动物及濒危的恒河豚造成威胁。

你再放眼看去，河边仍有一些人在喝水、取水，满脸的虔诚，充满仪式感，恒河水是他们生命中的甘泉。对坐在船上观看这些"奇风异俗"的各国游客来说，印度人的行为匪夷所思，而对印度教的信徒来说，又神圣自如。这就是信仰的力量，当精神的满足超越了生理的感受，信徒会认为所做的一切是世界上最美好的事情。

宇宙深邃，世界博大，尚有很多我们认识不到的现象与规律。倒退一百年，如果我们说，远隔重洋、千山万水，但人们可以听到对方的声音，看到对方的形象，一定会被人说成是"迷信妄想"或"异端邪说"。一百年过去，一个小小的手机，就兑现了人类关于"顺风耳"和"千里眼"的臆测。所以，对未知的世界，对各种奇思妙想，对各个国家与民族的习俗信仰，我们最基本的态度，就是不要妄加非议，保持应有的尊重。

二

瓦拉纳西被奉为"圣城"，不仅是因恒河在这里有神奇的传说，而且是因这里有佛教名胜鹿野苑。

鹿野苑在瓦拉纳西北郊约10公里处，是印度最重要的佛教遗迹之一，为"佛教四大圣地"之一。释迦牟尼出生在尼泊尔的蓝毗尼，但他成佛后第一次讲法和成立僧伽团体的地方却在鹿野苑。在《佛国记》中有这样的记载，佛祖的前世迦叶佛曾居住在这里，这里因经常有野鹿出没而得名"鹿野苑"。后来，释迦牟尼在菩提伽耶成佛后来到了鹿野苑，并完成了初转法轮，因此这里又名"仙人鹿园""仙人住处"。中国人都熟悉《西游记》，早在公元7世纪的时候，唐朝高

斋浦尔的街道

僧玄奘就曾来过这里，他在《大唐西域记》第七卷中就提到鹿野苑，文中写道"婆罗痆河东北行十余里，至鹿野伽蓝。区界八分，连垣周堵，层轩重阁，丽穷规矩"，可见当时鹿野苑的建筑是多么壮观，场面是多么盛大。

然而，今天的鹿野苑，除了依然屹立的"答枚克佛塔"，剩下的是许多用红砖堆砌的残垣断壁，像一片修整过的废墟。这里没有了巍峨的建筑、鼎盛的香火、交鸣的钟鼓、蜂拥的香客，只有一些来自世界各国的游客和几只不解风情的梅花鹿，与周边绚丽热闹的印度教寺庙相比，多少显得有点落寞。

佛教起源于印度，一度还成为印度的主流文化，可到1000年前后，随着阿拉伯帝国的一次入侵，佛教在南亚次大陆开始走向衰落。如今，印度仍然是世界上受宗教影响最深的国家之一，几乎全民都信奉宗教。但在全国的宗教人口构成中，信奉印度教的占到了83%，信奉伊斯兰教的占到了12%，信奉佛教的现在仅占 0.77%。有学者曾经分析了佛教在印度式微的原因：一、从佛教本身来说，大乘佛教流行后，佛门宣称捐献财富可以换取功德，僧侣放弃苦行，贪图安逸，僧团自身的腐化使民众敬而远之。二、早期佛教呼吁社会平等，对商人及低种姓群体有巨大的吸引力，但随着印度教的兴起，婆罗门教革除了一些烦琐的仪式，同时呼吁男女平等，佛教的吸引力顿时消失。三、为吸引信众，大乘佛法吸收了印度教诸多教义与传说，最后却因佛教与印度教界限越来越模糊，反被印度教吸纳。四、最重要的原因在于，佛教的兴盛期全靠阿育王、迦腻色伽王两大护法明王利用王权强制推行，一旦失去了帝王的庇护，佛教的地位一落千丈。

有意思的是，从印度一路向东，在尼泊尔、不丹、缅甸、泰国、柬埔寨、中国、日本、韩国等国家，佛教却呈现出长盛不衰的稳定态势，影响深远。原因在于佛教从印度传播出去以后，融入了东方文化的精髓，结合了各个国家的传统，适应了不同国家的水土。譬如在我们国家，佛教与儒家学说、道教理论融合，衍化为一种渗透着中国文化色彩的信仰，成为一种新的文化现象。

鹿野苑今天倒图了个清静，成了一片开阔之地和肃穆之所。沿着林荫大道走进去，你可以请讲解员说说这里许多神秘的故事，这里毕竟是有数千年历史的佛教名胜，是一个有灵性的地方。你可以在残垣断壁中盘桓，让自己静下心来，发思古之幽情，悟佛教之禅境。你可以仔细看看造型独特的佛塔，它高 39 米，直径达 28 米，是印度帝王阿育王时期的遗产。你还可以到博物馆里参观，那里有珍贵的阿育王石柱，顶部雕刻着四面狮像，它后来成为印度国徽的图案。

鹿野苑的后院，有一棵高大的菩提树，树冠直径有 30 米。它是斯里兰卡的高僧从菩提伽耶的菩提树上折枝移植到鹿野苑的，如今已有 2000 年的历史。菩提树现在生长在宽阔的草地中央，躯干古朴，枝叶繁茂，形态优雅，树叶翠绿，使人觉得特别亲切。想想当年，在这棵树下，佛祖释迦牟尼身披袈裟、手捧经书，盘腿而坐，正在给他第一批的五个弟子讲学授道，神情专注而虔诚。夕阳映照下，那是一幅多么感人的画面……

三

鹿野苑是佛门圣地、理想天国，但你只要走出这个围着铁栏栅的园区，就像回到了现实世界、凡尘俗世。

那天，当我们参观后即将走出鹿野苑的时候，大门左侧的一幕情景震动了我：高大的铁栅栏后面，数十个骨瘦如柴的乞丐，透过栅栏向我们伸出了干枯的双手。他们的头发大概几年都没修剪过，蓬松而凌乱，沾满了灰尘。他们脸庞尖瘦，脸上被泥垢染得乌黑，眼睛里透着哀求与绝望。他们身上几乎不是穿着衣服，而是裹着破烂不堪的布或纸，脏得不像样子。我走过世界上很多地方，见过各式各样的街头浪人，却从来没有见过这么令人惊心动魄的乞讨者，他们成群结队，行为怪异，眼神可怕，他们的形象真的会让人想起阴间的鬼魂……

这一切又让我想到在印度首都新德里的另一次见闻。为了满足游客的好奇心理，当地旅行社有一个旅游项目，就是让游客坐着人力三轮车，进入老城区的窄街小巷，体验老城区低收入人群的生活。我们去尝试了一下，坐在三轮车上进去以后，就像到了另外一个世界。往下看，道路污水横流，满是泥泞，而且随处是垃圾，硕大的老鼠不时从你面前如幽魂般地穿过。往上看，高大的楼房把上空挤压得只剩下一小片天，蜘蛛网一样的电线四处乱拉，门窗上晾挂着各种衣物。往中间看，小巷两侧除了拥挤的住家，还有一些简陋的小吃店和商铺，空气中弥漫着一种由咖喱粉、油炸食品和粪便、垃圾混杂而成的气味……我们走着走着，先是惊讶，接着是害怕，随后便是沉重，甚至生理上都觉得有点不舒服。我到过非洲的一些贫困地区，条件非常艰苦，生活十分简陋，但他们毕竟可以看到太阳，可以亲近树木，过的是一种比较原生态的生活。可这里的人们却生活在一个由人类自己造成的脏乱差的昏暗环境中，这样的条件下，难道人类还可以生存？

走出小巷，离开老城区，再往前走几步，却又是另外一番景象。那里有宽阔的马路、飞驰的豪车、种着鲜花的广场、衣着讲究的行人。事实上，如果仅仅说印度是贫穷落后的，那是不客观的。印度在灰暗的另一面，在有阳光映照的地方，又显得如此鲜亮。

在第一大港口城市孟买，我们去看了孟买大学，教学大楼是典雅的维多利亚

街头艺人

建筑，校园绿草如茵，穿着校服的学生一如英国名校的贵族子弟。

在"粉红色的城市"斋浦尔，我们邂逅了一场被音乐和鲜花环绕着的婚礼，新郎和新娘穿得像印度电影上的明星，现场的嘉宾也显得雍容华贵。

在教育文化中心加尔各答，我们去看了富人区的住宅，井然有序，干净明亮，那些高大的围墙也掩饰不了里面透出来的豪气。

在旅游名城阿格拉，那里有用白色大理石和宝石镶嵌的泰姬陵，精美的艺术雕刻流光溢彩……

不难得出一个结论，印度是一个贫富悬殊的国家，一半是地狱，一半是天堂，两极分化，冰火两重天。

究其原因，除了经济社会的发展水平不均衡之外，就是印度等级森严的种姓制度。这是一种以血统论为基础的社会体系，印度的人群被分为四个等级，即婆罗门、刹帝利、吠舍、首陀罗。四个等级在地位、权利、职业、义务等方面有严格的规定：第一等级婆罗门，主要是僧侣贵族，拥有解释宗教经典和祭神的特权以及享受奉献的权利；第二等级刹帝利，是军事贵族和行政贵族，拥有征收各种赋税的特权；第三等级吠舍，是普通雅利安人，政治上没有特权，必须以布施和纳税的形式来供养前两个等级；第四等级首陀罗，绝大多数是被征服的土著居

琥珀城堡前的卖艺者

民，属于非雅利安人，由伺候用餐、做饭的高级用人和工匠组成，是人口最多的种姓。除四大种姓外，还有大量的第五种姓，称为"不可接触者"阶层，又称"贱民"或"达利特"，他们多从事最低贱的职业。贱民在印度不算人民，不入四大种姓之列。今天，虽然印度世代相袭的种姓制度的法律地位已被废除，然而在现实生活中，其影响仍根深蒂固。

从瓦拉纳西到斋浦尔，我们坐上了火车，火车的车厢座位被分为 8 个等级，包括 1AC、2AC、3AC、AC、FC、SC、SL、2S，从宽敞优雅、有空调的头等舱，到拥挤不堪、像沙丁鱼罐头的站位车厢。那些高种姓的有钱人，是不会与那些"贱民"挤在一个车厢里的，那可不是舒不舒服的事儿，而是事关身份会不会掉价的问题。

印度的文学泰斗泰戈尔说过："泥土承受着侮辱，却以鲜花作为回报。"在这个人一生下来就不平等的国度，人们又将如何创造平等的未来？

火车轰隆隆，我一夜无眠。

布拉格之恋

一

哪座城市是欧洲最美丽的城市？

许多人不会将这个美誉给予浮华的巴黎、典雅的罗马、时尚的伦敦、矜持的布鲁塞尔、富裕的苏黎世，而会把它给予捷克的首都布拉格。其中包括写《少年维特之烦恼》的歌德，他说："布拉格是欧洲最美丽的城市。"

捷克的布拉格是目前欧洲保留中世纪古建筑最多、最完整的城市，老城区中罗马式、哥特式、巴洛克式、洛可可式、新古典主义、新艺术运动风格的房子鳞次栉比、仪态万千，被誉为"世界建筑博览会""百塔之城""欧洲的魔法之都"，几乎整个市中心都被联合国教科文组织划入了"世界历史文化遗产"的保护范围。

这要肇源于历史上捷克曾两次作为王朝中心，统治着半个欧洲。14世纪查理四世国王执政时期，布拉格是神圣罗马帝国的首都，是政治中心和艺术圣地，从而奠定了她的城市格局与文化品位。16世纪末到17世纪初，哈布斯堡王朝的统治者鲁道夫二世，将布拉格推向了第二个辉煌时代。这位颇具个性而又痴迷艺术的国王要在布拉格城堡加冕，所以对城堡进行了扩建，其他王侯公爵也纷纷效仿，环绕城堡兴建起一座座具有浓郁文艺复兴风格或巴洛克风格的宫殿，而且贵族们相互较劲，看谁建的房子离皇帝更近一些、更气派一点，客观上使得布拉格的建筑趋于完美。

这也要归因于捷克人的能屈能伸。历次战争中，欧洲许多国家的城市曾惨遭

布拉格老城

炮火摧毁，面目全非。但布拉格却奇迹般地几乎免受战火纷扰，安然无恙。第二次世界大战期间，波兰华沙、德国柏林、苏联斯大林格勒等城市，几乎都被夷为平地，现在的许多建筑都是战后重修的，虽强作故人状，却早已丢失了悠久的韵味。但捷克在当时选择了妥协，向德军举旗投降。下跪本是耻辱的，但屈膝却使这座城市免受炮火之灾，使布拉格满城瑰丽的古建筑幸运地保留了下来，也使全城数十万的民众不用颠沛流离。历史，有时候就是这么耐人寻味。

作为文化载体的建筑得以完整保存，流传千古的文化遗产就历久弥新。迄今，布拉格有许多标志性的古建筑，成为这座城市的名胜古迹。

布拉格城堡，始建于9世纪，在14世纪的查理四世时代完工，是历代的皇宫府邸，也是捷克现政府的办公地，形成了集教堂、宫殿和庭院等于一身的庞大的建筑群。城堡中的圣维塔大教堂，前后建了近700年，是精雕细琢的建筑瑰宝。

欧洲最古老的查理大桥，横跨伏尔塔瓦河，是一座仿罗马天使桥的哥特式石桥，常有人说："走过这座大桥，才算来过布拉格。"查理大桥上30座雕塑，会讲述许多传奇的故事，其中最著名的雕像是圣约翰雕像，传说当年这位主教因为拒绝向国王泄露皇后忏悔的内容，而被愤怒的国王从查理大桥上扔进伏尔塔瓦河，在他被河水淹没之处的上方，天空奇迹般地出现五颗灿烂的星星。

　　建于900多年前的老城广场，曾经是11世纪至12世纪中欧贸易最重要的集市之一，现在是整座城市的心脏地带，是"欧洲豪华的客厅"。广场市政厅南墙上中世纪的天文钟，每到整点，钟上的门窗便自动打开，钟声齐鸣，12个圣徒如走马灯似的从小窗出现，向人们鞠躬，那是一个童话般的存在。

　　斯特拉霍夫图书馆，原是当地一间修道院，后改建为宫殿式的图书馆，金碧辉煌、雍容华贵，天花板上绘满了动感十足的油画，各类典籍高踞四壁，被誉为"世界上最伟大的图书馆"。

　　今天，你踏入布拉格，首先能征服你的，是满城的古建筑、高耸的教堂塔尖、红色的斜面屋顶、油亮的石砌街道，以及波光潋滟的伏尔塔瓦河。恍惚间，圣维特大教堂的钟声响起，每一声都铿锵而悠远。时光穿越，你可以梦回中世纪布拉格的大街小巷，盛装的斯拉夫贵族昂首而过，诡秘的占星术师在人群中耍起

查理大桥上的卖画人

布拉格广场观看钟楼
表演的游客

了小魔术，身穿波希米亚服装的妇人兜售着甜面包圈，喷香的烤肉档后站的则是风趣的捷克男人。这时候，街上走来的还会有身披盔甲的彪悍士兵，他们刚从战场归来，刀剑别在腰间，喝了几杯烈酒，人已微醺，身旁骏马的铁蹄敲打着街面的石块，"哒哒"作响。黄昏中，城市色彩更加浓烈，市井也慢慢喧闹起来……

二

漫步布拉格街头，年轻的朋友会想到由周杰伦作曲、蔡依林演唱的《布拉格广场》：

> 我就站在布拉格黄昏的广场，
> 在许愿池投下了希望，
> 那群白鸽背对着夕阳，
> 那画面太美我不敢看……

我们这一代人，却会想起影片《布拉格之恋》。它改编自捷克作家米兰·昆德拉的《生命中不能承受之轻》，由美国导演菲利普·考夫曼导演，由法国影星朱丽叶·比诺什主演，1989年曾获第46届美国金球奖最佳影片提名。故事讲述了脑外科医生托马斯和女招待特丽莎、画家莎宾娜之间错综复杂的爱情纠葛，看似庸俗的三角恋中蕴含着深邃的生活哲思，即古希腊哲学家巴门尼德所言的人生中的轻与重。影片中有一句话让人记忆犹新："你终于与你的爱人在雾气蒙蒙的清晨奔向生命之轻，面带微笑，无所畏惧。或许这样，你便可以永远解脱。"

《布拉格之恋》的故事发生在"布拉格之春"事件的历史背景下，那是捷克历史难忘的瞬间。

1968年，捷共中央第一书记杜布切克发起了"布拉格之春"改革，有脱离苏联控制的倾向，苏军决定武装干涉。8月20日晚11时，布拉格机场接到一架苏联民航客机的信号："机械故障，要求迫降。"客机一降落，数十名苏军突击队员冲出机舱迅速占领机场。几分钟后，苏第24空军集团军巨型运输机开始降落，一分钟一架。1小时后，一辆苏联大使馆的汽车引路，苏军空降师直扑布拉格。与此同时，苏陆军总司令帕夫洛夫斯基大将指挥4个苏军装甲师、1个空降师、1个东德师从波兰直捣捷克……

位于欧洲中部、号称"欧洲之心"的捷克，过去一直被人列入东欧国家的范畴。

东欧和西欧可以根据地理划分，也可以按照政治划分。根据地理划分，东欧指的是欧洲东部，是波罗的海东岸到黑海东岸一线，再到东大乌拉尔山脉一带的地区。西欧指的是欧洲西部濒临大西洋的地区和附近岛屿。按照政治划分，东欧、西欧曾经是两大社会阵营，东欧由第二次世界大战以后苏联主导的国家组成，西欧大多是实行君主立宪制的国家。东欧是内陆地区，西欧濒临大海；东欧国家过去大多采用计划经济体制，西欧国家采用市场经济体制；东欧国家大多受东正教、伊斯兰教影响，西欧国家大多信奉基督教、天主教；东欧的民族主义观念较强，西欧的个人主义意识突出。

近百年来，捷克就一直在这两大文化板块间游离。直至1989年11月，捷克政局发生剧变。2004年5月，捷克加入欧盟并随后成为申根公约会员国。捷克人彻底倒向了西方。

有人说："布拉格现在是最西欧化的东欧城市。"这不仅是因为捷克如今在原东欧国家中的经济发展水平是最高的，而且是因为捷克人的生活观念和生活方式更接近西欧。现在，你走在布拉格街上，真的感觉有点像在德国的法兰克福或在奥地利的维也纳，布拉格似乎骨子里都西化了。

从古老的查理大桥走过去不到10分钟，在伏尔塔瓦河旁边的一个十字路口，十几年前建起了一座装饰玻璃幕墙的"跳舞的房子"，这栋标新立异的建筑采用的是所谓"结构主义风格"，形状奇特、线条扭曲，像两位喝醉了酒而又抱在一起的舞者，与周围的古典建筑格格不入。布拉格政府曾经认为它"有碍观瞻"，应该拆除；当地居民说它是"变形的可口可乐瓶子"，是"美国在欧洲投下的第二颗炸弹"；美国的《时代》杂志却授予它年度设计大奖，说它塑造了布拉格的新形象。当地政府这下子犹豫了，拆除的事就一直搁置下来。

布拉格难道要在这种争议中前行？

三

捷克的"音乐之父"斯美塔那创作过一部名叫《我的祖国》的音乐作品，在这部六个乐章的交响诗中，他深情地讴歌了故乡的伏尔塔瓦河。这条捷克的母亲河，流淌的不仅是捷克人的光荣与梦想，而且是波希米亚人的文学与艺术。

捷克人一直引以为豪的，不仅有他们美丽的家园，还有他们的文学成就。捷克曾被联合国教科文组织评为"世界文学之都"。这块土地出了许多文学大师，如卡夫卡、昆德拉、伏契克、哈谢克、塞弗尔特、赫拉巴尔等等。1984年，塞弗尔特还因展现"人类不屈不挠的解放形象"而获得诺贝尔文学奖。

有趣的是，捷克共和国的第一任民选总统瓦茨拉夫·哈维尔，就是一位著名的文学家、剧作家。他写过《游园会》《乞丐的歌舞剧》《无权力者的权力》等作品，被称为"最文艺的总统"。哈维尔喜欢穿套头衫和牛仔裤，当选总统时，礼宾官让他穿上奥地利王子送给他的名牌西装，他调侃说："我穿上这衣服更像是一个男妓。"

布拉格斯特拉霍夫图书馆

于是，在布拉格，你可以寻访大师的足迹，做一次不一样的文学之旅。

位于城堡区的捷克文学博物馆当然是值得一去的地方，里面展示了捷克文学发展的历程，珍藏着许多著名作家的手稿、著作，是全面了解捷克文学情况的好地方。博物馆的建筑本身也非常漂亮，尤其是天花板上的壁画，把一个国家的文学之梦精彩地呈现了出来。

布拉格城堡附近的"黄金小巷"，也隐藏着一个文学传奇。这是一条颇具诗情画意的窄长小巷，两侧低矮狭小的 11 个房间涂着不同的颜色，其中门牌为 22 号的红瓦蓝墙的小屋，就是弗兰兹·卡夫卡的故居。卡夫卡是位犹太人，生活在

卡夫卡雕像

奥匈帝国即将崩溃的时代，18岁时进布拉格大学学文学和法律，1904年开始写作，代表作有小说《变形记》《城堡》《审判》等。他深受尼采、柏格森哲学影响，被誉为西方现代主义文学的先驱，其作品大都用变形荒诞的形象和象征直觉的手法。看过"黄金小巷"，你如果意犹未尽，还可以去看看卡夫卡出生地、卡夫卡博物馆、卡夫卡纪念碑、卡夫卡墓园。其中，博物馆不仅展示了卡夫卡的生平，还再现了卡夫卡笔下的世界。

与卡夫卡神一样的存在不同，另一位捷克文学的标志性人物米兰·昆德拉在捷克的际遇却耐人寻味。不仅在布拉格，而且在昆德拉出生的布尔诺，你也很难找到关于昆德拉的纪念设施，这或许与昆德拉曾经的"叛逆"有关。"布拉格之春"事件发生以后，他的《玩笑》被列为"禁书"，昆德拉也流亡法国巴黎。2008年，昆德拉获得捷克国家文学奖，但他并未回去领奖。2009年，他被故乡布尔诺授予荣誉市民称号，他没有去领奖。也是那一年，布尔诺的马萨里克大学举办昆德拉国际研讨会，他也拒绝参加，并在去信中强调自己是"法国作家"。直至2019年，捷克驻法国大使德鲁拉克把捷克共和国的公民证送到昆德拉在巴黎的寓所，昆德拉才恢复了捷克的国籍。那年，昆德拉已经90岁了。

CK 小镇

　　你如果要在布拉格寻找雅·哈谢克的踪迹，那就轻而易举了。这位同样是"国宝级"的捷克作家出身于社会底层，曾和母亲靠别人施舍与乞讨为生，后在奥匈帝国的军队服役，这些经历为他成功地塑造一个与人民血肉相连的捷克士兵形象打下了基础。哈谢克最大的贡献是为捷克文学找到了一种声音，那就是幽默与讽刺。布拉格的街头，到处都有哈谢克的画册和明信片，到处都有好兵帅克的纪念品。这个矮矮胖胖、样子笨拙却有点萌的士兵，拿着啤酒杯，眯着眼睛笑迎熙来攘往的客人。

　　实际上，当今文学界最推崇的捷克作家，是被誉为"捷克文学的悲伤之王"的博胡米尔·赫拉巴尔。他是一个具有纯正捷克味道的文坛奇才，在捷克家喻户晓。他像是啤酒馆里坐在你身旁的熟人，将无数奇特的故事娓娓道来，幽默而富有哲理，同时又富有戏剧性和夸张性。要寻访赫拉巴尔的足迹，布拉格北郊有一面赫拉巴尔纪念墙，留下了人们对这位当代文学大师的些许印象。在布拉格东北方向约50公里，有一座名为宁布尔克的小城，城里有赫拉巴尔纪念馆，那栋两层的简朴小楼，会使人想起《过于喧嚣的孤独》。

1997年，84岁的赫拉巴尔从布拉格一家医院的五楼坠落，有人说他是自杀，有人说他是喂鸽子时不慎跌落。捷克作曲家弗朗茨则这样形容赫拉巴尔的死亡："是鸽子把他叼向天空，化为不朽。"

梦断"梦工场"

我去过几次美国好莱坞。

第一次是上个世纪 90 年代初，我的一位老同学开着一辆 SUV 汽车，带着我从洛杉矶的蒙特利尔到西北郊的好莱坞兜了一圈。记得他一路上老跟我说，开吉普车在美国是一种时尚。我们去了贝弗利山庄、好莱坞大道，逛了几家旅游纪念品商店，还特意在矗立着"HOLLYWOOD"白色大牌子的好莱坞山下照了一张照片。

第二次是 90 年代中，我和朋友专程去看了迪士尼乐园和环球影城，在美国西部牛仔的表演片场，我曾感慨："这是一个现实与梦幻交织的梦工场，无论你生活在什么地方，无论你离它多远，梦里总会依稀有关于它的影像，老人记忆中的玛丽莲·梦露、青年心中的蜘蛛侠、儿童眼里的白雪公主……它们曾如此亲近地闯入你的世界，伴随着你的成长，影响着你对世界的感知。"

第三次是本世纪初，我作为一名文化官员，经美国接待方安排，认真参观了几家电影公司和剧院，还到访了美国电影协会，开了一个座谈会。他们送给我的奥斯卡金像奖的金色小人，至今傲然地站在我的书架上。

第四次是前几年，去洛杉矶南加州大学出席女儿的入学典礼，朋友为我们安排的酒店就在好莱坞。记得楼下游泳池旁边的音乐酒吧，是歌星、影星出没的地方，音乐几乎通宵达旦地响个不停，年轻人一边喝着威士忌，一边蹦跳起舞。人，有了梦想，是不是就可以不睡觉？

初见好莱坞，它给我的印象是清晰的；多去几次，它给我的印象反而变得模糊了。我们该用多少双眼睛去端详这个文化的庞然大物呢？

一

用第一双眼睛去看好莱坞，它是全世界最负盛名的电影制作中心，是美国电影业的代名词。

实际上，直到 18 世纪中叶，好莱坞这片土地还是印第安游牧部落的一片自然乐土。1781 年，44 名皮肤黝黑的墨西哥人来到洛杉矶，这片长满仙人掌的山间谷地，也开始有了人烟。1846 年爆发的墨美战争迫使墨西哥签署了一纸不平等条约，以美国支付 1500 万美金为条件，向美国割让了相当于墨西哥当年版图三分之二的土地，包括加利福尼亚等地，好莱坞也由此逐步成为美国文化向西部挺进的桥头堡。

20 世纪初，一批小的电影公司纷纷跑到西部。一是由于美国东部的制片成本越来越高，加上爱迪生的电影托拉斯对电影技术专利的控制，小的电影企业必须寻找新的空间。二是南加州日照时间长，下雨天少，有助于更低成本更可控地完成拍摄，空气干燥有助于胶片的处理和保存。三是淘金热使美国西部充满活力，洛杉矶是港口城市，城市功能比较完备，就业人口多、消费市场兴旺，这使许多电影制片公司都选择扎根在这里。

好莱坞由此诞生。1908 年好莱坞拍出了最早的故事片之一《基督山恩仇记》。1912 年起相继建立制片公司，到 1928 年已形成了以派拉蒙等"八大影片公司"为首的电影企业阵容。三四十年代是好莱坞的鼎盛时期，大量成为电影史上代表作的优秀影片摄制完成，使美国电影的影响遍及世界。同时，好莱坞成为美国的一个文化中心，众多的著名作家、艺术家、音乐家、影星、球星就住在附近的贝弗利山庄。

今天，好莱坞不仅是全球电影产业的中心，而且是时尚产业的发源地，拥有着世界顶级的娱乐产业和奢侈品牌，引领并代表着全球时尚的最高水平，比如有迪士尼、20 世纪福克斯、索尼、环球、华纳兄弟、派拉蒙等电影巨头，还有像 RCA、JIVE 唱片公司这样的顶级唱片公司。2020 年 2 月，迪士尼公司宣布，旗下电影公司在 2019 年的总收入突破 100 亿美元。这个数字接近我们国内 2019 年的电影总票房（640亿人民币左右）。毋庸讳言，从电影产业的角度看，好莱坞无疑是成功的典范，美国电影体现了当代资本与文化的相互促进、艺术与科技的高度融合、企业与人才的相得益彰。

1998年，是美国电影业的第一个百年庆典，美国电影协会（American Film Institute，AFI）组织评选"好莱坞百年百部经典电影"。这百部经典影片由该协会先从美国100多家电影公司的400多部影片中筛选出候选影片，然后由美国电影界的1500多位名流选定，这些人士包括艺术家、影评家和历史专家。展开这份《AFI 100部最伟大的美国电影》名录，那一个个熟悉的名字几乎都能扣动你的心弦，如《教父》《乱世佳人》《雨中曲》《绿野仙踪》《泰坦尼克号》《索菲的选择》等等。这些影片犹如岁月的星光，都曾渗入我们心灵的角落，融入我们情感的生活。

我曾去参观好莱坞大道上的杜比影院，那是每年举办奥斯卡奖颁奖典礼的地方。影院的大门是打开的，踩着红地毯走进去，随便找一个座位坐下，里面金碧辉煌，却又空寂无人，但当你闭上眼睛，脑子里却能闪现嘉宾云集的盛况，耳边漫过潮水般的掌声：那掌声不知是致敬影响人类生活的电影事业，还是礼赞这个倾倒众生的电影王国？

然而，好莱坞这令人晕眩的光彩背后，又有多少故事呢？作为好莱坞的影视人，他们比谁都了解好莱坞崛起的真相。这里有商业至上的法则，金钱的诱惑使多少人道德沦丧；这里有藏在骨子里的种族歧视，黑人演员在电影世界中曾经也是奴仆；这里有各种潜规则，性关系的混乱不仅存在于异性之间，也发生在同性之中；这里有过"麦卡锡主义"，弥漫着意识形态的偏见。1994年，作家詹姆斯·斯尼德出版了《白色银幕与黑色形象——从黑暗里面看好莱坞》一书，记录了黑人演员在好莱坞的悲欢与血泪。2019年，导演昆汀·塔伦蒂诺执导了电影《好莱坞往事》，反映了1969年随着电视业的兴起，好莱坞所受到的冲击以及人性的扭曲。2020年，导演瑞恩·墨菲等人拍摄了七集电视连续剧《好莱坞》。片子以"二战"后的好莱坞为背景，讲述了一群颇有抱负的演员和电影制作人不惜一切代价，努力在好莱坞取得成功的故事，同时也揭示了好莱坞的拜金主义以及电影人金钱交换的生存之道。

二

用第二双眼睛去看好莱坞，它是世界级的旅游胜地。这里用电影制造人生梦幻，也用旅游制造商业神话。

事实上，由于旅游业的崛起，好莱坞现在已经逐渐蜕变为旅游区，有一些电影公司陆续迁出，在电影史上的象征意义要大于实际意义。当下，这个梦幻与现实交织的缤纷世界，汇聚了刺激感官与思维的各种兴奋点，融合了吃住行游购娱等旅游要素，已经成为一个超大型、综合性的旅游度假区。你热爱电影，可以去看环球影城、派拉蒙电影制片厂、杜比影院、中国剧场，这里不仅是造梦的工场，

好莱坞山上的标示牌

环球影城

还是寻梦的乐园；你追求时尚，可以流连于贝弗利山庄的罗迪欧大道，那里云集了世界上最顶尖的奢侈品，电影《风月俏佳人》曾使它声名鹊起；你喜欢热闹，可以逛逛好莱坞大道、日落大道，但琳琅满目的旅游纪念品中有不少来自中国义乌；你钟情文化，那里有看不完的博物馆，如好莱坞博物馆、吉尼斯世界纪录博物馆、洛杉矶大屠杀纪念馆、死亡博物馆、杜莎夫人蜡像馆、吉他展示中心，洋洋大观；你醉心美食，那里有许多高级西餐厅，当然还有犹太餐馆、东欧餐馆、墨西哥餐馆、日本餐馆与中国餐馆，海边还有新鲜的海产品店；你要是充满好奇心，不妨走一趟圣莫妮卡街，那里是同性恋者的大本营和聚集地，到处是挂着彩虹旗的商店，如果你看到一对男士携手同行，或者是两位女士忘情接吻，也不必惊讶。

当然，好莱坞最具代表性的景点是环球影城，它是环球电影公司的制作基地、世界上规模最大的以电影为主题的娱乐公园，也是游客到洛杉矶的必游之地。影城内有三个游览区，包括电影之旅、影城中心与娱乐中心。乘坐游览车进行电影之旅，你可以浏览各种电影场景，包括《回到未来》中的时钟广场、《飞越疯人院》中的汽车旅馆、纽约的百老汇、墨西哥的街道，途中还会遇到《大地震》《金刚》《大白鲨》中出现的惊险场面。游览影城中心，你可以在拍摄现场亲身体验电影的拍摄过程，试一下科幻片的特技效果，或者客串一回群众演员。在娱乐中心，有远古时代、回到未来、动物明星表演等主题区，其中根据著名影片《侏罗纪公园》《木乃伊》《怪物史莱克》和《终结者》等推出的模拟场景是目前影城中客流量最大的游览项目。环球影城中不可错过的娱乐项目还有金刚360度3D历险、神偷奶爸小黄人3D动感之旅、变形金刚3D对决之终极战斗、史瑞克4D影院、水世界、辛普森一家等等。

有关资料显示，好莱坞2017年接待全世界的游客达到4850万人次，旅游直接收入达到227亿美元，其中环球影城的营业收入超过了50亿美元。

格劳曼中国大剧院的门口，就是闻名遐迩的星光大道。黑色大理石路面上镶嵌着2000多颗红色星星，上面有用青铜制作的众多影星、歌手、名人的名字和手印，其中包括中国电影界人物李小龙、成龙、张国荣、吴宇森等人的手印，国内游客每每看到这些熟悉的名字便会兴奋不已。但我想，聪明的美国人在这里建立一条通向电影王国的星光大道，也独辟一条集聚财富的旅游蹊径。

三

用第三双眼睛去看好莱坞，它是美国文化扩张的重要基地，也是孵化美国神话的温床。

曾经有人说过，美国人用"三个片"征服世界，它们就是芯片、影片、薯片。其中，美国影片在输出美国价值观方面发挥着重要的作用。1918 年，美国时任总统威尔逊在给美国电影协会主席的信中写道："电影已逐渐成为传播大众知识的非常重要的媒介。而且，因为它使用的是一种通用的语言，对于展示美国的计划与意图能起到重要作用。"

时间走向 20 世纪末，随着苏联的轰然倒塌，冷战结束，向全世界输出文化、增加影响力乃至搜刮苏联所留下的油水是美国国家发展的主要目标之一，好莱坞在其中扮演重要角色。

好莱坞不停地向全世界输出"美国梦"，世界各国踊跃地向美国交出成绩单。美国电影每年在全世界的电影产量中只占 6%—7%，但却占到了全球电影市场份额的 90% 左右。2018 年，美国电影和电视节目的出口额为 163 亿美元，全球主要国家的电影票房前十名中，有一半都是美国大片，就连俄罗斯也不例外。日本和韩国比较注意维护本国的文化自尊，但他们每年的电影票房前十名也有大半是好莱坞电影。前些年，美国与韩国举行自由贸易协定谈判，美国政府就是把放宽对好莱坞电影的限制作为谈判的前提条件的。结果，韩国电影院每年义务放映国产影片的限制从 146 天降到 73 天，美国电影的市场份额迅速提升。

值得注意的是，阿拉伯人题材的《阿拉丁》，北欧人题材的《驯龙高手》《冰雪奇缘》，巴西题材的《里约大冒险》，法国题材的《美食总动员》，英国题材的《爱丽丝梦游仙境》《勇敢的心》，伊朗题材的《波斯王子》，埃及题材的《木乃伊》，东非题材的《黑豹》，马达加斯加题材的《马达加斯加》，中国题材的《功夫熊猫》《花木兰》……各个国家的经典故事，都成了美国人的电影题材。也就是说，美国人利用全世界的文化资源，在其中加入他们的美国式思维，然后输出到你的祖国，自己充当文化霸主的角色。

外国人对中国人的一些误解与偏见，可以说也与好莱坞的影片有关。早期好莱坞电影曾经把中国人妖魔化，片中的中国人梳着长辫，吸着鸦片，身材瘦小，形象猥琐。如影片《傅满洲的面具》中由美国人扮演的中国人傅满洲，这个形象在美国传播数十年。好莱坞从 1929 年开始直至 1980 年，一共拍摄了 14 部傅满洲题材的影片，作为"黄祸"形象的代表，傅满洲虽然拥有超群的才华和智慧，但是却极其邪恶、阴暗、丑陋、残暴。又如好莱坞导演昆汀·塔伦蒂诺拍摄电影《好莱坞往事》时一再强调自己是如何崇拜李小龙，了解他的一切，知道他一生所做的努力，要打破美国人对黄种人的偏见。可惜在影片中，昆汀依然将李小龙塑造成一个狂妄高傲、扭捏做作的跳梁小丑。事实上，过去几十年的好莱坞影片里，充斥着大量以歧视、贬低亚裔人种为乐的情节。

与此同时，好莱坞影片不会忘记美化自己。从《第一滴血》系列、《夺宝奇兵》系列到《虎胆龙威》系列，美国人的英雄主义精神被表现得淋漓尽致。《美国队长》的男主角斯蒂夫·罗杰斯是正义的化身，代表着人类对和平、对善良人性的期盼。而在好莱坞的战争片，像《风语者》《父辈的旗帜》《血战钢锯岭》《拯救大兵瑞恩》等中，美国军人都是意志坚定、无坚不摧的勇士。难怪加拿大广播公司曾称："过去 70 年里，好莱坞电影一直是美国为战争做宣传的工具，成为美军非正式编制的宣传部门。"

记得美国好莱坞有一部叫《撒哈拉沙漠》的电影，影片中一群非洲土著在沙漠里找到一个美国大兵丢下的可口可乐瓶子，以为是上天赐给他们的圣物，欢呼雀跃。我想，那位美国导演在编这段戏的时候，潜意识里一定觉得是美国人给边远地区和贫困人群带来了西方文明，然而他们总刻意回避他们的掠夺与侵占。直至今天，我们不要忘了美国人手中的两种威慑武器：3750 枚核弹头和每年约 400 部的好莱坞大片。

在冰上起舞的国家

一

公元 864 年，也就是我国唐朝的时候，斯堪的纳维亚的航海家弗洛克，从挪威出发，坐着有高高桅杆的帆船，驶过波涛汹涌的北大西洋，进入大西洋和北冰洋的交汇处。他们在甲板上用长长的望远镜看到了一片陆地，并登上了这个世界上最后一个无人居住的大岛。

十年以后，被挪威国王驱逐的部落首领英格尔夫·阿尔纳逊带领家族和奴隶来到这里定居。历经千辛万苦，这个陌生的海岛终于成为他们安放身心的新家园。

此后，斯堪的纳维亚人、爱尔兰人、苏格兰人、诺曼人纷至沓来，他们的船只驶近南部海岸时，首先见到的是一座巨大冰川，即著名的瓦特纳冰川，因此把该岛命名为"冰岛"。同时，他们聚居到西南端一片地表冒着热气的海湾，称之为"雷克雅未克"，也就是现在的首都。雷克雅未克，正是"冒热气的海湾"的意思。

西方哲学家贝克莱说："存在就是被感知。"世界的疆域就这么一次又一次地被拓展，生命的力量就这么一次又一次地被发现。

从弗洛克第一脚踏上这片土地到现在，冰岛的历史已经绵延了一千多年，冰岛的国歌《千年颂》唱道：

祖国之神，祖国之神，

你崇高的名字为我们所颂赞。

在久远的年代里，

你的子孙把太阳镶上你的王冠。

对于你一天就是一千年，

一千年就是一天。

　　一千多年过去了，作为北欧五国之一的冰岛，已经成为一个发达国家，是联合国、北大西洋公约组织、欧洲自由贸易联盟、欧洲经济区、北欧理事会、经济合作与发展组织的会员国，拥有世界排名第四的人均国内生产总值。

　　一千多年过去了，居住在这片土地上的人们也已经过上了富裕幸福的生活。冰岛的社会福利体系完善，社会福利水平很高，读书可以不用钱，看病可以不用钱，甚至有的住房也是不收费的，居民的幸福指数在世界上一直名列前茅。同时，冰岛人的寿命很长，在世界人均寿命排行榜中，冰岛已经连续数年排名第二，其中男性平均寿命排名第一。难怪你走在冰岛的街上，经常可以看到许多鹤发童颜的老人：银白色的头发、银白色的胡子，只有面孔是绯红的，像海明威《老人与海》中的男主角圣地亚哥。他们的岁数很大，但身轻体健，难道生命也可以冰鲜？

　　深秋时节，雷克雅未克已是银装素裹，白雪皑皑，只有飞翔的海鸟，依然那么矫健，依然那么热情，就像是这岛上的千年精灵。我们去参观了美丽的冰岛大学。校园坐落在海滨，错落有致，风景宜人。它是开放式的，你可以进入展览馆和图书馆，随意翻看关于这座大学的所有资料。冰岛大学具有110年的历史，是目前冰岛9所高校中最负盛名的，是世界著名的研究型大学，也是北欧顶尖的高校之一。该校现在设有5个主要学院，包括教育学院、社会科学学院、人文学院、健康科学学院、工程与自然科学学院等，在能源（地热技术）、物理、化学、地质科学、基因医药、计算机应用、软件开发等领域的研究处于世界前列。同时，微软和欧洲计算中心等许多世界科技公司和机构都将自己的数据中心和超算中心设在这里，使得冰岛大学在计算机技术、计算化学、数据分析、信息安全等领域拥有很大的优势。冰岛大学的研究影响力，曾在世界排名并列第67位，学校的长期目标是建设成为世界排名前 100 的世界顶级大学。

一千多年过去了，冰岛早已不是那个冰封的蛮荒之地，也不是人们想象中的捕鱼岛国，冰岛大学那些现代风格的教学楼，那些朝气蓬勃的学子，不就是这个国家未来的影子吗？

二

地球上自然形态的多样性，使这个世界精彩纷呈。江河大地、山川湖海——或峰峦叠翠，或彩练当空；或惊涛拍岸，或流水潺潺；或鸟鸣翠柳，或鱼翔浅底：千姿百态，美不胜收。而冰岛的美，却迥然不同，超乎你的想象，挑战你的审美极限。

我们从德国法兰克福飞冰岛首都雷克雅未克，刚下飞机，在从机场到市区的路上，就受到震撼。但见，起伏不平的苍茫旷野一望无际，一直连着天边，那翻滚的乌云就像是在大地上舞蹈。路两侧是大大小小、密密麻麻的无数块石头，每块石头上都长满了墨绿色的青苔。除此之外，几乎见不着楼房、树木、动物和人

冰岛地貌

格陵兰冰川

烟，似乎连生命的迹象都没有。这里是哪里——是月球，还是火星？实际上，有不少科幻片都曾在这里取景拍摄，如美国好莱坞的《星球大战》《星际穿越》《蝙蝠侠》《诺亚方舟》《地心游记》和科幻片教父雷德利·斯科特的《普罗米修斯》。他们来到遥远的冰岛，寻找心目中的外星球乌托邦，认为冰岛的实景比 CG 特效更为逼真。

在人们的想象中，冰岛一定是冰天雪地，这只说对了一半。实际上，冰岛的火山和温泉资源十分丰富，一边是冰山，一边是火焰，是奇特的"冰火之国"，是典型的"冰火两重天"。

冰岛有"世界边缘的岛屿"之称，靠近北极圈，位于极寒地带，1/8 的国土面积被冰川覆盖，冰川面积 8300 多平方公里，仅次于南极冰川和格陵兰冰川。冰岛拥有四大冰川，即瓦特纳冰川、米达冰川、朗格冰川和雪山冰川，其中瓦特纳冰川是欧洲最著名和最大的冰川。现在，这四个冰川都已经被开发成风景区，游客可以乘坐游艇，穿行于浮冰之间，观赏形态各异的冰堆，感受大自然的鬼斧神工，感叹冰岛是名副其实的"冰之岛"。

同时，冰岛冰冷的外表下面，又有火热的温情。冰岛有 100 多座火山，其中华纳达尔斯赫努克火山为全国最高峰，海拔 2119 米。冰岛几乎整个国家都建立在火山岩石上，所以随处可见的是火山口、熔岩和火山石。我们在机场附近看到的那些石头，实际上就是火山爆发喷出来的火山石，由于年代久远，所以长满了青苔。冰岛的火山活动很活跃，1963 年至 1967 年，冰岛西南岸的火山爆发形成了一个约 2 平方公里的小岛。2000 年，海克拉火山大规模喷发，火山口裂缝长近 7 公里，喷出的火山灰达 1.5 万立方米，房屋一般大的石块被抛上天空，然后像陨石一样洒落地面。也正是由于火山密布，冰岛的大部分土地都不能开垦。

由于处于火山岩带，地热资源丰富，冰岛又是世界上温泉最多的国家。较大的温泉有 800 余处，温泉的水温平均高达 75 摄氏度，有些地热温泉直接喷出地面，形成巨大水柱。如斯特洛克尔火山温泉，每 10 分钟左右喷出高达 30 米的蒸汽水柱，蔚为奇观。我们去了当地最著名的蓝湖温泉，那是世界上最大的露天温泉，距离雷克雅未克市区不到 40 公里。蓝湖的温泉水是乳白色的，热气腾腾中飘散着地热硫黄的味道，据说这里的温泉富含硅、硫等矿物质，沉淀在底下的白泥可以养颜润肤、美颜健体，被加工包装后成了深受游客喜欢的化妆品。

冰岛首都雷克雅未克的海滨雕塑

冰岛还是世界上为数不多的可以裸眼看极光的国家，秋冬季节，在岛上的每一个地方都有机会观测到北极光。为此，四个冰岛年轻人在雷克雅未克老港口边创建了北极光中心。在那里，可以浏览世界各地关于极光的故事和传奇，了解现象背后的原理，饱览摄影师拍摄的瑰丽极光作品。馆内还有一个摄影站，供游客学习如何调节相机设置，亲自动手来捕捉极光的画面。

冰岛机场有卖易拉罐装"冰岛空气"的。虽是一个噱头，标榜那里有世界上最纯净的空气，但也有点意思，我们花了一元美金买了一罐，拉开来放到鼻子底下闻，无色无味，倒是引得我们开怀一笑。

三

冰岛的国土面积实际上并不算小，是 10.3 万平方公里，相当于我国的浙江省。但人口仅有 34 万，作为欧洲人口密度最小的国家，冰岛每平方公里平均只住着 3.3 人。加上冰岛偏安一隅、路途遥远，而且气候寒冷、日照时间短，冰岛人感受到的是"好山好水好寂寞"。

当地人很少，也很悠闲，你在街上每看到三个人，只有一个是当地人，其他都是游客。冰岛没有军队，只有 170 名海岸警卫队的队员、650 名警察，但安全指数连续六年全球第一，真正是夜不闭户，路不拾遗。

在当地城市的大街上，鸭子可以大摇大摆地走路；海鸥可以亲昵地停在你的肩头；鸽子围着你觅食，赶都赶不走；靠海的路上，偶尔溜上来几只海豹，你也不必吃惊。

我们连着三天在雷克雅未克的一家中餐厅吃饭，每天吃的都是冰鲜过的三文鱼。我们曾问餐厅老板能不能弄点别的鱼吃，他说试试，结果端上来一盘小一点的鱼，肉是红的，实际上还是三文鱼。当地还有一条法律，从大海捕捞上来的海货，必须经过冷冻之后才能食用，来到海岛上吃不到生猛海鲜，也出乎意料。用餐之余与服务员小陈聊天，这位来自中国大连的姑娘到冰岛已经快三年了，我问她想不想家，她说这里离家很远很远，所以干脆就断了回家的念头，只不过每天睁开眼，就觉得孤独，这里任何人都不认识她，她也不认识任何人。

在这么一个地方，卖热狗的小哥学唱歌可以上新闻头条，失恋的姑娘跳海是件大事儿，骑自行车的老头摔倒了上电视也没毛病，冰岛的新闻就像是笑话。

然而，冰岛人不甘寂寞，时不时弄出点动静，让世界记住她的存在。

1980年，冰岛大选中，雷克雅未克剧院的女经理维格迪丝·芬博阿多蒂尔击败了所有的对手，当选为冰岛总统。这位当过教师、导游、经理、电视台节目主持人的女性，后来连任了四届，任期长达15年，连英国女王都给她颁发了十字勋章。

1986年，冰岛争取到了美苏峰会在雷克雅未克举行，里根与戈尔巴乔夫在这里会晤，结束了一个冷战时代。当时主要人物来了两个，记者却来了两千。我们去看了当年美苏峰会的会址，那是位于海边的一幢两层高、木结构的白色楼房，人称"霍夫蒂楼"，是"海角"的意思。外面的草地上竖着一座雕塑，雕塑表现的既不是里根，也不是戈尔巴乔夫，而是这栋房子的主人，一位律师和诗人。

2008年，冰岛闹了一场惊动世界的金融危机。该国自2000年实行银行业私有化，金融业快速增长，但高速冒进的金融发展给冰岛经济带来极大隐患。2007年下半年始于美国的次贷危机波及冰岛，使其经济陷入前所未有的困境。在这次金融危机中，这个国民生产总值不过百亿美元的国家，却背负上千亿欧元的债务，人均负债40万美元。冰岛总理宣布："我们的国家可能将要破产。"

2018年，冰岛还曾在足球世界杯上演绎"冰岛神话"，他们在预选赛中主场连胜克罗地亚、乌克兰及土耳其三支强队，以小组第一的成绩跻身决赛圈。进决赛后首战就以1比1逼平阿根廷队，冰岛国内99.6%的电视观众观看了这场激动人心的比赛。冰岛在当年国际足联发布的世界足球队排名中，一举跃升到18位。有趣的是，在这支球队中，球员绝大多数都不是职业球员，教练是牙医，门将是导演，前锋是厨师，后卫是司机。

冰岛还出过一名诺贝尔文学奖得主——哈尔多尔·拉克斯内斯。这位出生在首都郊外的冰岛人是个天才，在17岁的时候就出版了第一部小说《自然之子》，30多岁的时候写出了惊世骇俗的三部曲《莎尔卡·瓦尔卡》《独立的人们》《世界之光》，成为他的代表作。晚年的拉克斯内斯是冷峻的，他感叹世事如浮云，忧虑冰岛乃至全球的资源枯竭，他曾经说过这样一段话：

人世间的喧嚣聒噪终将停止，所有荣华富贵都如过眼云烟。当一切都结束后你会发现，人生最重要的东西就是咸鱼。从长远看，地球就是宇宙中的冰岛。总有一天，地球也会像冰岛一样，成为一个孤立无援、资源耗尽的地方。冰岛的今天，也许就是我们的明天……

但愿他的话不会成为现实。

与美国一号公路的零距离接触

一

关于世界上最美的公路的评选，网上网下的资料有各种各样的版本，包括澳大利亚的大洋路、意大利的阿马尔菲路、法国的阿尔卑斯大道、加拿大的冰原大道、美国的苏厄德高速公路、挪威的大西洋路、新西兰的 43 号国道、中国的川藏路等都时常入选，但大部分榜单都会把美国一号公路列为榜首。美国《国家地理》杂志还曾经把它评为"世界上最美丽的公路"，并称它为"人们一生中必去的 50 个地方之一"。

俗称的"美国一号公路"，严格来讲应该是美国加州一号公路（California State Route 1），因为在美国东海岸佛罗里达州还有一条一号公路，这条连接迈阿密与基韦斯特的跨海公路，应该才是真正的美国一号公路。但由于加州一号公路风光旖旎，大家耳熟能详，便约定俗成地把它称为美国一号公路。

加州一号公路又称太平洋海岸公路，它北起旧金山北部的莱吉特（Leggett），南至洛杉矶以南的达纳（Dana Point），沿着美国西海岸蜿蜒前行，全长 655 英里（1054 公里）。一号公路的奇妙之处，就在于一路上不仅有自然之美，一边是海阔天空、惊涛拍岸，一边是悬崖峭壁、层峦叠翠，且有人文之魅，沿途有许多小镇名城和度假胜地，不乏浪漫的艺术气息和时尚的生活风情。驱车行驶于一号公路上，沐浴在加州的明媚阳光下，可以切身感受到人与自然、城与生态的和谐共生。

十七英里景色

　　美国还有另外一些自驾游的经典路线。如 50 号公路，西起内华达州里诺（Reno），东至内华达州的伊利（Ely），全长 853 英里（1373 公里），被美国《生活》杂志称为"全美最孤独的公路"。它是美国最荒凉的公路之一，横穿快马递送区，人烟稀少。一路有许多印第安人部落和美丽乡村，著名的死亡谷就在这条路当中。被马克·吐温称为"上帝眼泪"的太浩湖也在附近。又如 66 号公路，从伊利诺伊州的芝加哥一路横穿到加利福尼亚州的洛杉矶，全长 2448 英里（约 3940 公里），沿途有许多著名景点，如画布沙漠（the Painted Desert）、大峡谷（Grand Canyon）、亚利桑那州陨石洞等，被美国人亲切地唤作"母亲之路"。还有就是 89 号公路，北起蒙大拿州冰川县，南到亚利桑那州的凤凰城，全长 1252 英里（2015 公里），是著名的"南北景观大道"，路经大瀑布城（Big Rapids）、黄石国家公园（Yellowstone National Park）、大蒂顿国家公园（Grand Teton

National Park）、盐湖城（Salt Lake City）、圆顶礁国家公园（Capitol Reef National Park）、布莱斯峡谷国家公园（Bryce Canyon National Park）等。但在这些经典路线中，加州一号公路还是以其形态的多样性、色彩的丰富性和行驶的便捷性脱颖而出。

有人曾推举一号公路上必去的 15 个地方，包括旧金山湾区最受欢迎的周末度假胜地雷伊斯角国家海岸公园（Point Reyes），可以享受阳光、沙滩、海浪、仙人掌的半月湾（Half Moon Bay），美国最好的冲浪地之一的圣塔克鲁斯（Santa Cruz），"天堂上的大海"十七英里（17-mile Drive），拥有丰富多彩海洋生物和全美最好水族馆的蒙特雷（Monterey），好莱坞导演克林特·伊斯特伍德担任过镇长的艺术天地卡梅尔（Carmel），集海滨险峻与优美风景于一体的大苏尔（Big Sur），坐拥赫氏古堡和象海豹栖息地的圣西米恩（San Simeon），可以吃到特制橄榄饼的坎布里亚小镇（Cambria），矗立巨型地标莫洛岩石的莫鲁湾（Morro Bay），由于普纳海湾而令人难以忘怀的卢斯奥斯斯（Los Osos）、沙滩运动爱好者一定要去的皮斯莫海滩（Pismo Beach）、北欧风情的丹麦小镇（Solvang）、地中海风格的圣巴巴拉（Santa Barbara）等等。那里有大自然鬼斧神工的造化，也有人类社会巧夺天工的杰作，都是不可错过的地方。

都说"世界上并不缺乏美的东西，缺乏的是发现美的眼睛"，到了加州一号公路，这句话可以这么改一改："世界上有了美的东西，就会有发现美的眼睛。"

路在脚下，方向盘在手中，憧憬在心里，出发吧！

二

加州一号公路依山傍海，所以驱车走上这条公路，大多数人都会选择由北向南，从旧金山出发，驶向洛杉矶，因为路上景点的停靠处大都在靠近太平洋海岸的一侧。但我们因为有事要先到洛杉矶，所以只能以洛杉矶为起点。

清晨出发，一路向北。我们第一个停留的是圣塔莫尼卡（Santa Monica），它是著名的海滨避暑胜地，最吸引游客的地方是圣塔莫尼卡海滩。这个海滩长 5 公里，每到夏天人满为患。海岸线上有一个始建于 1908 年的突堤码头，一直伸向大海的深处，成为圣塔莫尼卡的象征。坐在码头的长椅上，欣赏一望无际的蓝色大海和成群飞翔的海鸥，海浪轻唱，海风吹拂，你可以放下所有心事，静静地发呆。等到夕阳西下的时候，海上的落日余晖会使人更加陶醉。

　　继续前行，不到一个多小时，就到了圣巴巴拉小镇。当地是清一色西班牙风格的建筑，色调明朗清新，市容雅致迷人，在美国被誉为"拥有最本色的西班牙建筑、最纯粹的西班牙风情"。圣巴巴拉早年曾是美国电影的基地，聚集了许多知名的电影工作室，卓别林曾经多次在这里拍摄影片。我看过好莱坞电影《杯酒人生》，知道影片中著名的黑皮诺葡萄酒就出产在这里，所以放弃了去看老修道院，在路边的酒吧悠闲地喝了一杯。旅途需要好心情，好心情来自好心态，随遇而安、随心而去、随风飘游，不也挺好！

　　再往前走，各具风韵的小镇令人目不暇接。丹麦小镇、卡皮托拉小镇、坎布里亚小镇……丹麦小镇是丹麦移民的社区，街口竖立着安徒生铜像和美人鱼雕塑。侨居美国的丹麦人，最初来到美国是为了躲避战乱，久居他乡以后，又怀念祖国，所以他们要在美利坚这片神奇的土地上再现故土的容颜。卡皮托拉小镇和坎布里亚小镇则显得质朴一些，前者有坐落在半山腰的全美十大最浪漫餐厅之一

十七英里风景带

一号公路沿途风光

的 Shadowbrook，后者有古色古香的街道和英式的乡村建筑。当天晚上，我们就
住在坎布里亚的一间两层楼的小旅馆。适逢镇上正在举行一年一度的稻草人节，
街头巷尾和家家户户都摆放着精心制作的各种稻草人，但大概正是过节的原因，
许多人都外出旅行了，镇内几乎所有的店铺和餐馆都关门了，行人寥寥无几，只
有那些用稻草做成的卡通人物和小调皮鬼嬉皮笑脸地注视着你。

　　坎布里亚小镇大概可以说是从洛杉矶走向旧金山的中间点，一号公路的绝美
景观也主要集中在后半段。不是说"好戏在后头"吗？

　　第二天早上，我们听着车上播放的美国西部乡村音乐，摇头晃脑地重新上
路，很快就进入一号公路的华彩部分大苏尔地区。大苏尔位于蒙特雷和圣西米
恩之间，是一号公路中一段 90 英里（145 公里）的路程。这段蜿蜒的海岸公路，
举目所及都是大自然的精心杰作，时而是险峻葱郁的青山，时而是浩瀚湛蓝的海

洋，时而是陡峭高耸的悬崖，时而是牛羊漫步的谷地，时而是水流湍急的岩滩，时而是洁白如雪的沙滩……穿行在九转十八弯的惊险山路上，真让人心驰神往。在大苏尔，你还可以看到成群的象海豹，有一个海滩上栖息着数千只懒洋洋的象海豹，它们沐浴着加州阳光，听着太平洋的涛声，昏然入睡，却引来了很多兴奋雀跃的游人。

在这段路上，你可以不去看号称"世界上最昂贵的私人庄园"的赫氏古堡，美国人对历史的尊重和对历史文物的保护是值得称道的，但美国的文物古迹比起欧洲的总是"小巫见大巫"；但你不要错过附近的卡梅尔小镇，一座人文荟萃、艺术家聚集、充满波希米亚风情的小城镇。卡梅尔的早期居民 90% 是专业艺术家，中国著名画家张大千也曾经在小镇居住过。如今的小镇，依然有许多艺术家居住，街上到处都是画廊、创作室、时装店、古董店和咖啡馆。我们进入小镇的

艺术小镇——卡梅尔

沙滩上的象海豹

时候，当地正在举行古董老爷车展览，那些19世纪的名贵汽车沿街排列，华美而高贵。许多穿戴时尚、独特的艺术家牵着各种宠物犬流连其中，把这座小镇的艺术气质表现得淋漓尽致。

世界上有一种美，是可以直抵人的心灵深处的，它会给你一种梦境乍现的感觉，会使你兴奋莫名。到了距离旧金山只有200公里的十七英里和蒙特雷，你就会有这种感觉。十七英里被誉为"世界上陆地与海洋最佳连接处""全球最迷人的海岸线"，那里有绝美的海岸风光、颇负盛名的圆石滩高尔夫球场、卓尔不凡的豪宅庄园。蒙特雷则是北加州最著名的海滨度假胜地之一，是美国国家海洋动物保护区，是海狮、海豹、海獭、海豚以及鹈鹕等鸟类栖息的天堂。

如果说，沿途景点是散落一地的珍珠，那么一号公路就是把它们串起来的主线。

三

严格地讲，我们此次美国一号公路之行，还算不上是真正的自驾游。慎重

卡梅尔小镇上的雕塑

起见，我们找了一位当地的华侨陈先生结伴同行，路上交替驾车，谁累了便歇一会儿。

陈先生是广东台山人，67 岁了，开朗健谈，风趣幽默。他在中国当过公务员，下海做过生意，后来旅居美国洛杉矶，一住就是 20 年。

他是一号公路的常客，经常陪朋友过来走走，对这里的情况十分熟悉。于是，我们这 740 公里的路程，便有了一位优秀的向导、热情的旅伴、有趣的朋友。

记得在坎布里亚小镇的那个晚上，天有点冷，我们好不容易找到一家意大利餐厅，吃了比萨饼，喝了几杯啤酒，便聊起了一个很大的话题——中美文化差异。

话题还是从一号公路开始。他告诉我，一号公路实际上是不同年代分别修建的，在 1964 年加州公路的重新编号中被正式命名为"加州一号公路"。我们都谈以人为本，美国人在修建这条公路的过程中的确秉承了这一理念，并体现在许多细节中。譬如，为了避免司机长途驾驶疲劳，有些路段的路面铺盖的是红色的沥青，对人的感官产生一点刺激，使人为之一振。又如，一号公路是一条景观大道，沿途有许多引人入胜的地方，大家会急于下车拍照，所以路上留下许多空间作为游客的观景点和停车处，非常方便。还有，一号公路上也有限速牌子，但那是一种提醒，美国警察几乎不查，因为他们知道，路况是不断变化的，车少的时候，你可以开快一点，车多的时候，你可以开慢一些，允许自我调节反而会有利于交通畅通。

我也告诉他，如果把世界上所有民族文化排列在一条轴线上，中美文化无疑处在接近两端的位置。总体上讲，中国文化强调集体主义，美国文化以个人主义为核心；中国人推崇道德伦理，美国人注重利益契约；中国人讲究形式面子，美国人在意实利好处。这是我多年观察后的思考。

圣巴巴拉小镇

陈先生并不是很同意我的这些理论。到旧金山那天，我们在渔人码头散步，他一口气给我讲了几个有趣的例子。

在路上遇见的汽车里，有许多的美国年轻夫妇坐在汽车前排，聊得火热，而他们的小宝贝则被放到后排，瞪大眼睛看着卿卿我我的父母。在中国，小孩是家庭的生活中心，是"小太阳"，所以幼儿总是在父母的怀抱里，倘若出现父母坐在前面，幼儿被搁在后面的情景，大概会令人惊讶。

在中国，路见不平，拔刀相助，见义勇为，挺身而出。在美国，一些州的警方在发给市民的治安手册上奉劝，如果遇到抢劫等情况，首先是赶紧跑，离开现场，然后才是打电话报警。

美国人工作是为了休息，中国人休息是为了工作。一到周末，美国城市出城的高速公路上便挤满了度假旅游的汽车，他们涌去的方向，据说才是人生意义的所在。

中国人喜欢存钱，不仅是为了自己，也是为了后代。美国人忙于花钱，发了工资便急着出去旅游，出去吃一顿大餐，普通家庭如果有几万美元存款，便是天文数字。

中国人害怕负债，美国人乐于借钱，所以便有了这样的调侃：一位中国的老太太在天堂遇见一位美国的老太太，中国的老太太慨叹说，我存了一辈子的钱，昨天刚住进新买的房子，今天就到这里来了；美国的老太太也发牢骚，我住了一辈子的别墅，昨天刚把房贷付清，今天就到这里来了。

中国人扫墓，不少人要烧香烛、纸钱，奉上果品、酒肉。美国人祭拜先人，大多是献上一束鲜花。前者转入阴间来世，衣食住行一样不缺；后者升上天堂，灵魂需要安憩。

中国人怕惹是非，美国人爱打官司。他们被邻家的小狗咬了一口要打官司，汽车被人顶了一下"屁股"要打官司，餐厅的咖啡太热烫了嘴要打官司，逛商场地板太滑摔一跤当然更要打官司……

陈先生讲的故事很长，这种比较也分不清孰优孰劣，这可能是一个解不开的谜，其中有不同的历史文化背景和深刻的社会民俗原因。但我想，随着岁月的推移和时代的进步，这种差异会越来越小，共性化的东西将越来越多。

蒙特雷小镇

  在世界一号强国的一号公路上，不仅一路上观赏风景，而且一路上了解世俗，大概也是此行的一种收获吧。

以色列探秘

对我们来说，以色列曾是神秘的，又是神奇的。对许多的宗教信众来讲，她还是神圣的。

一

以色列的神秘，源于她与中国有颇长一段时间的"疏离期"，尽管早在第二次世界大战时期犹太人遭受种族迫害的时候，中国就在哈尔滨等地收容和安置了大量的犹太难民。1950 年 1 月，以色列已承认中华人民共和国，但一直到1992 年 1 月，以色列才与中国建立大使级的外交关系。因而，对我们这一代人而言，作为世界上唯一以犹太人为主体的国家，以色列一直是一个遥远的、谜一般的国度。

再往前追溯，公元 70 年，犹太国曾经灭亡，那是犹太人心中永远的痛。流散的犹太人被罗马人、十字军和纳粹德国几尽灭绝。两千年来，他们辗转流散，好不容易才回到故土，于1948 年 5 月宣布建国。犹太人失去家园，流离失所，饱受歧视，惨遭摧残，但他们的民族意识和抗争精神却坚如磐石，这里面又有多少壮怀激烈的故事。

以色列迄今与周边国家的关系仍比较紧张，敌对情绪没有缓和，各种摩擦不时发生，甚至还会爆发战争，这也使得人们对前往以色列有所顾忌，对这个神秘的国度更加感到陌生。

特拉维夫城市景观

　　我们从香港飞往以色列特拉维夫，空中直线距离只有三四千公里，直飞也就是四五个小时。但由于以色列与黎巴嫩、叙利亚等邻国的敌对状态，飞机不能经过这些国家上空，要经地中海绕行。于是我们经过 12 个小时的航程，才踏上了以色列的土地，开始探秘之旅。

　　特拉维夫在希伯来语中的意思是"春天的小丘"，它是以色列的第二大城市和港口城市，也是以色列的"文化之都"。特拉维夫有 4000 多栋设计灵感来自欧洲的包豪斯建筑，主基调是白色，故有"白城"之称。站在洲际酒店的阳台上凭栏眺望，呈现在眼前的是地中海之滨的一座现代化城市。波光粼粼的大海边，是长达十几公里长的宽阔沙滩。隔一条马路，便是错落有致的高楼、别墅、绿地，包括为数不少的五星级酒店、博物馆和餐厅。海的碧蓝、沙的金黄、房的灰白，构成了一幅闲适的滨海度假城市图，这与我原来想象中的以色列大相径庭。沙滩上有逐波嬉浪的青年，有看书晒太阳的老人，有踢球奔跑的儿童，也有身穿比基

特拉维夫海边古迹

尼泳装的妙龄女郎，这是在以色列吗？特拉维夫对我们露出了调侃的微笑。

　　更接近我想象中的以色列的是首都耶路撒冷，它保留了中世纪以来这座宗教圣城的神韵。站在橄榄山上俯瞰，数以百计的教堂支撑起这座城市的天际线，金黄色的圆拱屋顶在阳光下反射出耀眼的光芒。老城四周有高高的城墙，设有8座城门，古老的城墙用硕大的灰白岩石垒砌，绵延4公里，构筑成城市的轮廓。犹太人的《塔木德》里写道："上帝给了世界十分美丽，九分给了耶路撒冷；世界若有十分哀愁，九分在耶路撒冷。"这是一座有故事的城市，教堂里传出的每一声钟声，都像是一个传奇的感叹号。

　　入夜以后，凉风拂去街市上的暑热，教堂的钟声也沉寂下来。我们穿过老城，步入新城的特色街道，耶路撒冷又向人们展现了她时尚的一面。那里有世界各国的奢侈品商店，有人头涌动的音乐咖啡座，有抽象派的画廊，有各种写实或写意的街头雕塑，当然少不了衣着时髦的年轻人，古老的以色列透出迷人的青春气息。

当然，这只是直观的感受，要撩起以色列神秘的面纱，还要了解其悠久的文化和独特的习俗。以色列有所谓"十个圣地之谜"：一是"约柜"，古代以色列民族圣物放在哪里，那个地方就代表有神的存在。二是基尼烈（Kinneret）神秘丘，这个加利利海中的圆锥形石丘，不知是什么神奇的力量将它推向大海的。三是戈兰高地巨石阵，4万多吨的玄武岩石块分布在四个巨大的同心圆中，又不知是什么文化象征。四是马卡比墓地，是公元前2世纪哈斯马尼亚的英雄墓，其中有许多神秘的传奇。五是阿特利特雅姆（Atlit-Yam）村庄，这个拥有8500年历史的村庄，是地中海沿岸发现的规模最大、保存最完好的史前定居点。六是绘有面包和鱼的马赛克，上面画着耶稣喂养信徒的五饼二鱼的奇迹。七是耶稣的家庭坟墓，这个石灰石骨盒，据说收藏着耶稣兄弟的遗骨。八是被装饰的杜尔门，这座巨大的石门，估计已有4000多年的历史了。九是西底家（Zedekiah）洞穴，这座位于耶路撒冷旧城北墙下的洞穴，在巴比伦人于公元前586年征服这座城市时就

耶路撒冷的"苦路"

耶路撒冷古城

存在。十是马萨达城堡，被联合国教科文组织列为世界文化遗产。

犹太人每次狡黠的一笑，都足以倾倒众生。

二

以色列的神奇之处，是她一直处于内外交困的恶劣环境，国力却不断增强，就如同生长在沙漠中的仙人掌，生命力顽强。

从地理位置上看，以色列北靠黎巴嫩，东临叙利亚和约旦，西南则为埃及。周边战乱不断，犹太人与阿拉伯人的武装冲突不时爆发。我们到以色列的时候，她与北边的黎巴嫩正打得不可开交，在去死海的路上，当地陪同告诉我们，你再往前走几十公里，在接近边境的地区就能听到轰轰炮声了。

从历史渊源上看，犹太人过去被欧洲人视作异教徒，莎士比亚的《威尼斯商人》所描写的放高利贷商人夏洛克的形象，在一定程度上反映了欧洲人对犹太人的偏见。犹太人历经磨难，几经沉浮。耶路撒冷这座城市至少被大规模毁灭过三次：第一次是公元70—135年罗马皇帝率军远征耶路撒冷，把全城夷为平地，屠杀了一百万犹太人；第二次是公元638年阿拉伯人入侵，赶走了罗马人，对基督教文化破坏严重；第三次是11世纪末，欧洲十字军东征，耶路撒冷再次备受摧残。80多年后阿拉伯人再次统治耶路撒冷。1517年土耳其奥斯曼帝国统治这里400年之久。"二战"期间，欧洲共有600万犹太人遭受纳粹分子屠杀，而当时世界上犹太人总数才1800万，也就意味着有三分之一的犹太人被残杀。

从自然条件来看，以色列国土面积1.49万平方公里，比我国的天津稍大一点，但国土的三分之二是沙漠和山地，而且降雨量极少，不是十分适合人类居住，可是以色列人却不断生息繁衍。

在这样的条件下生存与发展，体现了犹太人精悍强干的品质。犹太民族最崇拜的英雄是大卫，这个大卫与米开朗琪罗雕塑作品中的主角是同一个人。大卫本是宫中乐手，却英勇无敌，曾取敌军将领的首级如探囊取物，最后在耶路撒冷以南的地方另立了犹太国。颇具传奇色彩的还有，"二战"结束之后，纳粹德国屠杀犹太人的主谋之一阿道夫·艾希曼，躲到阿根廷的布宜诺斯艾利斯，以为可以

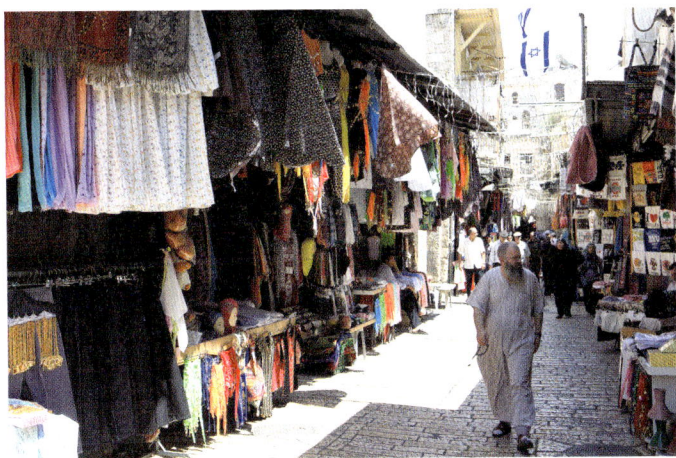

耶路撒冷街景

逍遥法外。以色列派出"摩萨德"精锐特工潜入阿根廷，将阿道夫·艾希曼逮捕后带回以色列审判、枪决。

在这样的条件下生存与发展，体现了犹太人的超人智慧。巴菲特说过："如果你来中东寻找石油，可以忽略以色列；如果你是来寻找智慧，请聚集于此。"现在全球有1300万犹太人，占总人口的0.2%，却获得了全世界29%的诺贝尔奖。历史上犹太人的杰出人才更是层出不穷：马克思、爱因斯坦、弗洛伊德、毕加索、卡夫卡、卓别林、海涅、门德尔松、基辛格……这些都是令人眼前一亮的名字。现在，据称世界500强企业中30%左右由犹太人掌控，如摩根财团、罗斯柴尔德等。这种聪慧又来自哪里？爱因斯坦曾经说过："人类的智慧在犹太人的脑子里，犹太人的智慧在《塔木德》里。"以色列的这本经典著作中提到"活用一切有利条件，充分发挥潜能"，这就是以色列人超强的变通能力。

在这样的条件下生存与发展，体现了犹太人的创新精神。以色列每年的教育经费占到了财政支出的9%，全社会科技研发投入占GDP的比重为4%，全国77%以上的人都接受过高等教育，每1万人中有135名科学家或工程师，这些数字甚至都要高于欧美一些国家。在以色列，不创新就难以生存，虽说可以输在起跑线上，但要赢在冲刺上。

在这样的条件下生存与发展，也体现了犹太人的勤奋好学。以色列是一个"读书的国度"，犹太人把学习作为终生的使命，他们为了从小培养孩子读书的兴趣，甚至会把蜂蜜滴在书上，告诉幼童书是甜的。有关资料显示，全世界年人均读书量最多的是以色列人，达到64本，全世界人均藏书量最多的也是以色列人。以色列是全世界人均拥有博物馆最多的国家，位于耶路撒冷西侧的赫兹尔山上的犹太人大屠杀纪念馆更是震撼人心。以色列人还有一个特点，那就是"说干就干"，在《创业的国度：以色列经济奇迹的启示》一书中有一个说法：如果一个以色列男人想要与某个女人约会，他会在当晚就约她出来；如果一个以色列商人有一个生意上的点子，他会在一周内就付诸实践。

以色列有一个死海，是世界上海拔最低的湖泊，水平面低于海平面约422米，总面积1000多平方公里，南北长86公里，东西宽5至16公里，最深处380米。由于含盐量极高，为一般海水的8.6倍，湖中的生物无法生存，同时湖

"哭墙"与犹太教士

水有着很大的浮力。我们慕名而去，并下湖体验，不仅躺在湖面上纹丝不动也沉不下去，而且踩水时也感觉到一种很强的浮力，脚蹬下去时需要用力。死海令我想到了以色列，生存条件再差，但只要意志顽强，同样能生生不息。死海也令我感悟，世界上的事物不能只看它叫什么，这是全世界唯一用"死"字命名的"海"，但却是全世界唯一从未淹死过人的"海"。

三

以色列的神圣，是对许多宗教信众而言的。这里孕育了世界的三大宗教，是犹太教、基督教和伊斯兰教的发祥地，是善男信女顶礼膜拜的圣地。

哭墙，是人们到以色列必去的地方。位于耶路撒冷旧城里的哭墙，已经矗立了近两千年，是古代希伯来人第二圣殿的西墙。圣殿是希伯来民族祭拜上帝雅卫的神圣祭台，是希伯来民族的精神宫殿。公元70年，罗马军烧毁了圣殿，仅留下西墙的一段，长约50米，高约18米，由大石块垒筑而成。当年火光冲天时，人们真能听到墙上隐约传来的哭泣声吗？今天，当我们面对高大哭墙时，心里也有肃穆的感觉。环顾左右，前来拜谒哭墙的，既有虔诚的犹太人，也有肤色各异的各国游客。人们面壁而立，或手捧经书，念诵经文；或肃然祈祷，抚墙啜泣。许多人还会在纸条上写上自己的心愿，然后郑重地塞入墙体的缝隙中，存放各自心头的秘密。

与哭墙一样闻名的，还有苦路。苦路又名"苦难之路"，是当年耶稣被审判之后，从彼拉多院子出来，背着十字架走过的街道，耶稣在这条路上走完了自己生命的最后旅程。如今的苦路，已经不是当年怪石嶙峋、沙土满地、荒草没膝、荆棘挡道的模样，沿途建起了高高低低、密密麻麻的房子，房子大多用石头为建材，颇具韵味。苦路上被选出14个地点，上面挂着罗马数字的标识牌，记载着当年在此发生的故事，如耶稣被审判的场所、背上十字架上路的起点、第一次跌倒的地方。最后到达的是圣墓大教堂，又称复活教堂，那是耶稣遇害并复活的地方，受难而获得永生，人们在这里寻找走向未来的力量。

位于圣殿山上的金顶清真寺，是耶路撒冷的另一个宗教标志，是世界上保

橄榄山上的以色列青年

存最完好的清真寺之一。金顶清真寺已经有1300多年的历史，分为上下两个部分。下部是八角形的外墙，东西南北都有大门，进去就是精美的大厅。上部是一个高度与直径均约24米的大圆顶，顶尖是一枚金色圆环，上部远看是一轮伊斯兰的新月。实际上，金顶清真寺在不同年代有着不同的风格。十字军来到这里，把它改建成基督教堂；撒拉丁大军到了，又修复原样；奥斯曼帝国把外窗贴上具有阿拉伯风情的蓝色瓷砖；约旦人又用了不少黄金对它进行大规模的修缮。

由于集中了世界三大宗教，耶路撒冷形成了独特的宗教文化拼图，面积不到1平方公里的老城分为犹太区、亚美尼亚区、穆斯林区和基督教区。走在老城里，你时常会有奇幻的感觉。迎面而来的，一会儿是白袍白帽的穆斯林大叔，一会儿是黑衣黑袍的犹太先生，回眸一看，又会见到身戴十字架的基督教牧师。

以色列显然是一本耐人寻味的书，写这本书的，当然是以色列人。我们还游览了港口小城海法，这是一座具有 4000 多年历史的古城，在《圣经》中多次被提及。在海法，我们有意外的惊喜。那是一个中午，烈日当头，天气燥热，我们走上一座山头的古罗马遗址时，已是汗流浃背，便在一株橄榄树旁小憩。这时，两个当地人用一个大盘子端着鲜榨的橙汁送到我们面前。正当我们迟疑时，另一位妇女端上一盘刚切开的西瓜，西瓜在阳光下散发出诱人的清香。为首一名长者通过导游告诉我们，这些都是免费送给我们吃的，放心享用吧。在国内见惯了"宰客"小贩的我们，不知他们有何用意，还是不敢动手动嘴。他们走上前来，将西瓜塞到了我们手上，看着他们发自内心的友善笑容时，我们终于放心地拿起西瓜吃了起来。这时，这几位当地人闪开一边，离我们有十几步之遥，当我们吃好喝足，他们才走上来，忙着收拾瓜皮和瓶子，嘴里不停地说着"Thank You"，好像是我们请他们吃东西似的。

途中，我们感触颇深，这大概就是信仰的力量吧，奉献比得到更有意义，给予比索取更让人快乐。

欧罗巴的小镇故事

好几年前，我们驱车从法国的斯特拉斯堡前往瑞士的巴塞尔，在对道路两侧的树林景观产生审美疲劳之后，突发奇想，驶出高速公路，进入乡村小道。

途中，我们邂逅了一个记不清名字的古老小镇。小镇不大，十字街上，除了高大的教堂和精美的钟楼之外，都是斜屋顶的木头小屋，青石板铺就的路面被岁月磨得油亮，在春日阳光的照射下泛着暖色的光。小镇边上的湖区却很大，湖面波光潋滟，湖边开满了鲜花，人们悠闲地在湖边的长椅上喝咖啡、读报纸。一位七十多岁的白发老人见我们手里拿着相机，眼里充满好奇，主动招呼我们一起照相，刚站好，快门还没有按下，他就爽朗地笑开了，那笑声，一直是我旅途中的天籁之音，挥也挥不去。

不知不觉间，我爱上了欧洲的小镇，爱上那份静谧、那种从容、那般韵味。此后一有机会到欧洲，我就选择到山野之间、湖海之滨、古堡之中，去发现小镇之美。

一、哈尔施塔特（Hallstatt）

这个奥地利最古老的小镇，头上有一顶迷人的王冠——"世界上最美丽的小山村"。这个称号据说是由联合国教科文组织授予的，该组织还认定她是世界文化遗产。

要在欧洲无数个魅力小镇中脱颖而出，必须具备几个要素，概括起来就

哈尔施塔特小镇

哈尔施塔特的湖边码头

哈尔施塔特小镇上的游客

是：好山好水好人家，再加上那么一段好故事。而哈尔施塔特，兼具了上述的条件。

首先，小镇所处的位置在海拔 500 米以上，周边群山巍峨，最高的山峰海拔达到 3000 多米，森林茂盛，山花烂漫。其次，小镇之畔的哈尔施塔特湖，湖面宽阔，水质纯净，像镶嵌在崇山峻岭间的翡翠绿宝石。再次，镇上童话般的木屋，一排排面湖而建，风格各异，由于处于湖边，每户人家还在临岸的水中建有小码头和木船屋，专门停靠自家小木船或游艇，整个画面像一幅幽静的水乡图。此外，哈尔施塔特还流传着古老的故事，这里是欧洲铁器时代的发祥地，有大量的史前古墓遗迹，形成了欧洲历史上著名的哈尔施塔特史前文明遗址。这里还是世界最古老的盐都，有世界上最古老的盐坑，哈尔施塔特（Hallstatt）的"Hall"就是源自古克尔特语的"盐"。

哈尔施塔特标志性的景观，是由宽阔的湖面、别致的房子、挺拔的山峰构成的人间仙境，体现了由天、地、人融合而成的山水人文。它们经常出现在全球各种旅游杂志和明信片上，也是全世界游客的网红打卡点。

从维也纳到哈尔施塔特实际上并不算太远，大约 300 公里。途中还可以游览中世纪小镇梅尔克，屹立在山岩上的梅尔克修道院是世界上最美的修道院之一。到了哈尔施塔特，可以沿着湖滨路漫步，看看家家户户挂在门前的各种有趣的工艺品，细细品味小镇的韵致。也可以坐游船在湖上荡漾，饱览湖光山色，从湖上看去，小镇会更美。可以随意走进湖边的任何一间餐厅，在面湖的阳台上喝杯东西，看着清幽的湖水发呆，看着飞翔的水鸟冥思，看着山巅的云雾遐想。在当今的欧洲，奥地利的经济发展水平和城市繁华程度比不上邻近的德国、法国，但其历史文化底蕴却独树一帜。古老的奥匈帝国曾是欧洲传统的五大强国和当时的世界列强之一。在第一次世界大战前，其版图横跨东欧、中欧和南欧，面积为欧洲第二大，仅次于俄罗斯帝国，哈布斯堡王朝更是有许多神奇的传说。或许，正是由于有了辽阔疆土和厚重底蕴，奥地利才有了哈尔施塔特这样既有自然之美、又有人文之风的杰出小镇。

镇上有一个叫格鲁纳鲍姆的酒店，据说是当年茜茜公主曾经入住的地方，你可以在那里住上一个晚上。在酒店的湖景餐厅可以吃到哈尔施塔特湖里的新鲜鱼，刚捞上来的鳟鱼去肚后不加腌制，直接炭烤，吃的时候挤点柠檬汁，鲜美极了。

二、克鲁姆洛夫（Cesky Krumlov）

历史上，中国的达官显贵、名商巨贾发了财，或是在城里盖深宅大院，或是回家乡修园林庭院。欧洲的贵族则不同，他们喜欢在风景绝佳处建古堡庄园，在郊外树林中修宫殿别墅。

13世纪，捷克贵族维特克家族便开始在南部的波希米亚地区寻址建筑城堡，最后选定了克鲁姆洛夫。这里位于舒马瓦山岳和布兰斯基森林之间，美丽的伏尔塔瓦河蜿蜒而去，这里地势起伏，风景如画，而且距离首都布拉格仅有160公里，处于一条重要的贸易通道上。一个世纪后，这座城堡被转让给捷克最强大的罗森堡家族，继而城堡被神圣罗马帝国皇帝鲁道夫二世所得，最后城堡又落入施瓦岑贝格家族手中长达200多年。由此，便有了这座迷人的南波希米亚小镇，中国游客取其捷克文名称的两个首位字母，称其为"CK小镇"。

CK小镇实际上是一座小城。五个多世纪以来，它免于战火的摧残，迄今比较完整地保留了各个年代、各个家族兴建的不同风格的建筑物，从罗马式、哥特

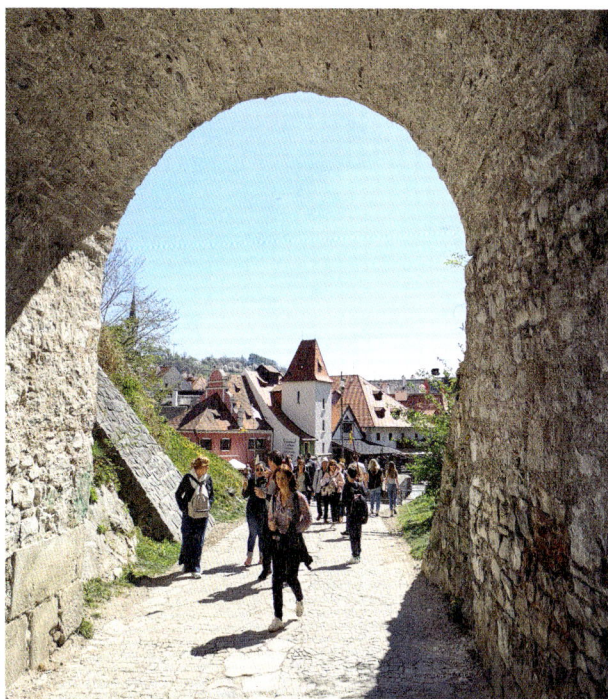
CK 小镇

式、文艺复兴、巴洛克、洛可可、新古典主义，到新艺术运动、立体派、超现代主义。其中哥特式的古城堡，是波希米亚地区仅次于布拉格城堡的第二大规模的城堡。CK 小镇曾具有政治、贸易和宗教功能，成为欧洲中世纪古城的一个典范。如果要与奥地利的哈尔施塔特比，哈尔施塔特仿佛天生丽质的乡村少女，CK 小镇则更像是见过世面、阅尽繁华、带有豪门血统的贵妇。

尽管声名鹊起的 CK 小镇近些年已经受到商业化的侵蚀，摩肩接踵的游客可能会减少你的游兴，但你到了那里，依然会兴奋起来，会被一种美所震撼。

走近小镇，抬头望见的是高大的中世纪古堡，巨石砌成的城墙仍保留着历史的沧桑，引人遐思。从高大的石拱门走进小镇，你就是走进了画里，可见小桥、流水、教堂、街市，移步是景，回眸是画，桥边有一间蒙娜丽莎咖啡馆，是利用残旧的老房子修建的，里面传出来的音乐，会有帕瓦罗蒂吟唱的《波希米亚人》。

CK 小镇

你可以经过廊桥，走上城堡花园，从那里位置绝佳的观景台远眺，会见到宽阔蜿蜒的伏尔塔瓦河在镇内作了一个 U 形的大拐弯，将小镇分为北侧的城堡区和南侧的内城区，分布其中的那些建筑，屋顶都是橙红色的，阳光底下反射出诱人的光彩。那里也是整个小镇中唯一可以同框拍到彩绘塔、圣乔治教堂和圣维特大教堂尖塔的地方。圣维特大教堂每隔 15 分钟便响起悠扬的钟声，为这座小镇平添了几分韵味。

三、科尔马（Colmar）

200 多年前，拿破仑带领士兵与普鲁士开战时曾路过一个地方。这位矮个子巨人走到半山腰时，突然听到小镇传来的教堂钟声，便停下脚步，回头看着袅袅炊烟说："如果不是这场该死的战争，我真想把家安在这里。"

这个曾让拿破仑倾心的地方就是科尔马，是法国东北部上莱茵省的一个中世纪小镇，也是法德边界线上的一个旅游胜地。十几年前，日本著名漫画家、导演宫崎骏为影片《哈尔的移动城堡》取景时，曾在法国南部走访了12天，最后选中了这里。影片中男女主角初次见面的场景等都拍摄于此，留下许多佳话。

科尔马的美是别具一格的。第一，她是浪漫的水乡，以运河和花船闻名，有"法国小威尼斯"之称。伊尔河的支流酪赫河从科尔马静静淌过，小桥流水、临水人家，幽幽窄巷，清清碧波，小船在河里轻轻划过。站在桥上，我想到的是中国的苏州，其格局何其相似，只不过河边阁楼的风格样式有所不同。第二，她是精美的建筑博物馆，糅合了德法两国的建筑特色。由于地处法德边界，科尔马的

法国水乡科尔马

法国科尔马小镇

管辖权历史上曾 17 次易手，人称"法德混血儿"，所以小镇上的房屋，既有法国人的浪漫，又有德国人的严谨。同时，由于科尔马没有经历过战争的破坏，很多教堂、酒庄和修道院都得以完好地保存了下来，鲜明地呈现出 16 世纪的建筑风貌。这里的"木筋屋"由木材搭建而成，屋顶呈多面，墙体上布满了横、竖、斜的木条，墙壁的颜色也是五彩缤纷，鹅黄、褚红、浅绿、淡蓝的色彩把那些二三层的小房子装扮得像童话里的糖果屋。街上有一栋建于文艺复兴时期的建筑——"人头屋"，雕刻着 105 位卖艺人的头像，表情各异，生动有趣，成为小镇最抢眼的建筑。第三，她是阿尔萨斯地区的葡萄酒中心，也是法国干白葡萄酒的主要产区。科尔马有许多美丽的葡萄园，几十个酒庄云集于此，当地神秘的酿酒工艺为人称道，每年 9 月还举办为期两周的科尔马葡萄酒节。科尔马的泡菜风味独特，是将甘蓝菜用白葡萄酒腌制而成，微微有点酸，淡淡的有点香。

美丽的地方，常会有一些有趣的故事。美国纽约自由女神像的创作者弗雷德里克·奥古斯特·巴托尔迪就出生在这个小镇上，所以你不必惊讶于镇上的旅游纪念品商店也会出售小型的自由女神像。我们去看了巴托尔迪的故居。那是一栋米黄色的小楼，里面的展览详细介绍了他的生平以及构思创作自由女神像的过程。欧洲有许多类似的小型博物馆，100 多平方米，简单素雅，不事装饰，踩上去吱呀作响的木地板透出历史文化的悠长回声。反观我们国内的许多博物馆，动辄上万平方米，采用声光电各种手段，而史料的矫饰和遗存的缺失反而使博物馆少了一种亲切感。

四、杜布罗夫尼克（Dubrovnik）

杜布罗夫尼克是亚得里亚海海滨的一颗明珠，是克罗地亚的一座中世纪古城。这个前南斯拉夫的旅游度假胜地，由于地处东欧一隅，并不在欧洲发达城市附近，不在传统的黄金旅游线路上，至今游客不算太多，宁静安逸。她虽是绝色美人，却仍清新淳朴，是一个让人一看倾心、二看着迷、三看想留下来的地方。

杜布罗夫尼克城堡是建在石灰岩半岛上的，是湛蓝海面上浮现的海市蜃楼。

我们入住在古城外一个高地的宾馆里，一进房间，推窗远望，蓝天、碧水、

小镇一瞥

绿树、城墙、红房子，在夕阳余晖的映照下，组成一幅暖色调的油画，心里不禁赞叹："美，真美！"有人说，每个人由于阅历与想象力不同，潜意识中对景观的美都有构图与期许，一旦这种美超出了自己的想象，心灵就会受到震撼。杜布罗夫尼克的确给我们带来全新的视觉冲击和审美体验。

作为联合国教科文组织认定的世界文化遗产，杜布罗夫尼克是一座保存比较完整的古老城堡。城墙用花岗岩砌成，厚1.5米，高25米，长1940多米，并按照不同方位修有阁楼和炮位，以拱护之势把小城环抱起来。古城的东西两侧有高大的城门，从城门走进去，你就可以穿越时空，回到14世纪的滨海小城。斯庞扎宫现在是克罗地亚国家档案馆的所在地，那里有雕刻精美的吊顶和装饰华丽的楼梯。圣方济各会修道院图书馆藏有30000卷图书、22件羊皮纸手抄卷，以及1500份极具价值的手写文献。最让人肃然起敬的，是18世纪为了纪念杜布罗夫

杜布罗夫尼克小镇

尼克城的守护神而修建的圣弗拉霍教堂。这座令人印象深刻的巴洛克式大教堂是留给杜布罗夫尼克人的一笔巨大财富。几年前，美国人看中了这里，在这里拍摄了电视连续剧《权利的游戏》，剧中"君临城"的众多场景都取景于此，让这座古城名声大噪。

游览古城，可以在城内慢慢地流连徜徉，铺着青石方砖的街道，已经被岁月打磨得铮亮。可以在街边的咖啡座喝一杯当地人自酿的啤酒，看着来来往往的路人，体会古城的一些细节，克罗地亚的姑娘比起乌克兰的美女可毫不逊色。值得称道的是，古城没有大迁大建，也没有太多的商业置换，比较好地保留了人们正常的生活状态，大街上有晒着太阳的慵倦老人，小巷里有嬉戏奔跑的少年，阳台上有挂出来晾晒的衣服，窗户会飘出烤面包的香味，那是小城的韵味。

走上城墙，轻松地走一圈，大约3公里。不仅可以仔细端详城内的景物，而且可以眺望蓝色的大海，那是打开古城的另一种方式。如果及时的话，每到中午12点和傍晚6点，城堡内36间教堂的钟声会一齐鸣响，那声音是来自天上，还是来自人间？

突然想起著名的英国作家乔治·萧伯纳的一句话："如果你想看到天堂是什么样子，那么去杜布罗夫尼克吧！"

西班牙南行记

一

　　有一个词叫"异国情调"。从概念上讲，它体现国与国之间民俗风情的差异性，是不同国家文化的独特魅力。具体来说，就有点讲不清、道不明了，它是一种味道、一种气韵、一种调子，或是一种发现、一种感受、一种心情。

　　从审美的角度看，这也是"距离产生美"的结果，国家间相隔遥远了，他国的场景陌生了，习俗不一样了，反而会给人带来一种视觉冲击。但是，这种"异国情调"一定是由琐碎鲜活的细节构成的，一定是通过别具一格的场景呈现的。人们不经意间，就会受其感染；身处其中，便会逐渐陶醉。尔后，便不知今夕是何年，此时在何处。

　　在印度，当地人蹲在地上，用手指抓捏着咖喱饭送进嘴里，吃得津津有味；在埃及，居民用长长的水烟筒吸烟，散发出来的是一种混杂着雪茄、香精的味道；在牙买加，人们用浓浓的鱼汤来泡红茶，称为"鱼茶"；在秘鲁，孝子贤孙抬着先人的棺木，披红挂绿地在大街上巡游；在肯尼亚，有的部族的女人仍然保留最原始的生活状态，袒胸露背而悠然自得；在西班牙，缤纷霓虹中美丽女郎跳着妖娆的探戈，举手投足间像弗拉明戈精灵……这大概就是所谓"异国情调"吧。

　　在欧洲，如果你想寻找"异国情调"浓郁一点的地方，那就一定要去西班牙。中国改革开放以后，很多人都去过法国、德国、英国，这些国家都有"同质化"的东西，不是有人调侃到了欧洲就是看"宫保鸡丁"吗？"宫"指皇宫，"保

阿罕布拉宫

（堡）"指城堡，"鸡（基）"指基督教，"丁（厅）"指市政厅。好多年前，笔者在法国巴黎，曾经在一个下午三次碰到著名节目主持人赵忠祥，第一次是在巴黎圣母院，第二次是在埃菲尔铁塔，第三次是在老佛爷商场，因为对于景点和线路，旅行社都是这么安排的。

到了西班牙又一定要往南走，在那里你可以看到更多"去欧洲化"的精美建筑、更多地中海的美丽沙滩、更多别具风味的美食、更多热情奔放的西班牙女郎、更多浪漫独特的文化遗产。

《孤独星球》的作者安东尼·哈姆曾说："西班牙无疑是一方迷倒众生之地，这里是弗拉明戈、阿罕布拉宫、戈雅、毕加索以及所有一切杰作的故乡，也是世界上著名的激情四射的国度。"实际上，他所说的这些，弗拉明戈舞蹈、阿罕布拉王宫都是西班牙南部地区的特色，天才画家弗朗西斯科·何塞·德·戈雅和一代画坛宗师巴勃罗·毕加索也都是出生在西班牙南部地区。

广场上的西班牙青年

　　因此，你如果到了西班牙，游完马德里、巴塞罗那等大都市之后，就可以一路向南，向伊比利亚半岛的南部进发，那里更靠近直布罗陀海峡，更具有基督教文化和伊斯兰文化交融的风情，那里是弗拉明戈的发祥地，是斗牛士的舞台，是《卡门》和《唐·璜》的故乡，那里曾有过《塞尔维亚的理发师》和《费加罗的婚礼》……

二

　　西班牙地处欧洲与非洲的交界处，南隔直布罗陀海峡与非洲的摩洛哥相望。

　　1300多年前，一个风雨交加的夜晚，阿拉伯将军塔·里克伊本·齐亚德率近万名士兵，从非洲摩洛哥的港口整装登船，驶过波涛汹涌的直布罗陀海峡，杀入西班牙南部沿海小城塔里法，拉开了非洲人入侵伊比利亚半岛的序幕。

　　此后，阿拉伯人用了7年时间，先后占领了西班牙除北部沿海地区之外的大部分区域，并在这里建立了安达卢斯政权，带来了伊斯兰文化。直至1492年西班牙完全收复失地，穆斯林统治了伊比利亚半岛长达7个世纪。

　　虽然，从公元前218年开始，罗马人、西哥特人曾先后成为这里的统治者，

1492 年西班牙卡斯蒂利亚和阿拉贡两大王国联合组成的基督教军团最后收复了格拉纳达，但精悍的阿拉伯人还是在这块土地上足足待了 700 多年。

700 多年啊，春风夏雨，秋岚冬雾，岁月变幻，物是人非，这片土地成为基督教文化和伊斯兰文化的交汇地，这里的人种呈现出混合的个性，这里的风俗也比欧洲大陆其他国家更多样化，这里的一些地方，西班牙语甚至只是第二或第三语言。

知道了她的前世今生，就不难理解在欧洲大陆上，西班牙全国，尤其是西班牙南部地区，为什么更具斑斓的文化色彩。

在格拉纳达的时候，我们游览了阿尔巴辛老城区，那里是中世纪阿拉伯人的集聚区，有起伏不平的鹅卵石路、迷宫似的幽长小巷、别致的白色小楼，白墙上是各种伊斯兰风格的彩绘瓷盘、色彩缤纷的阿拉伯灯饰和马蹄形的门窗。那里还有摆满琳琅满目商品的店铺、颇具特色的摩洛哥砂锅菜、波希米亚情调的茶室，那是穿越时光的街道。

我坐在街边的咖啡座上，点了一瓶啤酒和一份西班牙火腿片，一边享用，一边遐想：眼前的这些本地居民，就像对面小楼阳台上正在发呆的大叔，身材精瘦，双眸晶黑，皮肤深褐，他们身体里流的是欧罗巴人的血，还是阿拉伯人的血，抑或是欧罗巴人的血混杂着阿拉伯人的血？我想到了西班牙足球，在西班牙除了弗拉明戈和斗牛之外，足球也是一种国粹。过去，我曾经诧异同在欧洲大陆，为什么西班牙足球与欧洲足球有那么多的区别，德国人、英国人、丹麦人、比利时人踢球主要是力量型的，长传冲吊，高位逼抢，直奔龙门；西班牙人踢球却讲究精准配合，短传渗透，狡猾得像小狐狸似的。西班牙球员大多个子不高，但动作精巧灵活，拼抢意识出众，像伊涅斯塔、哈维、席尔瓦等，在高大的欧洲后卫面前总显得那么弱小，可是他们都是天才的"中场发动机"，名满足坛。我想，这已不是足球的战术风格问题，而是地域文化的差异所致。

三

西班牙的南方城市主要有安达卢西亚自治区的塞维利亚、格拉纳达、科尔多瓦、马拉加、阿尔梅里亚等，这些城市相距都不远，路途中又分布着许多风姿卓越的迷人小镇，它们是天底下最惬意的驿站。

塞维利亚是安达卢西亚自治区的首府，处于亚热带地区，由于地中海暖湿气流的吹袭，一年大部分时间都沐浴在灿烂的阳光下。当年发现新大陆的哥伦布就是在这里开始他的全球之旅的。那里有世界上规模最大的塞维利亚大教堂，其建筑风格是基督教文化与伊斯兰文化融合的典范。那里有气势恢宏的西班牙广场，古罗马的长廊、拱门、圆柱、小桥、喷水池，与阿拉伯的壁画、彩绘、瓷砖、庭院、灯饰浑然一体，被誉为"西班牙最美丽的广场"。

到了晚上，别忘了去看一场原汁原味的弗拉明戈舞蹈表演，塞维利亚可是弗拉明戈的诞生地，美丽的西班牙女郎会轻而易举地把你征服。

格拉纳达曾是阿拉伯人在伊比利亚半岛上最后一个王国的首都，是西欧地区伊斯兰国家最后的一个堡垒，具有浓郁的西班牙南部风情，古老的伊斯兰文化在这里留下了星罗棋布的历史遗迹和众多神秘的传说。传说中的阿罕布拉宫就在这里，摩尔艺术的巅峰之作纳塞瑞斯皇宫在这里，有趣的阿拉伯浴室在这里，万花筒般的阿尔巴辛老城区也在这里，令人目不暇接。阿罕布拉宫的城墙上刻有这么一句话："世界上没有比出生在格拉纳达却是一个瞎子更悲惨的遭遇了。"

在格拉纳达，你还不必惊讶于你所吃到的菜肴都带有一些阿拉伯风味，烤肉会撒上一点香料，甜品则甜中带酸，味道独特。

科尔多瓦曾经与格拉纳达、塞维利亚鼎足而立，是南部安达卢西亚地区的三颗珍珠。这座城市在 10 世纪时曾有 50 万居民，市内的清真寺多达数百座，是西欧最大的城市。迄今，科尔多瓦老城区留下许多令人瞩目的历史文化遗址，其中大清真寺和王宫都入选了世界文化遗产名录，对西方伊斯兰艺术产生了重要的影响，也是 19 世纪新摩尔艺术的发祥地。科尔多瓦老城百花巷的庭院艺术可是颇负盛名，每个庭院都有阿拉伯式的拱门、走廊、彩瓷，窗户上种满鲜花，就像《一千零一夜》里那迷人的房子。

从格拉纳达到科尔多瓦的途中，你会看到漫山遍野的橄榄树，不由自主地会想起那首叫《橄榄树》的歌："不要问我从哪里来，我的故乡在远方；为什么流浪，流浪远方……"到这种远方去"流浪"，实际上是很幸福的事情。

塞维利亚广场

科尔多瓦的阿拉伯建筑

    "太阳海岸"上的马拉加，则是西班牙在地中海的第二大港口城市，有灿烂的阳光和漫长的海岸线。这座与非洲大陆隔海相望的城市，当然也不乏富有欧非色彩的名胜古迹，如建于公元3世纪的古罗马圆形剧场、建于公元6世纪的伊斯兰城堡、建于公元8世纪的清真寺。在这里，你还可以换一种玩法，找一家滨海度假酒店，到沙滩上晒晒太阳，看看日落，那里的夕阳美得难以言喻。毕加索曾经说过："没有体会过马拉加阳光的人，就创造不出立体主义的绘画艺术。"

    说到毕加索，别忘了马拉加才是他生于斯长于斯的故乡。在这里，除了体验阳光沙滩之外，还应该去看看毕加索故居和毕加索博物馆，博物馆里收藏了毕加索的204件作品，其中155件是他的子孙捐赠的，包括《戴白色帽子的保罗》等心血之作。

    崇拜天才不是为了成为天才，人人都是天才，也就没有天才了。但如果大家都推崇天才，那么在那里就会天才辈出。

四

　　世界上的美，大概有一种是能勾魂夺魄的。西班牙南方的龙达小镇与阿罕布拉宫，就是那种使人难以忘怀的地方。

　　我该如何去形容这个西班牙南部的龙达小镇呢？有人称龙达是"建在云端的城镇""悬崖边的白色小镇""一生中不得不去的地方"。奥地利诗人勒内·马利亚·里尔克站在龙达的悬崖上曾说："我一直在流浪，寻找梦中的城市，现在终于在龙达找到了。"而美国著名作家海明威的形容更是诱惑人，这位诺贝尔文学奖得主把龙达小镇称为"全世界最适合私奔的地方"。

　　龙达小镇诞生于罗马帝国时代，有三千多年的历史。现在，镇上有西班牙最古老的斗牛场、历史悠久的拉莫塞修道院、精美如画的贵族宫殿、高耸入云的罗马尖塔……让人激动的是，这是屹立在 750 米山崖上的城市，许多房子都建在悬崖峭壁上，横跨埃尔塔霍峡谷的古老悬桥更是惊艳。而且，镇上的房子几乎都刷成了白色，一幢幢白色小屋矗立于青山之巅，边上便是如同刀劈斧削的万丈深渊，这可能是全世界最无可复制的景观。

龙达小镇一景

龙达小镇的斗牛士博物馆

　　山崖上有一幢白色小楼，上面挂着"海明威居住过的地方"的铜制牌子。海明威非常喜欢这座小镇，晚年几乎每年都要到这里打猎、看斗牛、休假、写作。在镇上的一家酒吧里，他写下了小说《逝世在午后》，详细描写了西班牙的斗牛文化，并对生与死、金钱与享受等问题做了深入剖析。他在书中还写道："如果你想要去西班牙度蜜月或者跟人私奔的话，龙达是最适合的地方，整个城市触目所及的都是浪漫的风景……如果在龙达度蜜月或私奔都不成功的话，那最好去巴黎，各奔前程、另觅新欢好了。"

　　海明威的妙笔生花，成就了龙达"私奔之城"的美誉。镇上现在每年还举办"私奔节"，令人神往，吸引了众多浪漫情侣。

　　阿罕布拉宫则是格拉纳达最具代表性的景点，它是中世纪摩尔人在西班牙建立的格拉纳达王国的王宫，其建筑使用了发红的石料，故又被称作"红宫"。这个被誉为"世界奇迹"的摩尔人宫殿建筑群，矗立在格拉纳达东南部的太阳山上，主要是在尤素夫一世及其儿子穆罕默德五世时期建造的，包括了阿卡萨巴城堡、卡洛斯五世皇宫、纳塞瑞斯皇宫、帕塔尔花园和赫内拉里菲宫等，从建筑到花园都颇具特色。据说王宫圆柱的建筑材料是用珍珠、大理石等磨成粉末，再掺入泥土后慢慢堆砌雕琢而成，而大厅四面墙壁的图案，全是用金丝银

悬崖上的小镇龙达

线勾勒而成。

　　阿拉伯人的宫殿虽然精美，但与西欧其他恢宏华丽、金碧辉煌的皇宫相比，还是显得质朴、简洁、肃穆，这可能与伊斯兰教提倡的伦理修行有关。

　　老城区的高处有一个瞭望台，那是拍摄阿罕布拉宫全景的绝佳位置。前几年，韩国人在这里拍摄电视剧《阿罕布拉宫的回忆》，使更多的青少年也慕名而来。黄昏的时候，夕阳的余晖给阿罕布拉宫镀上了一层金黄色，归巢的鸟儿成群结队地从上空飞过，给它平添了几分巍峨与空灵的色彩，这是一个王朝的背影，也是一个时代的墓碑。凝神过后，你可以再移步到观景台的另一侧，那里可以眺望全城的景色，古城的夕照同样令人怦然心动。你知道有一首名字就叫《格拉纳达》的歌吗？世界上三大男高音帕瓦罗蒂、多明戈、卡雷拉斯都演唱过它，歌中唱道：

格拉纳达，
美丽的故乡……
那斗牛士用鲜血染红的地方，
有永远难忘的黑眼睛姑娘，
有花朵般艳丽的吉普赛女郎，
那嘴唇红得就像苹果，
曾向我倾吐过热烈的爱情……

与波罗的海三国的美丽邂逅

一

许多年前，我们到访了芬兰首都赫尔辛基。在艾斯普那蒂大道一端的南边港口，当地朋友告诉我：从这里乘坐"诗丽雅号"或"维京号"邮轮，渡过芬兰湾，只需 2 个多小时就可以抵达大海彼岸的爱沙尼亚首都塔林；去那里登高望远，看看那些童话般的中世纪尖顶房子，再逛一逛古城老街，买一些当地的土特产，或者就在路边喝杯咖啡，瞅瞅来来往往的爱沙尼亚美女，晚上再坐船回来都来得及。

当时，我望着波光粼粼的大海，以及远方天际线下朦胧的风景，还真的有点心动。对岸不就是传说中的波罗的海三国吗？那里可有茂密无垠的白桦树林、洋葱式圆顶的东正教教堂、悠扬委婉的乌戈尔人情歌，以及那支曾经打破美国NBA 神话的立陶宛篮球队？

两年后，我终于如愿以偿地来到了波罗的海三国。但我们不是坐邮轮过来的，是从德国法兰克福转机飞过来的。金秋时节，本是满城尽带黄金甲的时候，塔林却已经下起了第一场大雪，脚踩在厚厚的雪里，雪水渗进了皮鞋，像有人在脚底的穴位上按了一下，精神为之一振。

走进塔林老街，遇到了拿着十字军盾牌、穿着中世纪服装的魁梧武士，他们微笑着与你拍照留念，热情地招徕世界各国的游客。那瞬间我在想，我们不远万里来到这里，要看什么呢。

平心而论，波罗的海三国——爱沙尼亚、拉脱维亚、立陶宛——这三个国家繁华不及英国、法国，风光不及瑞士、挪威，风情不及意大利、西班牙，古迹不及奥地利、捷克，气派不及俄罗斯、波兰。但波罗的海三国有一种糅合了东欧、北欧、西欧风情的独特气质，到这里可以看多元文化交汇的斑斓色彩，看波罗的海沿岸的旖旎风光，体验一下难得的恬静与舒适。

一个国家的鲜明个性，总是与其地理位置、人文历史息息相关。从地理区位看，波罗的海三国北接芬兰湾，与芬兰隔海相望，西隔波罗的海，与丹麦遥相呼应，东与俄罗斯毗邻，南与白俄罗斯、波兰接壤，不同的文化对它们产生了深远的影响。在近代，波罗的海三国一直是俄罗斯、德国、波兰、瑞典等国家反复争夺的目标。如爱沙尼亚，13 至 16 世纪被普鲁士和丹麦侵占，16 世纪被瑞典、丹麦和波兰瓜分，17 世纪全境被瑞典占有，18 世纪被并入俄罗斯。尤其是，爱沙尼亚曾夹在强大而好战的纳粹德国和苏联之间：1940 年 6 月被苏联占领，次年又被纳粹德国侵入，1944 年 9 月苏联红军发动大反攻时又占有了爱沙尼亚，并把她纳入苏维埃共和国。在战火的反复践踏中，爱沙尼亚有 20% 到 30% 的国民死亡或成为难民流亡海外。直至 1990 年，爱沙尼亚才脱离苏联统治，宣布正式独立。有人说，爱沙尼亚就像是一个弱小的孩子，一直受到周边大哥的欺凌。然而，爱沙尼亚是一个倔强而充满理想的孩子，爱沙尼亚人民为了独立与自由一直在努力奋斗。1989 年 8 月 23 日，在苏联解体的前夕，爱沙尼亚、拉脱维亚和立陶宛大约 200 万人手牵手组成长度超过 600 公里的人链，横穿波罗的海三国，表达三国谋求脱离苏联的意愿，场景非常震撼。

今天看来，波罗的海三国，地理上属于东欧，文化上联接北欧，时尚上向往西欧。同时，这三个国家之间又存在着差别，爱沙尼亚在地理位置上处于最北，文化上更接近芬兰；拉脱维亚虽然有较多讲俄语的人，但受德国的影响深远；立陶宛靠东南，与波兰、白俄罗斯有许多渊源，文化上比较摇摆。

这是独特而又有趣的现象，地缘政治和历史交替造就了一种多元文化的交汇，而世界的丰富多彩不就是来自各个国家自然环境和社会形态的多样性，来自不同种族和文化的差异吗？

二

建筑是一座城市的面孔，它体现了地域文化的特色，记载着每座城市历经的沧桑，也呈现了多元文化交融的风貌。

欧洲国家的城市，几百年来都会精心保留一片老城区，保存当地历史文化的精华。这些古城区又大多是中世纪或文艺复兴时期留下来的，具有最浓郁的地方文化色彩。相对于我们国内许多城市的大拆大建、先拆再建，他们这种保护历史文化的自觉、喜新不厌旧的态度，是很值得称道的。

波罗的海三国的首都也不例外，历史文化街区被保护得十分完整。爱沙尼亚受北欧的影响大一点，塔林老城的建筑设计出自丹麦人之手，是典型的北欧中世纪风格。拉脱维亚对法国、德国等西欧文化素来倾慕，首都里加的伊丽莎白大街有许多所谓"新艺术主义"建筑。因为每座房屋的红瓦上都有一只闪光的风信鸡——其灵感来自19世纪的法国，所以里加人称"北方的巴黎"。立陶宛首都维尔纽斯的老城，以巴洛克式建筑著称。位于老城南部边缘的"黎明之门"，是全世界天主教的圣地，保存着全世界独一无二的黑面圣母像。正是有了这些古老的建筑，这三个国家首都的老城，都被联合国教科文组织列入了世界历史文化遗产名录。

但是，由于邻居俄罗斯老大哥的影响，这三个城市的老城周边又有大量俄国风情的房子。塔林的卡德里奥公园，是当年俄国沙皇彼得大帝在征服爱沙尼亚之后献给妻子叶卡捷琳娜的礼物，里面粉红色的卡德里奥宫，很容易令人想起圣彼得堡的夏宫。里加的列宁大街是莫斯科街道的复制品，里加歌剧院则完全是圣彼得堡亚德山德林斯基剧院的翻版。维尔纽斯的种族屠杀受害者博物馆，是原苏联克格勃的总部，当然是斯大林风格的建筑，保留着苏式建筑的冷漠与刻板。事实上，这三个国家至今仍保留着许多苏联时代的火柴盒式建筑，以及那个年代保留下来的雕塑、壁画，甚至红白色车厢的苏联电车还在继续行驶着，这些都是一下子抹不去的历史痕迹。

今天，走在波罗的海三国城市的大街小巷，不同风格的建筑杂陈，各个民族的文化并存，这种反差常常会使人有一种时光穿越之感。

当然，你可走出城市，到远郊或乡村，那里离政治与战争远一些，保留了一

特拉凯城堡

些更纯粹、更自然、更质朴的历史文化名胜。

　　维尔纽斯以西约 25 公里的特拉凯城堡建于 14 世纪末，是立陶宛大公国大公的官邸。城楼有着深红色的屋顶、橙红色的砖墙、坚固的花岗岩石基座。城墙十分厚实，城堡四周有瞭望台，墙内有护城河，由小桥通往内城。这座童话般的城堡建于风景如画的加尔瓦湖中间，今天看起来十分美妙。实际上当年的立陶宛大公把家安在水中，是由于缺乏安全感，或许，他知道周边的强国一直对这个小国虎视眈眈吧。

　　在拉脱维亚首都里加西南 80 公里处，有一座伦达尔宫，它是 18 世纪库尔兰公爵为自己修建的避暑宫殿，里面有沙俄帝国与库尔兰公国的许多恩怨情仇。被誉为"小凡尔赛宫"的伦达尔宫，是波罗的海地区最大、最壮观的宫殿，是波罗的海三国最大的巴洛克式宫殿。其后面的花园尤其壮观，这个花园按照花朵绽放的形状栽种各个品种的花，分为玫瑰园、丁香园、牡丹园、郁金

拉脱维亚首都里加

香园、迷宫、绿色剧场等，花草树木的种类极其丰富。每年，这里都会举办古典音乐节和园艺节。

我很喜欢波罗的海三国的这些历史建筑，同时也很钟情街上的那些咖啡座。它们没有了西欧国家的那种喧嚣与绚丽，也没有了那种不安全感，不用担心桌上的小包一不留神就被人顺手牵羊。这里的椅子很舒服，音乐很浪漫，人很少，咖啡味道很香，坐在这里，可以感受波罗的海和煦的阳光，可以体会边远城市慢节奏的舒适与惬意，可以眯上眼睛回味遇到的风景与人物。

三

在维尔纽斯期间，我们住在老城区的一家老旅馆里面。这是一栋具有 600 多

塔林老城

年历史的巴洛克式房子，楼道的木地板踩上去吱嘎作响。晚上天气很冷，房间壁炉里生着火，躺在敦实的原木大床上，不时可以听到教堂响亮而悠长的钟声，令人思绪纷飞。

在欧洲，如果说建筑是一座城市的外在形象，那么宗教就是一座城市的精神内核。你只要了解这座城市的宗教，你对这座城市的文化也就了然于胸了。

波罗的海沿岸民众主要信奉天主教、路德派基督教、东正教，教派较多。天主教的影响主要来自意大利、法国；路德派基督教的影响主要来自德国、挪威、瑞典、丹麦；东正教的影响则主要来自俄罗斯。波罗的海三国曾经是日耳曼人、普鲁士人居住的地方，后来由于不同朝代受不同国家的统治，各个国家的宗教文化交替融合，民众的宗教信仰呈现多样化。

爱沙尼亚的信教人口不到总人口的三分之一，其中大多数人信奉基督教路德

塔林街头的中世纪武士

宗，信奉天主教和东正教的也为数不少。拉脱维亚人主要信奉罗马天主教，同时也有不少人信奉基督教路德宗、东正教、浸礼教等。立陶宛人也主要信奉罗马天主教，此外还有东正教、路德宗等。

俄罗斯对这片区域的影响力很大，有些教堂历史上曾经多次由于俄罗斯人的到来而改为东正教教堂，但东正教在波罗的海三国始终未能成为主流，天主教、基督教路德派在这些国家中一直占据主要地位。如果从更深层次看，宗教问题也是导致波罗的海三国与俄罗斯最终分道扬镳的因素之一。

塔林标志性的圣奥拉夫教堂，高124米，是12世纪为挪威国王欧拉夫二世建造的路德派基督教教堂，是迄今世界上最高的教堂之一。1500年前后，这座建筑的高度曾经达到159米，目的是作为路标，让人们从远处的海上就可看见这座瑰丽的城市。有趣的是，苏联在占领时期，曾将教堂的尖顶用作广播发射塔。

塔林的亚历山大·涅夫斯基大教堂，是 19 世纪末俄国沙皇亚历山大三世和尼古拉二世兴建的，由圣彼得堡艺术学院的建筑师设计，是带有五个洋葱式圆顶的典型俄罗斯东正教教堂。这座教堂以亚历山大·涅夫斯基命名，他是 13 世纪俄罗斯人的统帅和政治家，被斯大林宣布为民族英雄，被俄罗斯人评选为"最伟大的俄罗斯人"。

　　里加的圣彼得大教堂，是欧洲文艺复兴时期哥特式与巴洛克式风格的建筑，是里加的城标，著名作曲家李斯特曾为它谱过曲。同时，圣彼得大教堂又是俯瞰里加风光的最佳去处，在那里你可以坐电梯直达塔楼顶部，仔细端详这座城市的生动表情。

　　维尔纽斯大教堂则是罗马天主教教堂，建于 14 世纪，其地宫保存着国王弗拉基斯拉夫的心脏。教堂里面还有一座巴洛克式的圆顶礼拜堂，装饰着彩色大理石和圣卡西米尔的壁画，精致奢华，历史上它曾经被俄罗斯人改造成美术馆。

　　还没去波罗的海三国的时候，听闻立陶宛有一座十字架山，有人说，它就像耶路撒冷的哭墙，能使人感受到宗教信仰的力量。所以，我们此行专门前往拜谒。

　　十字架山位于立陶宛的北部城市希奥利艾附近，我们从特拉凯城堡驱车三个

维尔纽斯街头的卖
货人

立陶宛的十字架山

多小时过去，到达时已是黄昏时分，夕阳为这座低矮的小山镀上了一层金黄色，令它显得格外神圣。山上有大大小小数十万个十字架，每一个十字架背后应该都有感人的故事，都会见证一段不平凡的历史。十字架山上有一块石碑，上面刻着天主教教皇若望·保罗的一句话：

感谢你们，立陶宛人，因为这座十字架山让欧洲国家和全世界见证了这块土地上人民的信仰。

四

　　感受一个国家、地区、民族的文化，当然要有更具象鲜活的实例，可以让你在蓦然回首时会心一笑。

　　都说波罗的海三国出美女，这几个国家的女孩子的确都长得比较漂亮。有时候在宾馆和女服务员交谈，或者是在商店购物，你会发现，这些女孩子有东欧人的精致脸庞、北欧人的高挑身材、西欧人的浪漫气质，皮肤则比北欧人、西欧人细腻。

　　学界将波罗的海三国的人种称为欧罗巴人种波罗的海类型，而他们的祖先，是东斯拉夫人、乌戈尔人、普鲁士人、日耳曼人呢，还是欧洲某些人种的混血儿？

　　战争等变故和主权的更迭，都会促使居民大量交流与迁徙。如 1949 年 5 月

街景

起，苏联开始向西伯利亚流放爱沙尼亚人，同时又将大量的俄罗斯人迁入爱沙尼亚。据说，远亲混血的人种往往比近亲混血的人种更具活力，不知波罗的海三国的居民是否得益于这种血缘优势呢？

然而，这三个国家的女性似乎多于男性。据有关资料，截至2020年3月5日，爱沙尼亚共和国的总人口有130万，男性60.3万人，占比46.4%，女性68.8万人，占比53.6%。同时，爱沙尼亚女性的平均寿命要比男性长10年。我不知如何去解释这种现象，应该不是由于战争，因为这三个国家几十年来已经风平浪静。

人的个头与模样，受制于人种、环境、气候等诸多因素，同时也深受饮食的影响。波罗的海三国的饮食，与法国、意大利等国家的纯西餐相比，明显地受到东方影响。如爱沙尼亚老百姓酷爱的蔬菜豆子汤，能让人喝出东方的味道。还有他们的酸菜猪肉、血肠等传统美食，甚至让人想到了中国的东北菜，稍有不同的是，他们的酸菜猪肉会加一点番茄汁和土豆块。拉脱维亚人除了甜菜汤外，还会做一种特色丸子汤。鲜美嫩滑的猪肉丸子加上一些青豆、胡萝卜等，做成一碗浓浓的汤，十分开胃。立陶宛人有一种地道的主食，是由面粉制成的饺子状面包，里面有肉馅或蘑菇丁。还有土豆煎包子，外层是土豆泥掺一点面粉，里层是猪肉末和蘑菇粒，两面煎得焦黄，味道好极了。当然，当地也有一些适合西方人口味的佳肴，譬如烟熏鱼，有烟熏的特殊口感，会伴有松木的香气。还有红甜菜根，是一种味道独特的餐前沙拉。这种东西方交融的美食，是不是更能养育出绝色美人呢？

波罗的海沿岸出产琥珀，尤其是立陶宛的琥珀最负盛名，所以正如中国有丝绸之路，这里有琥珀之路，这条路从古罗马时代即已开辟，由波罗的海沿岸一直通到地中海地区。波罗的海沿岸出产的琥珀，经数亿年在地下凝聚结晶，又经大海千淘万沥，晶莹剔透、玲珑润泽。带一颗回家，会使你记住与波罗的海三国的美丽邂逅。

到"上帝的后花园"逛逛

世界这么大，你用毕生的时间和精力都走不完；世界这么美，你用所有的想象力和形容词也说不尽。因此，你必须做出选择，寻找你心目中的伊甸园。

那你就去瑞士吧，崇山峻岭造就她卓尔不凡的气质，森林湖泊赋予她诗情画意的景色，乡村小镇还原她远离烦嚣的质朴，教堂古堡诉说她悠久的历史，都市名城展示着她的繁华富裕。"如果有天堂，那里就是天堂的入口"，沿着这个入口走进去，那就是"上帝的后花园"了。

一

到瑞士滑雪是一个不错的主意。

瑞士全境以高原和山地为主，中南部的阿尔卑斯山脉占到了总面积的60%，西北部的汝拉山脉占到10%，中部高原占到30%，这三个自然地形区平均海拔约1350米，最高点是接近意大利的杜富尔峰，海拔4634米，故有"欧洲屋脊"之称。

同时，瑞士属于北温带，全国年均气温为8.6摄氏度，气候非常适合滑雪。现在，瑞士有200多个高质量的滑雪场，包括颇负盛名的英格堡－铁力士山、少女峰、圣莫里茨山、达沃斯、格施塔德、弗林斯－莱克斯、阿罗萨、采尔马特、萨斯费、维毕尔等，是名副其实的"滑雪者天堂。"

有人说，典型的瑞士人有三个标配：一是在银行工作，二是爱吃奶酪，三是会滑雪。当然，滑雪不是瑞士人的专利，中国人也可以去冰雪世界体验飞起来的快感。

值得推荐的是少女峰和雪朗峰，那里不仅是冬季运动胜地，有数条6到12公里不等的雪道（总长达到213公里），一年四季都可以滑雪；而且可以一睹著名的少女峰、雪朗峰的真面目。少女峰是阿尔卑斯山脉的最高峰之一，海拔4158米，横亘18公里，宛如一位少女，披着长发，恬静地仰卧在白云之间。雪朗峰主峰海拔2970米，冰雪闪着耀眼的光芒，景色迷人。还记得美国电影007系列中的《女王陛下的密令》《铁金刚勇破雪山堡》吗？影片中的许多镜头都是在这里取景的，人们甚至把雪朗峰称为"007峰"。山上有一个360度旋转的Piz Gloria餐厅。它是世界上第一个建在冰山顶上的旋转餐厅，你坐在里面，要一杯暖暖的咖啡，透过宽大的玻璃幕墙眺望白雪皑皑的冰山雪原，心里会想：天堂，大概就是这个模样。

圣莫里茨也是不错的选择。第一，那里是"世界上最优秀的滑雪场"，是高山滑雪的"麦加圣地"，曾经是两届冬季奥运会、四次世界滑雪冠军赛的举办地。附近有四个大滑雪区，包括内尔山、科尔瓦奇峰、穆奥塔斯穆拉佑和迪亚沃勒扎，并设有滑板滑雪学校。第二，那里是瑞士著名的高端度假区，有非常美丽的湖区、舒适的酒店、顶级的美食，低调而又奢华，是欧洲王室经常出现的地方。你要是在那里邂逅威廉王子、凯特王妃或者贝克汉姆，那一点也不奇怪。第三，圣莫里茨附近有瑞士唯一的国家公园，瑞士最大的自然风景保护区也在这里，国家公园建园100周年，是人与自然和谐相处的典范。第四，那里还是著名的温泉疗养区，已有3000多年历史的天然温泉，造就了一个迷人的"香槟小镇"。想想所有这些，你又有什么理由不去圣莫里茨呢？

你如果不是为了滑雪，而是为了赏雪，那么可以去看阿莱奇冰川。它是阿尔卑斯山脉上最长的冰川，也是中欧最大的冰川，面积171平方公里，有一系列典型的冰川特征，如U形山谷、冰斗、角峰和冰碛等，被联合国教科文组织列入世界遗产名录。据说，如果阿莱奇冰川的冰雪融化成水，可以供地球上的人饮用6年。

坐一趟"冰川快车"也是十分惬意的事情。"冰川快车"的路线是瑞士最受

因特拉肯景色

欢迎的全景观列车游览路线，将采尔马特、圣莫里茨和库尔、达沃斯等著名高山疗养地连接起来，行程近7个半小时，跨越291座桥梁，穿过91条隧道，翻过海拔2033米的瓦尔德山峰。在列车上，你可以尝尝瑞士的红酒，它比起法国几大名庄的酒毫不逊色。

二

瑞士人有一句名言："山若有家，家在瑞士。"（If mountains have a home, that is Switzerland.）

山是瑞士的灵魂，瑞士有许多高峻的雪山，冰雪消融时，流下山谷的清泉又形成了众多的湖泊。实际上，湖光山色才是瑞士的精粹所在，而瑞士的湖光山色

因特拉肯小镇山上观景台

又是与迷人的小镇联系在一起的。也许，上帝也需要有起居的地方。

关于瑞士小镇，有各种版本的"瑞士最美的十大小镇"榜单，其中因特拉肯小镇又总是名列榜首。因特拉肯（InterLaken）的德文原意是"两湖之间"，因特拉肯小镇位置也处于图恩湖及布里恩茨湖之间。因特拉肯在自然禀赋和规模气势上都有领先之处，那里群山环抱大湖，山峰挺拔峻峭，湖水蔚蓝纯净，城堡点缀于山峦之上，游艇游弋在水面，景色十分优美。你如果坐索道登上附近的哈德昆山，从山顶上的瞭望台放眼望去，呈现于眼前的那种美的确是震撼人心的。

但平心而论，因特拉肯小镇由于近些年旅游开发迅猛，现在镇上的高端酒店和奢侈品商场星罗棋布，连赌场都有了，商业色彩正慢慢侵蚀其天生丽质。

所以，我个人更偏爱位于少女峰西侧的米伦小镇。这座劳特布龙嫩山谷悬崖上的小镇，坐落在海拔 1650 米的山坡上，完好地保存了阿尔卑斯朴素的山村氛围。前往米伦的火车行至格吕奇阿尔普与米伦中间的山脊地带时，窗外的山峰几乎触手可及，会让你产生一种梦幻的感觉，你像是进入了小说《海蒂》所描写的天堂。米伦不通汽车，近处矮小的木屋，远处宏伟的艾格峰、僧侣峰和少女峰，山前飞泻的瀑布，屋后嶙峋的山岩，构成了一幅让人难以忘怀的风景画。

令人怦然心动的还有莱茵河畔的施泰因小镇，它靠近德国和奥地利边境，是"瑞士中世纪气氛最浓的小镇"。施泰因小镇有蓝宝石一样的博登湖，有神秘的荷恩克林根城堡，有成百上千年的老建筑。尤其值得称道的是，施泰因的每座房屋都充满艺术气息，外墙上有美丽的湿壁画、浮雕和凸窗装饰。一栋连着一栋的彩色楼房，犹如一幅长长的画卷慢慢展开，那满墙的壁画有童话插图，有装饰图案，更多的则是宗教和历史人物或故事，精致而繁复，整座小镇好像是一个中世纪的美术馆。

因特拉肯山上旅店

在因特拉肯的图恩湖畔散步的时候，和当地华侨蔡先生聊起来，他一直强调瑞士的自然生态保护得这么好，主要是由于当地政府有严格的环保立法。譬如法律规定谁挖了一棵树，就必须种上一棵树；还有，无论是城市还是乡村，不许裸露一寸土地，否则就要罚款，等等。他所说的，当然有道理，但我觉得，更重要的是瑞士的人口密度、经济水平和人口素质。瑞士的面积为 4 万多平方公里，人口却只有 800 多万人，每平方公里约 219 人。同时，作为世界上最富裕的国家之一，瑞士的人均年收入超过 10 万美元，他们根本不用考虑在山野之间开荒种田，也不用在湖泊溪流中养鱼捕捞。一位富人的庄园需要的是玫瑰与草坪，一个村民的小院当然要有农具与家禽。

在瑞士东部山区有一个名叫贝尔金的小镇，镇内拒绝游客拍照，此禁令得到了全镇居民的同意。理由是怕这个小镇的美图传出去以后，会招引纷至沓来的游客，破坏当地的自然环境与居民的恬静生活。这算不算也是一种保护环境的做法呢？

三

审美也会产生疲劳。有人说："在瑞士乡村，低头绿油油，抬头白茫茫。除了美，一无所有。"

那么，就到瑞士的城市走一走，颜值都很高，当地的钟表、军刀和巧克力也是举世闻名。或者，干脆就选一条综合性的线路，让色彩与节奏有所变化，把自然风光、人文胜迹、都市名城、乡村小镇都揽入怀中。

你可以选择这样的一条线路，也就是从东北部的苏黎世到西南部的日内瓦，几乎横贯瑞士全境，沿途亮点纷呈。

作为起点的苏黎世是瑞士最大的城市，也是欧洲最富有的城市，曾被联合国人类社区规划署评为全球最宜居的城市之一。到了苏黎世，一定要到班霍夫大街走走，这条古罗马时期就开始建设的通衢大道，现在早已成了流光溢彩和雍容华贵的代名词。这里除了时尚名店，更有众多的金融机构，集中了世界各国 200 多家银行，全球十大银行在这里都占有一席之地，其黄金交易量居世界第一，外汇

苏黎世

和证券交易量居欧洲大陆之冠，被誉为"世界上最富有街道"。贫穷会限制人的想象力，富裕则会限制人的创造力，到了那里，你可能不想奔波了，就想找一间好一点的餐厅，美美地吃一顿瑞士大餐。

从苏黎世出发不到两小时，就可以到达卢塞恩，这是一个湖光山色与城市美景交相辉映的城市，号称是瑞士最美丽、最理想的旅游城市和夏季避暑胜地之一。卢塞恩的标志性景点是卡佩尔桥，它是欧洲最古老的木制廊桥，桥长200多米，廊桥顶部有110幅彩画，中间有一座34米高的八角形水塔。中世纪的古老廊桥点缀在山水与城市之间，自有一种动人的韵味。

卢塞恩附近有一个SPA疗养胜地韦吉斯小镇，那里的瑞吉山被称为"山峦皇后"，有瑞士中部最有名的瞭望台，不仅是观赏日出和日落的绝佳去处，而且游人到那里可以欣赏到阿尔卑斯山脉的全景和延伸到德国的黑森林及法国的平原。

卢塞恩之后的下一站，可以选择恩特勒布赫生物圈。这片400平方公里的地区是经联合国教科文组织核准认定的生态保护圈，有着瑞士最广阔、最复杂的荒野景色和典型的喀斯特地貌，以及许多珍稀动植物。这里会给人带来一种全新的体验，使人更全面地认识瑞士的地貌。在恩特勒布赫，你可以去看看"魔鬼山道"，岩石条痕非常壮观，据说这些锋利的岩石是魔鬼的杰作。

游完恩特勒布赫生物圈，就可以直奔伯尔尼了。伯尔尼是瑞士的首都，是瑞士的政治和文化中心，同时又是一个保护完好的中世纪小城。阿勒河把该城分为两半，西岸为老城，东岸为新城，横跨阿勒河的七座宽阔的大桥把老城和新城连接起来。老城用鹅卵石铺砌的路两侧是红瓦屋顶的石头房子、带拱廊的走道，中间是形式各异的喷泉、高耸的塔楼。伯尔尼一直保持着中世纪的风格，当地人常被认为忠诚质朴，但又慢条斯理，瑞士人打趣说："千万别在星期五对伯尔尼人讲笑话，不然的话，他会在星期天做弥撒的时候笑出声来。"

离伯尔尼不远，就是近些年名声大噪的因特拉肯小镇和"欧洲之巅"少女峰了，它们可以说是这条旅游线路上的华彩部分。

卢塞恩

伯尔尼

　　风景总在前方，继续向前约 300 公里，就可以抵达宗教名城弗里堡。这是一座建于 1157 年的古城，也是欧洲现存最古老、最完整的老城。古城坐落在岩崖附近，三面环水，从 15 世纪流传下来的 200 多幢独特的哥特式建筑、石头铺成的路径、缓缓而上的斜坡、13 世纪的教堂、木质的廊桥，无不透出安静而悠长的古韵。同时，这是个重要的宗教地区，曾长期由天主教会管辖，城里有圣尼古拉教堂、弗里堡教堂、洛雷托教堂等 11 座中世纪教堂，保存了众多重要的资料和珍贵的艺术作品，创立于 16 世纪的弗里堡大学神学系也闻名于世。弗里堡是一座可以让人静下心来的城市，你可以在老城的街口选一个咖啡座，坐下来喝杯东西，细细地端详城市的容貌，慢慢地打量路过的行人，静静地想一些问题。如果有几位神职人员穿着黑袍、拿着《圣经》走过来，神情肃穆而专注，你会有时光倒流之感，可以发挥想象力穿越到欧洲的中世纪。

伯尔尼

伯尔尼老街

日内瓦湖

　　这条线路的最后一站是洛桑和日内瓦。洛桑是国际奥委会总部的所在地，故有"奥林匹克之都"之称。相隔50公里的日内瓦更是国际机构云集的国际化城市，有超过200个的国际重要机构，包括世界红十字会总部、世界卫生组织、联合国日内瓦办事处等。

　　日内瓦最引人入胜的当然是日内瓦湖，其面积为580平方公里，湖面海拔375米，风光绝美。坐上观光游轮，举眸四望：远处群山如黛，近处琼楼玉宇；空中白鸥翱翔，水中碧波荡漾。你会不由自主地感叹：此景只应天上有，人间能得几回观。

后　记

　　有人说，著书立说就像女人怀胎分娩，既充满憧憬，又饱受折磨，还心怀忐忑，痛并快乐着。

　　但我还是比较享受创作这个过程的。首先，可以将自己的所见所闻、所思所悟与大家分享，这是一件多么有意义的事情。写作是一种文化传承，如果作品能为社会带来一点正能量，那就再好不过了。其次，把创作当成一种"精神操练"，会使自己的身心更充实愉悦，把自己多年的思考写出来，既能够丰富自己，也可以丰富别人。再次，写作也是一种"心灵积蓄"，不老只是一种传说，才情终会枯竭，今天写出来的作品，明天将会是自己最好的精神财富。

　　当然，写作的过程总是艰辛的，我有过废寝忘食，有过夜不能寐，有过在颠簸的长途汽车上一笔一画地记录行程的感受，有过爬上山崖拍照差一点滑落山下的余悸，我把人家休闲娱乐或共叙天伦之乐的时间都用在了写作上。写这本书的时候，我的左耳出了一点问题，在医院住了半个月，每天需要进太空氧舱治疗，人躺进去，身体必须放平，手脚必须摆好，眼睛必须闭上，只有大脑是活跃的，可以天马行空，我书中的许多灵感就是在太空氧舱里获得的。

　　一人一世界，一书一乾坤。每个人的每一本书，都会交织着对存在的认知和对情感的体验，唯有持虔诚的态度，用心去写，灵魂才能脱颖而出。

　　写书是一种个性化的创作，出书却是一种群体化的合作。在此，我要感谢三联书店，在这么一家高品位的出版社出一本属于自己的书，一直是读书人的一个梦想。三联书店的编辑们为这本书的出版倾注了心血。同时，我要感谢深圳出版集团的总编辑聂雄前，他用他的真诚与热情，给了我出好这本书的信心。我还要感谢我的同事欧海，他为这本书的资料收集和整理做了不少工作。

当这本书即将结集付梓的时候，北方已经下起了今年的第一场雪，深圳却依然"美丽而不冻人"。世界这么大，什么时候，我们再一起出发。

李小甘

2021 年 11 月于甘草斋